EL ARTE DE LA RESURRECCIÓN

Hernán Rivera Letelier nació en Talca (Chile), en 1950. Su novela *La Reina Isabel cantaba rancheras* fue premiada por el Consejo Nacional del Libro y la Lectura en 1994, y es una de las obras literarias de más vasta difusión de la narrativa chilena reciente. El mismo Consejo premió dos años después *Himno del ángel parado en una pata*. A éstas le siguieron: *Fatamorgana de amor con banda de música* (1998), Premio Municipal de Novela; el libro de cuentos *Donde mueren los valientes* (1999); *Los trenes se van al purgatorio* (2000); *Santa María de las flores negras* (2002), *Romance del duende que me escribe las novelas* (2005), *El Fantasista* (2006), *Mi nombre es Malarrosa* (2008), *La contadora de películas* (2009) y *El Escritor de Epitafios* (2011). Todas han sido reeditadas varias veces en Chile, Argentina, México y España, y sus traducciones publicadas en Francia, Italia, Alemania, Grecia, Brasil, Portugal y Turquía. En 2001, Rivera Letelier fue nombrado Caballero de la Orden de las Artes y las Letras por el Ministerio de Cultura de Francia. En 2010 obtuvo el Premio de Novela Alfaguara con *El arte de la resurrección*.

Hernán Rivera Letelier

EL ARTE DE LA RESURRECCIÓN

punto de lectura

© 2010, Hernán Rivera Letelier
c/c Guillermo Schavelzon & Asoc. Agencia Literaria
www.schavelzon.com
© De esta edición:
2012, Aguilar Chilena de Ediciones S.A.
Dr. Aníbal Ariztía 1444,
Providencia, Santiago de Chile
Tel. (56 2) 384 30 00
Fax (56 2) 384 30 60
www.puntodelectura.com

ISBN: 978-956-347-219-6
Impreso en Chile – Printed in Chile
Primera edición en Chile: enero 2012

Imagen de cubierta: © John Springer Collection/CORBIS
Escena de la película *Simón del desierto*, 1965

Impreso en Salesianos Impresores S.A.

A mi padre, predicador a los cuatro vientos.

N. S. J. no necesita presentación
es conocido en el mundo entero
baste recordar su gloriosa muerte en la cruz
seguida de una resurrección no menos espectacular
un aplauso para N. S. J.

NICANOR PARRA
Sermones y Prédicas del Cristo de Elqui

Carta pastoral escrita por el obispo de La Serena,
monseñor José María Caro,
25 de febrero de 1931

Queridos hijos del Señor:

Lo que ha estado pasando entre vosotros ha llenado de amargura el alma de vuestro obispo.

Se ha presentado entre vosotros un pobre iluso de los que hay muchos en el manicomio, y al cual los fieles, que lo son todos para ir a la iglesia, para cumplir su santa religión y para cumplir sus deberes, lo han acogido como el enviado de Dios, como el mismo Mesías, nada menos, y le han formado su comitiva de apóstoles y creyentes.

Mientras que los fieles sensatos e instruidos han estado tolerando el escándalo sufrido por semejante blasfemia y alucinación y por las irrisiones de las personas sin fe, siempre prontas en su mezquino criterio para aprovechar cualquiera ocasión de manifestar su falta de conocimiento y aprecio de las cosas y personas más dignas de universal veneración... ¿Cómo ha podido suceder esa contagiosa alucinación? Dios lo ha permitido para castigo de unos y humillación de muchos.

Todos somos bastante sensatos para descubrir cuándo alguien está en su sano juicio y cuándo lo ha perdido. Si entre vosotros se levantara un pobre campesino y os dijera seriamente: «Yo soy el rey de Inglaterra» y se rodeara de ministros a semejanza de ese rey, y se vistiera con un traje especial para manifestar esa dignidad... ¿habría alguna persona cuerda, una sola, que no viera la perturbación mental que ese pobre padecía? ¿No sucedería lo mismo si dijera que es el Padre Santo?

Y, sin embargo, hay quienes no han visto su perturbación mental porque el pobre enfermo no se ha imaginado ser un personaje de la Tierra, sino nada menos que el mismo Rey de los Reyes y Señor de los Señores.

Repito que los manicomios están llenos de cosas semejantes... ¿Y hay entre vosotros quienes se dejan guiar por alucinados?

Yo espero que vosotros, que habéis sufrido ante tal espectáculo, ayudaréis con vuestra caridad, con vuestras oraciones y con vuestros consejos a disipar esa contagiosa ilusión.

Os pido, por el amor de Dios y de nuestro hermano, que todos debemos tener, que hagáis todos, con vuestro párroco a la cabeza, todo esfuerzo para apartar del peligro a los que puedan caer en él, y por volver en sí a los que se han dejado alucinar.

Espero, por otra parte, que cuando las autoridades se hayan dado cuenta del mal, como os lo he indicado, pondrán pronto remedio para que se acabe del todo.

Os deseo paz y felicidad en el Señor.

José María Caro

1

La pequeña plaza de piedra parecía flotar en la reverberación del mediodía ardiente cuando el Cristo de Elqui, de rodillas en el suelo, el rostro alzado hacia lo alto —las crenchas de su pelo negreando bajo el sol atacameño—, se sintió caer en un estado de éxtasis. No era para menos: acababa de resucitar a un muerto.

De los años que llevaba predicando sus axiomas, consejos y sanos pensamientos en bien de la Humanidad —y anunciando de pasadita que el día del Juicio Final estaba a las puertas, arrepentíos, pecadores, antes de que sea demasiado tarde—, era la primera vez que vivía un suceso de magnitud tan sublime. Y había acontecido en el clima árido del desierto de Atacama, más exactamente en el erial de una plaza de oficina salitrera, el lugar menos aparente para un milagro. Y, por si fuera poco, el muerto se llamaba Lázaro.

Era cierto que en todo este tiempo de peregrinar los caminos y senderos de la patria había sanado a muchas personas de muchos males y dolencias, y hasta había levantado de su lecho putrefacto a más de algún moribundo desahuciado por la ciencia médica. Requerido a su paso por enjambres de enfermos de toda índole y pelaje —sin contar la fauna de ciegos, paralíticos, deformes y mutilados que le traían en andas, o que llegaban a la rastra en pos de un milagro—, él los ungía y bendecía sin distingo de credo, religión o clase social. Y si por medio de su imposición de manos, o de una receta de remedios caseros a base de yerbas medicinales

—que también las daba—, el Padre Eterno tenía a bien restablecerle la salud a alguno de estos pobres desdichados, ¡aleluya, hermano!, y si no, ¡aleluya también! Quién era él para aprobar o desaprobar la santa voluntad del Omnipotente.

Pero revivir a un muerto era otra cosa. Era un arte mayor. Hasta ahora, cada vez que algún deudo se acercaba rogándole entre sollozos que tuviera la bondad de ir a su domicilio a ver si podía hacer algo por mi hijito fallecido durante el sueño, señor don Cristo; o que fuera a ungir a mi madre que acaba de morir carcomida por la tuberculosis, pobrecita ella; a veces insinuando pagarle la visita con alguna prenda que constituía una valiosa reliquia de familia, ya que él no recibía ofrendas de dinero; en todas esas ocasiones, y en tantas otras, el Cristo de Elqui solía repetir una frase, ya gastada como ficha de pulpería: «Lo siento mucho, querido hermano, hermana querida, lo siento mucho, pero el arte excelso de la resurrección es exclusividad del Divino Maestro».

Y eso les dijo a los patizorros entierrados que llegaron cargando el cadáver de un compañero de labores en los momentos en que él, lleno de gracia, disertaba sobre el poder diabólico que algunos inventos creados por el hombre ejercían en el espíritu de los católicos practicantes, y en cualquier persona creyente en Dios y en la Santísima Virgen. La cuadrilla de calicheros irrumpió en medio de los oyentes llevando entre todos el cuerpo del finado, muerto a todas luces de un ataque al corazón, como le dijeron mientras lo tendían con cuidado a sus pies, en el suelo de tierra quemante.

Compungidos, agitados, hablando todos al mismo tiempo, los asoleados le explicaron que luego de almorzar la platada de porotos burros de los días jueves, cuando se dirigían en patota a la fonda a servirse un trago para «pasar la tierra», sucedió la tragedia: su compañero, de súbito, agarrándose el pecho a dos manos, había caído al suelo como tocado por un rayo, sin alcanzar a decir ni ¡salud!

—Y aquí lo tiene, don —dijo uno de ellos—. A ver si usted puede hacer algo más que ese holgazán del practicante, que lo único que tiene en los anaqueles del dispensario es permanganato y tela emplástica.

En medio de la curiosidad de la gente, el Cristo de Elqui no se inmutó. Al contrario, con el tafetán morado de su capa a punto de arder por el sol, se quedó viendo al muerto con una mirada ausente, traslúcida, como si mirara un espejismo de sed en medio del desierto. Parecía estar luchando contra un dilema en extremo grave para su espíritu. Tras un instante que pareció eterno, en un gesto de infantil histrionismo, quitó la mirada del muerto, se cubrió la vista con ambas manos y abrió la boca para decir, con una pena infinita en la inflexión de su voz:

—Lo siento, hermanos míos, yo no puedo hacer nada; el arte excelso de la resurrección es exclusividad del Divino Maestro.

Pero los calicheros no estaban ahí para oír negativas envueltas en celofán de frases bonitas. Rodeándolo entre todos, casi tocándole las barbas de alambre, le reclamaron, le exigieron, le rogaron por Diosito Santo, señor don Cristo, que por lo menos lo intentara. Que no le costaba nada. Lo único que tenía que hacer era poner sus manos santas sobre el cuerpo de su amigo —como lo habían visto hacer esos días con los enfermos del campamento—, y rezar un par de avemarías o un padrenuestro. O lo que le saliera del alma. Él sabía mejor que ellos qué cosas decirle al anciano de arriba para convencerlo. Y a lo mejor, tal vez, quién decía si no pillaba a Diosito en su minuto de buena y terminaba apiadándose de su compañero, hombre trabajador y esforzado como el que más, y que dejaba en este valle de lágrimas a una viuda, todavía joven, y a una chorrera de siete chiquillos. Imagínese, señor, siete críos, todos en escala real y menores de edad.

—El pobre chico Lázaro, de cuerpo aquí presente —habló otro, arrodillándose junto al finado y acomodándole las manos en cruz sobre el pecho—, se puede decir que era paisano suyo, don, pues lo mismo que usted, según hemos sabido por los diarios, nació en un caserío de la provincia de Coquimbo.

El Cristo de Elqui levantó la vista hacia el cielo de oriente. Por un momento pareció fascinado por una bandada de jotes que planeaba en lentos círculos fúnebres sobre la torta de ripios, detrás de la cual se alzaba el polvoriento cementerio de la oficina. Después, mesando su gran barba partida al medio, como pesando y sopesando lo que iba a decir, dijo en tono de disculpa:

—Sabemos dónde hemos nacido, hermanos, pero no dónde quedarán sepultados nuestros huesos.

Uno de los asoleados, el más corpachón de todos, que lucía un grueso lunar de carne junto a sus mostachos de manubrio, y que tenía todas las trazas de ser el capataz de la cuadrilla —el Zorro Gutiérrez le llamaban con respeto los otros—, se quitó el sombrero de trabajo de manera ceremoniosa y, enterado al parecer del amor enfermizo que profesaba el predicador al recuerdo de su madre muerta, insistió en tono compungido, mirándolo con sus ojillos de zorro de fábula:

—El pobre chico Lázaro, Maestro, ahí donde usted lo ve, además de haber sido un buen cristiano, un marido ejemplar y un papá cariñoso, era uno de esos hijos que aman a su madre más que a nada en esta Tierra. Él era el único sostén para su viejecita, a la que se había traído desde el sur a vivir con él.

Ésas fueron las palabras clave. El hombre que honraba a su padre y, sobre todo, a su madre, «reina y soberana del hogar», como predicaba y escribía en sus folletos, era digno de que sus días se alargaran en la Tierra. Además, el muerto se llamaba Lázaro. ¿No sería ésa una señal divina?

Se acercó entonces al cuerpo tendido en el suelo. Lo contempló un rato de pie. El muerto llevaba una entierrada cotona de trabajo, agria de sudor, un pantalón de diablo fuerte encallapado por los cuatro costados y calamorros de doble suela. La piel de su cara, cuarteada por el sol y el viento salitrero, era como un fragmento de la reseca geografía de la pampa. Tendría la edad de unos cuarenta y cinco años, de pellejo moreno, pelo tieso y estatura baja; el inconfundible tipo de pampino que él había visto y tratado en tantos establecimientos salitreros, territorios que conocía de sobra, pues, además de recorrerlos predicando la buena nueva, siendo todavía un niño, mucho antes de que el Padre Celestial se llevara al cielo a su adorada madrecita, había trabajado un par de años en una oficina salitrera.

Al arrodillarse junto al cadáver, el Cristo de Elqui se dio cuenta de que el hombre no había muerto antes de entrar a la cantina, como decían sus amigos, sino al salir. El tufo a trago era manifiesto. Quizás cuántas botellas de ese vino gusarapiento, o de ese aguardiente asesino que fabricaban con alcohol industrial algunos pulperos canallas, le habían puesto entre pera y bigote estos calicheros desastrados. Pero qué diantre, así eran los pampinos. Eran hombres aguantadores y sufridos, de riñones poderosos y corazón grande como una casa, que merecían con larqueza esos ínfimos momentos de holgura que les deparaba el precario placer de la ebriedad. Bien sabía el Padre Altísimo que el alcohol —y cuando no había alcohol, agua de colonia inglesa— les ayudaba a soportar mejor el tedio y la soledad criminal de estos parajes infernales; la embriaguez les hacía más llevadera la explotación sin misericordia a que eran sometidos por la rapiña insaciable de sus patrones extranjeros.

El Cristo de Elqui llevaba varios días en Los Dones. Sus habitantes se habían portado como buenos samaritanos, sobre todo las mujeres, que cada día lo invitaban a comer o a tomar el tecito, a él y a sus dos apóstoles, dos cesantes endevotados en el puerto de Taltal. Dos desharrapados que aún no habían aprendido a persignarse —pese a llevar más de un mes acompañándolo— y comían como sabañones, fumaban como condenados al paredón y, a escondidas de su vista, creyendo que él no se daba cuenta, se huasqueaban tupido y parejo con sus buenos tragos de aguardiente.

Él, por su parte, que debía ser luz para el mundo, no fumaba ni bebía. Con un vaso de vino al almuerzo, como exhortaba en sus prédicas, era suficiente. Y apenas probaba la comida, porque entre mis pecados, que también los tengo, mis hermanos, nunca figuró la gula. Tanto así que a veces, por el simple motivo de que se olvidaba de hacerlo, se pasaba días completos sin ingerir alimentos. Y no sólo era frugal en el comer, sino que para no molestar demasiado a los dueños de casa donde lo amparaban, a veces prefería dormir en alguna de las bancas de madera bruta, los muebles más usados por los obreros, o simplemente se echaba como un perro en el suelo, junto a las tibias cocinas de ladrillos de las casas pampinas. Y siempre trataba de retribuir a las familias que lo acogían ungiendo a sus enfermos, dejando una palabra de consuelo y un par de sus folletos con sus máximas y sanos pensamientos en bien de la Humanidad. Y, por supuesto, sus recetas a base de yerbas medicinales para curar toda clase de dolencias, claro que sí.

Ante los ojos ávidos de los que esperaban ser testigos de primera línea de un milagro, el Cristo de Elqui, siempre arrodillado en el suelo, se secó la transpiración de la frente, acomodó su capa de tafetán y se subió las bocamangas de la túnica. Luego, en un estudiado golpe de teatro, puso una mano en la frente del muerto, elevó hacia el cielo la otra, donde llevaba atado el crucifijo de palo santo, y, de cara al sol, con los ojos cerrados, comenzó a clamar a Dios en voz alta, retumbante, que si era su santa y bendita voluntad, Padre Eterno, Padre Santo, Padre Celestial, se manifestara en todo su poder y, en nombre de su infinita misericordia, le devolviera la vida a su hijo Lázaro, le alargara sus días en la Tierra, pues, según testimonio de sus compañeros aquí presentes, se trataba de una buena persona y de un mejor cristiano, un hombre que había cumplido cabalmente con los más sagrados mandamientos divinos: se había ganado el pan con el sudor de su frente, amaba a su esposa y a sus hijos, y, por sobre todo, Padre Divino, honraba y protegía a su santa madre.

Era diciembre, a mitad de mes, el día parecía vaciado de aire y un sol blanco crepitaba en las calaminas de zinc. Sin embargo, la expectación de los curiosos era más fuerte que la canícula reinante y nadie quería dejar su sitio. Estaban a un costado de la plaza, frente a la pulpería.

Mientras el Cristo de Elqui oraba —a ratos haciéndolo en un idioma extraño, pues poseía el don de lenguas—, un silencio sobrenatural parecía haber caído sobre el mundo. Nadie oía el zumbido de los motores, el chirrido de las poleas, el sonido de los émbolos de la planta cercana; nadie oía los sones del revolucionario corrido mexicano que emergía de la victrola de la fonda de la esquina. En ese instante el Cristo de Elqui, clamando de cara al cielo, en plena comunión con su Padre, era el centro del universo.

De súbito, los que estaban primeros en el ruedo de gente —la mayoría dueñas de casa con sus bolsas de compras cosidas de sacos harineros— dieron un respingo de asombro. No podían creer lo que veían sus ojos: el muerto había movido un dedo. O al menos a muchos les pareció y lo gritaron eufóricos:

—¡Ha movido un dedo! ¡Milagro! ¡Milagro!

El Cristo de Elqui sintió su corazón dar un vuelco. Sin dejar de orar, abrió un ojo y miró de soslayo las manos del difunto entrelazadas a la altura del pecho. Fue como si lo hubiesen alzado del suelo halándolo de sus largas greñas nazarenas. ¡Era verdad! ¡El muerto estaba moviendo las manos! Había sucedido lo que soñó en todos estos años de predicar el evangelio en honor a su idolatrada madrecita.

¡Había resucitado a un muerto!

¡Aleluya! ¡Bendito sea el Rey de Reyes!

Sin embargo, cuando el hombre abrió los ojos y, con una lentitud eterna, se sentó en el suelo y miró a su alrededor como elementado, mientras las mujeres, llorando y golpeándose el pecho, repetían a gritos ¡milagro!, ¡milagro!, a él le bastó fijarse en el brillo de las pupilas del resucitado para darse cuenta de que esa mirada no era precisamente la de un hombre que volvía desde las tinieblas azufrosas de la muerte. Se dio cuenta de la burla un segundo antes de que el tal Lázaro, sin poder aguantar las ganas por más tiempo, se incorporara de un salto y se largara a reír a toda boca, abrazado a sus amigotes.

Los testigos de la herejía, primero se indignaron de la broma sacrílega de esos patizorros salvajes que eran capaces de burlarse hasta de su propia madre, pero luego, dándose disimulados codazos entre sí, terminaron todos tentándose de la risa. Incluso algunas de las mujeres que habían estallado en un histérico llanto de fervor, acabaron uniéndose a los demás celebrando la broma con una grotesca mezcla de carcajadas, sollozos y acuosas sonadas de narices. Fue tal la explosión de hilaridad, que sus ondas expansivas alcanzaron a sus mismos apóstoles, quienes, tratando de guardar la compostura, daban vuelta la cara y se tapaban la boca para no dejar escapar la imperdonable cascada de risa que los ahogaba y zarandeaba por dentro.

El Cristo de Elqui, con su mano del crucifijo aún en alto, permaneció estático por unos segundos interminables. Parecía haberse petrificado. Luego, abriendo y cerrando los ojos, como si quisiera espantar a golpes de parpadeos la impía realidad del momento, terminó reaccionando como cualquier ser humano herido en su orgullo. Con el rostro congestionado de ira, despotricando contra estos fariseos del carajo que vienen a reírse de la santa doctrina de Dios, se desató el cordel de cáñamo que usaba de ceñidor y arremetió contra ellos. Los obreros, sin parar de reír, salieron huyendo por entre los tambores de basura y los alambres de colgar ropa de un callejón cercano, rumbo seguramente a seguir bebiendo en alguna otra cantina.

Sus apóstoles se asustaron. Nunca habían visto al Maestro actuar de esa manera. Parecía poseído por el demonio. Después, en tanto la gente se retiraba a sus casas, el predicador se sentó a recobrar el resuello en uno de los escaños de piedra. Sus ojos negros crepitaban de furia. Sentía su espíritu agriado. Sentía incluso que su túnica y su capa de tafetán lo mortificaban como un cilicio. Ésos eran los instantes de prueba en que caía en la tentación de mandar todo a la punta del cerro. Se echó hacia atrás en el escaño y, con la vista perdida en un punto invisible del aire, comenzó a sacarse los mocos de las narices, alternando el dedo índice y el meñique, faena que, inconsciente y meticulosamente, con una expresión beatífica en el rostro, llevaba a cabo en sus momentos de mayor zozobra espiritual.

Pasados unos minutos de lo sucedido —de haber bebido el «cáliz amargo del escarnio», como llamaba él a esa clase de bufonadas de que era víctima todo el tiempo—, aún hurgándose las narices, el Cristo de Elqui pareció despertar de pronto como al chirlito de un ángel.

Sentado en el escaño, miró a todos lados como cerciorándose del lugar donde se hallaba, luego se limpió los mocos de los dedos en los pliegues de la túnica y, parándose de un salto, echó a andar rumbo hacia la fonda de la esquina por cuyas ventanas emergía la música (ahora sí se oía claramente) de un corrido mexicano, uno que contaba las hazañas de Siete Leguas, el caballo más estimado de Pancho Villa.

«Vamos a tomar unas copas», llamó a sus apóstoles desde la mitad de la calle.

Ellos lo siguieron sorprendidos. En sus sermones y discursos morales siempre estaba recomendando evitar las bebidas espirituosas. Él los tranquilizó. No era para emborracharse, sólo se trataba de pasar la rabieta y hacer buches de alcohol para calmar el maldito dolor de muelas que le estaba volviendo. Antes de traspasar las batientes, y como para reconfortarse a sí mismo, se volvió hacia sus apóstoles, alzó un índice admonitorio y dictaminó en voz alta:

—No olviden que el clavo que sobresale, hermanos míos, siempre está expuesto a recibir un martillazo.

2

La estación ferroviaria de Los Dones, por ser diciembre, mes de vacaciones y festividades, se veía colmada de viajeros y gente esperando el tren del sur. En medio de la aglomeración, ofreciendo sus folletos y repartiendo bendiciones al tantán, el Cristo de Elqui se veía jovial y campante.

A pesar de que el Longino, como llamaban los viejos al tren Longitudinal Norte, venía atrasado como siempre, ahora traía la friolera de doce horas de retraso —«lo que en pleno año 42 es una vergüenza nacional», gruñían los viejos—; a pesar de que sus dos apóstoles lo habían abandonado sólo unas horas antes; a pesar de que le había vuelto el dolor de la maldita muela, un dolor lancinante que no reaccionaba a ninguna oración ni a ninguno de sus remedios caseros —hasta cigarrillos encendidos se había metido en la taza podrida, tratando de quemar el nervio—; a pesar de todos esos pesares, su corazón estaba lleno de contentamiento. Y nada ni nadie se lo iba a agriar. No, señor. A pesar incluso de la macabra bromita que le habían gastado esos asoleados del carajo.

El motivo de su regocijo tenía nombre. Nombre de mujer. Nombre bíblico, por supuesto, no podía ser de otra manera. En los diez años que llevaba de peregrinar por los caminos de la patria en cumplimiento de su manda, nunca había perdido la esperanza de hallar en alguna parte una discípula que tuviera la mitad de la fe y la piedad de María Encarnación, su primera devota. Y con la mitad de su belleza me conformaría, Padre Eterno, rezaba en sus días de más desamparo. Después de ella había tenido dos acólitas más, pero lo habían abandonado al poco tiempo. Carecían de abnegación. No tenían espíritu de sacrificio. Y ahora, ¡aleluya al Rey de Reyes!, parecía estar a punto de dar con la indicada. Precisamente a eso iba a la oficina Providencia, a conocer a la mujer de la que habló un vendedor de pájaros la noche anterior, cuando, tras el chasco del resucitamiento, había entrado con sus discípulos a la fonda de obreros a pasar el coraje del mal rato con una botella de vino rojo.

Se sentaron en una mesa rinconera y pidieron un litro de vino tinto y tres vasos. Aunque la fonda aún se hallaba medio vacía, nada más traspasar las batientes se habían dado cuenta de que ya todo el mundo en el campamento estaba al tanto de la cuchufleta que le habían hecho el tal Lázaro y sus amigotes. Les había bastado con respirar el aire denso del entorno y ver las miradas de reojo y los gestos de ironía de los parroquianos. Eso para que sus discípulos se dieran cuenta de la verdad absoluta de aquello que él siempre les estaba diciendo: no había que quedarse mucho tiempo en ninguna parte, pues la gente tendía rápidamente a perder el respeto.

Por boca de la mesera que los atendió, una boliviana de andar de pato, labios repolludos y un descomunal traste aguitarrado, que llevaba un pequeño crucifijo de plata colgado al cuello, se enteraron («para calladito, pues, mis caballeros, no vayan a decir que yo les dije») de que los calicheros le habían hecho la broma coaligados y pagados por el pastor evangélico de la oficina, un peruano gordinflón, de patillas a lo capitán Miguel Grau, que no le trabajaba un día a nadie y que vivía a costillas de las ovejas de su rebaño, como llamaba, con un cierto retintín de cinismo, a los componentes de su congregación.

Al transcurrir los minutos, vaciados los primeros vasos —hechos artesanalmente de botellas partidas por la mitad, y sucios de grasas digitales—, ya se habían enterado de que Lázaro no era el nombre del muerto falso, sino su apodo. El patizorro se llamaba en verdad Orozimbo Pérez Pérez, había llegado hacía poco a la oficina —era oriundo de Mulchén— y era conocido por todos como un beodo irredento. Cada fin de semana se emborrachaba de tal manera, que en la madrugada del lunes amanecía propiamente muerto, y sus compañeros de trabajo —de ahí su apodo— tenían que realizar el milagro de resucitarlo a jarrazos de agua y tazones de café boliviano para que subiera a triturar piedras a las calicheras.

Al caer la tarde, la fonda se había repletado como de costumbre y un gran número de bebedores se veía reunido en torno a la mesa del predicador. La novedad de ver al hombre de la túnica, tan parecido a Jesucristo, sentado en una fonda de obreros, les exaltaba el ánimo y los entusiasmaba hasta el desprendimiento: cada uno había hecho varios pedidos más a la mesa. El Cristo de Elqui, luego de los primeros buches de vino por el lado de la muela mala, apenas si besaba el vaso de vidrio barato, mientras aprovechaba de predicarles su evangelio.

—Lo que sucede, hermanos —dijo cuando los hombres le hicieron notar que no estaba bebiendo nada—, es que este vino champurreado no se lo tomaría ni el mismísimo demonio.

—Mejor vino maldito que agua bendita, amigo don Cristo —rieron roncos los borrachos.

Después de darle el bajo a varios litros de vino a granel —y a un machitún de sardina con cebolla, aderezado con ají verde, de ese tan picante que los viejos llamaban «putas parió»—, oyendo con resignación los sermones, los consejos y los sanos pensamientos en bien de la Humanidad con que el predicador los dispensó hasta el empalago, los beodos al fin pudieron quitarle la palabra con todo respeto, don Cristito, y se pusieron a contar sus eternos casos de aparecidos, sus historias de calicheras y las sublimes mentiras de campo. Todo eso condimentado con los infaltables chistes de «quemaduras de espinazo», como se conocía en jerga pampina a la infidelidad conyugal, tema inevitable en toda mesa o mesón de fonda.

Casi al anochecer hicieron su aparición en el local algunos mercachifles recién llegados del puerto. Vendedores que ofrecían juegos de loza japonesa, cortes de casimir inglés, relojes suizos, sardinas españolas, sombreros americanos y cuanta bagatela se pudiera comerciar en los caseríos de la pampa. Entre ellos venía un vendedor de pájaros que recorría el norte agujereando el silencio sólido del desierto con el trinar de sus cientos de aves de todos los plumajes y colores. El hombre, alto como una puerta —que acomodó sus jaulas arrumadas en pirámide en un rincón de la fonda, y las cubrió con un mantel de mesa—, además de ser un buen comerciante y un gran contador de historias, esa noche se dio a conocer como un verdadero artista de las cuerdas vocales: ya borracho como tenca, le dio por encaramarse sobre una banca y largarse a cantar arias y romanzas a todo lo que daban sus pulmones. Según uno de los parroquianos que de improviso se arrogó el atributo de ser entendido en música, el pajarero lo hizo mejor que el propio Enrico Caruso. Bastó eso para que en la mesa se encendiera la eterna discusión sobre si el tenor más famoso del mundo había o no cantado en los escenarios de la pampa. Según contaba la leyenda, por un contratiempo de su barco en el muelle de Antofagasta (otras versiones decían que en Iquique), el cantante napolitano, ídolo de la ópera mundial, había aprovechado el tiempo para internarse a conocer el desierto y actuar en un par de teatros pampinos.

Y fue el Huaso de los Pájaros —como ya lo habían apodado sin dolor en la mesa— quien, caída la noche y encendidas las dos ampolletitas miserables de la fonda, contó el asombroso caso de la prostituta beata que ejercía en la oficina Providencia.

—Una puta que, además de ser la mejor de todas en su oficio, paisitas —dijo con un brillo lascivo en sus ojos de pájaro—, era poco menos que una santa.

La historia de la mujer desabolló el ánimo del Cristo de Elqui como por encanto y terminó por apagarle los últimos rescoldos de bronca por la burla de los patizorros. En verdad, se puso eufórico. Halló que la historia era notablemente parecida a la de Alma Basilia, una ramera de la oficina Cholita, del cantón La Noria, cuya versión oyó contar una vez en un vagón de tren, en uno de sus anteriores viajes al norte. La había narrado uno de esos «cuentacasos» que recorrían las salitreras fabulando sucesos verídicos por un plato de comida y un vaso de vino. Desde aquella vez que le venía pidiendo al Padre Eterno le concediera el milagro de encontrar algún día, en algún rincón de la patria, una seguidora de esa laya.

Sin embargo, lo que terminó contando de esta mujer el pajarero lenguaraz, le había parecido mucho más sugestivo y acorde con lo que él buscaba. Sobre todo por dos singularidades: porque se trataba de una meretriz creyente en Dios y la Virgen, y por el detalle perturbador de su nombre.

—Se llama Magalena Mercado, paisitas —había dicho el Hombre de los Pájaros. No sabía bien la razón, pero, aparte de lo manifiestamente apropiado para su quehacer, sentía que Magalena, así, sin la «d», sonaba mucho más atrayente. Y si a algún cristiano distraído su nombre no le alcanzaba a graficar su oficio, su apellido venía a enfatizarlo de manera rotunda: «Mercado».

Luego de oír la historia, el Cristo de Elqui no se demoró nada en averiguar cómo y por dónde se llegaba a la salitrera Providencia, una de las pocas por donde no recordaba haber pasado predicando su evangelio. Él tenía que conocer a esa matrona piadosa, adoradora del Padre Eterno y versada en los regodeos carnales. Tenía que ganarla para su causa, convertirla en su discípula, en su apóstola puertas adentro. De ese pelaje era la mujer que buscaba.

Esperaría el paso del tren y partiría sin demora en su busca, se dijo, tocado por una lúbrica embriaguez que era mitad culpa del vino (el vino le despertaba el chivo de su cuerpo) y mitad culpa de la perturbadora historia de la prostituta. Tal era su arrebato, que estuvo a punto de fornicarse a la boliviana de labios repolludos y grupas de yegua percherona cuando la mujer lo siguió hasta la penumbra del baño, emplazado en el fondo del patio, rogándole que por favor le diera su bendición, pues, Padre mío. Ya ambos estaban con las polleras arriba y él le tenía las manos engarfiadas a sus nalgas mundiales cuando la boliviana se le zafó en medio de un acezante forcejeo, diciéndole bajito, casi pidiéndole disculpas, que lo sentía mucho, mi señor, don Cristo, pero ella ahorita, ahorita, andaba con el vampiro, pues.

Cuando sus apóstoles se enteraron de sus planes se enfurruñaron y no quisieron seguirlo. Engallados, le levantaron la voz por primera vez desde que en la ciudad de Vallenar se habían acercado, humildes como perros de casa, a pedirle, primero, que los bautizara y, luego, que tuviera a bien llevarlos como acólitos en su misión evangelizadora. Que cómo se le ocurría al Maestro creerle el cuento a ese mercachifle bocón, le dijeron los hombres, cuando se notaba a la legua que era un patrañero de los mil demonios, uno de esos embusteros rematados. ¿Acaso no lo había oído decir en la mesa la desfachatez tremenda de que en sus tiempos mozos había sido amigo y socio, en el mercadeo de los pájaros, del mismísimo Luis Emilio Recabarren? ¿O cuando se jactó, sin que se le arrugara un ápice su cara de pájaro mojado, de haber sido él quien había desflorado a Malarrosa, la legendaria niña del cantón de Aguas Blancas que a la edad de doce años se hizo conocida en la pampa entera como la reina de las prostitutas?

Él no dijo nada. Los dejó a su libre albedrío. Eran tantos sus seguidores que habían desertado en el tiempo que llevaba de andar por los caminos cumpliendo su apostolado, que le importó un carajo que esos dos palurdos lo abandonaran justo ahora. Aparte de su poca fe, uno de ellos era un patizambo vicioso —se masturbaba de mañana, tarde y noche—, y el otro, un borrico tan torpe que se le enredaban las manos hasta para persignarse. De modo que, en el nombre del Padre Eterno, los mandó a la punta del cerro y si querían lo seguían y si no, no. Y ambos hombres se quedaron en Los Dones contratados de «matasapos», oficio que consistía en triturar con un mazo de madera los pequeños terrones de salitre, aún húmedos, antes de ser ensacado y embarcado en tren hacia el puerto. En la industria salitrera, ésta era una función humillante para cualquier hombre bueno y sano que se respetara como tal, pues en ella se ocupaba sólo a niños y a adultos con alguna discapacidad física.

A la mayoría de los personajes que se endevotaban con el Cristo de Elqui en las ciudades y pueblos por donde pasaba, henchidos de fe y llenos de gracia al principio, a la larga les ocurría lo mismo: la falta de caridad cristiana y la poca vocación que demostraban para servir al Padre Eterno los desviaba del camino a los dos o tres meses de haber jurado de rodillas que lo seguirían hasta el mismo Calvario si fuera menester. En cuanto empezaban a sufrir privaciones y a ser blanco de ofensas y escarnios por parte de los gentiles, la fe se les enfriaba como una sopa insípida y terminaban negándolo como Pedro a Jesús —tres y más veces todavía— y, de un día para otro, abandonándolo furtivamente como ladrones en la noche. Tampoco habían faltado esos devotos más bien cándidos, tirando a pánfilos —siempre se acordaba de uno llamado Pío de los Sagrados Peñones—, que, decepcionados y escandalizados hasta golpearse el pecho, lo habían dejado de venerar por haberle visto a la orilla del camino con su miembro viril tomado a dos manos, meando una larga meada de caballo. No les entraba en su pobre cabecita de alcornoque que el Hijo del Hombre también era humano, carajo. Menos mal que esos ñoños de casa parroquial no lo habían sorprendido masturbándose a la intemperie, como muchas veces se veía en la necesidad de hacerlo, cómo no. Ni lo habían visto —cuestión que hacía con más frecuencia, aunque no tanto como lo hubiera deseado— detrás de alguna mata de mora, con la túnica arremangada a la cintura, galopándose impetuosamente a alguna devota de moño católico y ancas mundanales.

Aunque lo más lamentable era que la mayoría de sus discípulos se le iban porque no soportaban su voto de pobreza. No les entraba en el coco que pudiendo aprovecharse de todas esas ofrendas y dádivas que, con agradecimiento y generosidad, querían agasajarlo algunos de los creyentes más adinerados, él las rechazara olímpicamente. O las recibiera sólo para luego repartirlas entre la gente más débil y necesitada. Ninguno de ellos tenía espíritu de renuncia. ¡Si todavía se acordaba de uno que, en Copiapó, una noche que no sabían de dónde sacar una chaucha para comprar una caja de fósforos, le pidió convertir las hojas de un árbol en dinero!

A estos tontiacos les parecía aberrante que su Maestro, el sucesor del Cristo Rey, se conformara con un par de sandalias desbaratadas, su sayal de penitente lleno de lamparones —que no tenía nada que ver con la túnica inconsútil del Nazareno—, y sus marchitos calzoncillos negros. Toda esa manga de pasmados —«Perdónalos, Señor, porque no saben lo que quieren»— buscaban entrar a la Gloria Eterna metiéndose por debajo de la carpa. No sabían, como bien dice la gente del campo con esa sabiduría que sólo da la vida dura, que para gozar de la visión de un arco iris, primero hay que sufrir los rigores de la lluvia.

¡Aleluya, Padre Santo!

3

El tren del sur hizo su entrada a la estación de
Los Dones entre silbidos, nubes de hollín y vaharadas
de vapor. La locomotora era una gran bestia negra jadeando de sed y cansancio. Como siempre, los coches
venían atiborrados de pasajeros hasta las pisaderas; en
su mayoría se trataba de familias humildes —con niños, perros y gallinas— que abandonaban sus parcelas
en los campos sureños y se venían al norte «tras el gol-
peteo de la cuchara», como decían ellos mismos con
descarnada ironía; obreros que regresaban de unas cor-
tas vacaciones en sus pueblos natales, después de largos
años de sudar la gota gorda machacando el caliche sin
descanso y ahorrando cada chaucha como si fuera una
pepita de oro; comerciantes cargados de productos ori-
ginarios de distintas zonas del país —paltas de Qui-
llota, dulces de La Ligua, queso de cabra de Ovalle,
aceitunas de Vallenar— que se venían ofreciendo su
mercadería en los mismos coches; tahúres, charlatanes
y vividores varios, sujetos de mala catadura que nunca
faltaban y que se les veía en el tejido del poncho y en el
filo de su mirada que venían al norte huyendo de la
justicia —el desierto era la guarida absoluta—, y gente
triste, mucha gente triste, vestida de negro, que viajaba
en busca de familiares —esposos, padres, hijos, hermanos— que un día se vinieron a la pampa en busca de
trabajo y nunca más supieron de su suerte. Aunque muchos de sus familiares —según contaban en voz baja estas personas— habían muerto en accidentes de trabajo,

o en peleas de cantinas, o infectados por alguna de las epidemias que asolaban al norte continuamente, o habían caído masacrados por el Ejército en alguna de las matanzas de obreros acaecidas en las salitreras, la mayoría simplemente se había hecho humo, había desaparecido en el aire como desaparecen en el desierto las reverberaciones de mediodía, y ahora ellos venían en el tren con la esperanza de encontrarlos, aunque fuera en una sepultura.

Entre «permiso, hermanos, en nombre del Señor» y suaves empujones y codazos disimulados, el Cristo de Elqui alcanzó a subirse a duras penas en el tercer coche. Como el convoy estaba compuesto sólo por vagones de tercera clase, no había mucho donde elegir.

Por eso era llamado el Tren de los Pobres.

En la penumbra del coche de madera, apenas el tren se puso en marcha, el Cristo de Elqui se fue predicando y ofreciendo sus folletos evangelizadores. Los viajeros, con sus caras de muerto, lo oían y lo miraban asombrados entre las brumas del sueño. A los niños su desastrada figura recortada contra el plenilunio de las ventanas les parecía una aparición de espanto; a las mujeres creyentes, poco menos que una visión divina, y a los hombres, siempre los más descreídos en todo lo que oliera a religión y sotanas, apenas la sombra de un espantajo que no los dejaba dormir con sus gritos de canuto exaltado, y muchos de ellos, achispados con el vino tomado en jarros de aluminio —escanciado de las damajuanas de quince litros que traían debajo de los asientos para amortiguar el tedio y la fatiga del viaje—, arrojándole trozos de pan duro y cáscaras de naranjas, lo hacían callar con imprecaciones de carreteros y que se fuera a predicar sus payasadas a la puta que lo reparió.

Al amanecer, el convoy llegó a la estación Baquedano. Allí le habían dicho que hiciera trasbordo en el tren Antofagasta-Bolivia. Ahora se subió en el último coche, que era el menos lleno de todos. Sin embargo, no pudo llevar a cabo su prédica ni vender sus tratados de vida sana, porque los pasajeros iban extasiados con un trompetista pelirrojo que, de pie en el pasillo, vestido con elegancia, luciendo una anacrónica humita a lunares (y en su rostro pecoso una desolación de espectro enamorado), se fue todo el viaje interpretando una música tan viva, tan lúcida, tan radiante, que parecía ser cosa de ángeles, paisanito, murmuraba la gente, de ángeles negros y borrachos como cerezas.

Al llegar a la estación de Pampa Unión, el pueblo más cascabelero de la pampa, «el Sodoma del desierto de Atacama», según los editoriales de los diarios de la región, el músico, con su trompeta desnuda en una mano y en la otra una cerveza con «chaleco de paja», desapareció del coche como un ánima en pena. El Cristo de Elqui, entonces, pudo sermonear y vender sus impresos durante la hora y media que se demoró el tren en llegar a Sierra Gorda, donde le dijeron que debía bajarse por ser el sitio más cercano a la oficina Providencia.

Eran las once de la mañana cuando desembarcó en la estación del pueblo. El andén se veía casi desierto. Él fue el único pasajero que bajó allí. Todo su equipaje consistía en una bolsa de papel, de esas de azúcar rubia, en donde llevaba algunos útiles de aseo, su capa de tafetán morado —que sólo usaba en prédicas y ceremonias importantes—, su vieja Biblia de tapa dura y los folletos que mandaba a imprimir en las ciudades por donde iba, cuyos axiomas, máximas y pensamientos en bien de la Humanidad eran la base de sus prédicas y sermones. Como ya le quedaban muy pocos de estos volantes, y sabía que en Pampa Unión funcionaba una imprenta, al volver de Providencia —ya en compañía de Magalena Mercado, si así lo decidía el

Padre Eterno— pasaría por allí para hacer imprimir algunos ejemplares nuevos.

Cuando el Cristo de Elqui salió de la estación, el pueblo de Sierra Gorda, enclavado en el centro mismo del purgatorio, parecía totalmente despoblado. Era como un oasis fantasma en medio del desierto. Su único habitante parecía ser el sol echado indolentemente en sus cuatro calles de tierra, como un quiltro gordo y amarillo. En la calle principal, frente a la desolada plaza, lo único que halló medio abierto —sólo una reja de madera impedía la entrada— fue una bodega de expendio de bebidas alcohólicas. Pero se cansó de llamar:

—¡Aló, hermano!

—¡Aló, aló!

—¿No hay un alma que atienda este boliche?

Nunca apareció nadie.

Sulfurado, con ganas de mandarse una cerveza heladita al gaznate, dobló la esquina para volver a la estación y entonces lo vio: el cortejo fúnebre avanzaba hacia el cementerio y todos los habitantes del pueblo parecían ir allí. Todos a pie. El ataúd, negro, era llevado sobre los hombros de seis varones, todos también de terno negro. El Cristo de Elqui se quedó un rato contemplando la procesión. Luego, para que lo vieran y oyeran mejor, se subió sobre un tambor de basura que puso boca abajo y, alzando sus brazos al cielo, tronó iracundo:

—¡Dejad que los muertos entierren a sus muertos!

Toda la comitiva se detuvo y volvió la cabeza.

Envalentonado, sacó su Biblia de la bolsa de papel y enarbolándola ampulosamente se puso a predicarles diciendo que así lo mandaban las Sagradas Escrituras: que los muertos debían enterrar a sus muertos. O, en su defecto, hermanos míos, el difunto debería marchar a su última morada acompañado nada más que de sus deudos. Con qué propósito iba todo el pueblo al cementerio a llorarlo. Eso era tan obsceno como el acto de asomarse al ataúd a mirarle la cara. Qué mala costumbre aquella de algunos cristianos. La muerte era el trance más íntimo del ser humano, y asomarse a mirar su rostro desmejorado, o refocilarse en ver cómo iba siendo sepultado bajo paladas de tierra, era una intromisión imperdonable, un acto escabroso.

—¡De cierto os digo, hermanos, dejad solo a ese pobre muerto!

Apenas pudo saltar del tambor y echar a correr hacia la estación cuando algunos hombres del cortejo se devolvieron y lo corretearon un buen trecho a insultos y a piedrazos que pasaron raspándole la cabeza.

Llegó al andén jadeando.

El tren de pasajeros ya no estaba.

Había seguido su viaje rumbo a Lomas Bayas.

En el patio de la estación, además de una leva de perros vagos, sólo había dos personas a la vista: un anciano de gorra ferroviaria, seguramente un guardagujas, y un tipo al que le faltaba un ojo. Ambos habían reiniciado un juego de damas en un tablero dibujado sobre un trozo de durmiente. El Cristo de Elqui se acercó a preguntarles hacia qué lado debía echar a caminar para llegar a la oficina Providencia.

Los hombres siguieron concentrados en el damero como si no lo hubieran oído. Las piezas de juego eran tapas de bebida Lautaro. Las del guardagujas estaban puestas bocarriba. El Cristo de Elqui carraspeó y volvió a preguntar. Sólo entonces los hombres parecieron percatarse de su presencia.

—¿Decía el caballero? —gruñó el guardagujas, sin levantar la cabeza del juego.

El tuerto ni se inmutó.

Él volvió a preguntar, con un leve retintín de alteración, si acaso los hermanos tendrían la a-ma-bi-li-dad de indicarle hacia qué lado debía cortar para llegar a la oficina Providencia.

Sólo cuando alzaron la cabeza para orientarlo, los jugadores se dieron cuenta de su aspecto peregrino. Y se sorprendieron. De los dos, sólo el tuerto sabía más o menos de quién se trataba. Por lo mismo, antes de mostrarle por dónde debía enrumbar, lo saludó reverencialmente y le explicó a su amigo quién era el hombre de la sotana.

—Es un compadre del valle de Elqui que se las da de profeta y que recorre el país predicando y dando bendiciones —dijo sin un asomo de ironía, más bien con toda la seriedad del mundo.

Luego de mostrarle por qué lado debía encaminarse —tenía que devolverse unos kilómetros hacia el sur y tomar por el ramal de la línea de los carros salitreros—, se tomó la molestia de hacerle algunas recomendaciones prácticas. Primera cosa: ¿llevaba el señor profeta una cantimplora o una botella de agua para el camino? Sí, la llevaba. Perfecto. Segunda cosa: que se dejara de llamar Providencia a la oficina donde iba, que por estos lados todo el mundo la conocía como La Piojo. Y tercera, se lo decía por su bien: si se iba a ir caminando, por nada del mundo se apartara de la línea férrea, pues si lo hacía corría el riesgo de ser engañado por el canto de sirena de los espejismos que bullían como plaga en esas llanuras del carajo.

Antes de despedirse, el Cristo de Elqui le entregó un folleto a cada uno en forma gratuita, como agradecimiento a su buena disposición. El tuerto, ahora con un leve brillito de burla en su ojo huacho, mirándole la bolsa de azúcar, le dijo que tuviera cuidado con esa maletita tan dije que llevaba, pues lo podían confundir con uno de esos joyeros que subían desde los puertos a las salitreras a comerciar relojes, anillos y prendedores de oro, y que de continuo eran asaltados en mitad de la pampa.

—A algunos los degüellan a corvo, a otros les dan un tiro de revólver en la nuca y luego los entierran en algún pique abandonado. No sin antes, claro, lanzarles un cabo de dinamita para hacerlos desaparecer sin dejar rastro.

—O no vaya a ser cosa —terció el guardagujas, silbando las palabras a causa de su placa dental floja— que los vigilantes de La Piojo crean que usted es uno de esos agitadores que andan por ahí repartiendo panfletos. Pues, por si no lo sabe, don, los obreros de esa oficina están en huelga hace como dos semanas, y el horno allí no está para bollos.

Mientras los hombres le hablaban, el Cristo de Elqui, inmutable a sus advertencias, se había puesto a escudriñar la posición de las piezas en el tablero de damas. De modo que antes de irse le pidió al anciano guardagujas que le permitiera hacer la siguiente movida.

El anciano accedió.

El Cristo de Elqui se acuclilló, dejó su bolsa en el suelo, se mesó las barbas con gesto pensativo, y luego movió una pieza para que el tuerto se la comiera. El tuerto comió y él, de vuelta, sonriendo satisfecho, le comió dos. Pero quedó en tan mala posición que su contrincante, destellándole su ojo y haciendo sonar enfáticamente las calas en el tablero, le comió tres perros y entró a damas.

El guardagujas refunfuñó furioso.

—Lo siento, hermano —dijo el Cristo de Elqui asorochado—, pero esa jugada me salía perfecta con los internos del Asilo de Temperancia.

El guardagujas escupió por el colmillo.

El predicador recogió su bolsa de papel, les dio una rápida bendición a los hombres y emprendió la retirada con la cola entre las piernas.

Ya era casi mediodía en la pampa.

Con paso bizarro, bajo un sol en llamas, echó a caminar por el medio de la línea férrea. A medida que se iba adentrando en el desierto, atrás, griseando a la distancia, difuminándose en la reverberación del calor, el pueblo de Sierra Gorda se iba convirtiendo en una triste garumita echada.

Tranqueando de durmiente en durmiente, en medio del silencio mineral del desierto —«Nada fortifica tanto el espíritu como el silencio del desierto, hermanos míos»—, le dio por pensar en las asombrosas coincidencias que se entretejían en las historias de Alma Basilia y Magalena Mercado; coincidencias y casualidades que concernían no sólo a sus vidas, sino también a las oficinas en que cada una vivía. O había vivido, en el caso de Alma Basilia, pues, de creerle al fabulador del tren, ella había muerto apuñalada por un asesino de mujeres escapado de la cárcel de Iquique. Según la descripción del vendedor de pájaros, en la oficina de Magalena Mercado —lo mismo que en la de Alma Basilia— había una sola preceptora, una sola partera, una sola maestra de piano y una sola prostituta, que era ella. Y tal como Alma Basilia lo hacía en la oficina Cholita, en Providencia —o La Piojo, como habían dicho los hombres de la estación—, Magalena Mercado debía de arreglárselas ella sola para atender a toda la leva de trabajadores solteros. Asunto que, por cierto, no era ninguna bicoca, había dicho el pajarero, porque allí eran más de doscientos los varones que vivían sin mujer. Y si a ese número había que descontar al cura párroco y al Carlosmaría que nunca faltaba en las oficinas (en la de Alma Basilia era el perfumista de la pulpería; en la de Magalena Mercado, el boletero del cine), había que agregar, sin embargo, a la tropa de casados insatisfechos que en los días de pago se colaban subrepticiamente a comprar sus favores. Aunque de tarde en tarde había que restar también a algunos de los machos más ancianos, que al fallarles las glándulas dejaban de visitarlas, como hacían cuando yo era hermoso como un toro negro, pues, paisano, y tenía las mujeres que quería y un revólver de hombre a la cintura. Pero el lugar de estos ancianos apartados de las complacencias carnales era ocupado de inmediato por algún niño que, al cumplir los quince —como era costumbre en la pampa de los machos a toda prueba—, se le compraba pantalón largo, se le peinaba a la gomina, hacia atrás —sin la infantil raya al lado izquierdo—, y era llevado por su padre a la casa de la madama del lugar para que se recibiera de hombre y aprendiera de una vez por todas, carajo, que cuando la pajarilla se le erguía no era precisamente para competir a ver quién meaba más lejos.

Además de lo palmario de su nombre, y del hecho ya de por sí extraño de ser una cortesana creyente en Dios y en la Virgen Santísima, lo otro que le intrigó de la historia de Magalena Mercado fue algo que el vendedor de pájaros había contado casi en voz baja, y que terminó por incrementar aún más el misterio de la mujer. Dijo el pajarero que, según se mentaba en las cantinas de esos lados de la pampa, muchos sospechaban que la puta altruista era una de las mujeres que habían llegado en el famoso enganche de enfermos mentales traído del sur, luego del gran terremoto de hace tres años. El caso había terminado por convertirse en un mito en las salitreras, pues las administraciones de las oficinas tenían prohibido a sus trabajadores hablar del tema, so pena de recibir el «sobre azul». Por lo tanto, pasados casi tres años de ocurrido, muy pocas personas tenían conocimiento del misterioso suceso. Y los pocos que algo sabían no se aventuraban a contar nada. Para muchos, el enganche de locos era tan sobrenatural como el relato de la Llorona o de la Viuda Negra. O el de la Guagua de la Dentadura de Oro. La pampa estaba llena de leyendas supersticiosas.

—Por algo se dice que el norte es el lado del diablo —musitó el Cristo de Elqui.

Llevaba una hora caminando y ya se había tomado toda el agua de la botella. El sol parecía rugir sobre su cabeza. Pero ya debía faltar poco para avistar la torta de ripios o la chimenea de La Piojo, que era lo primero que se divisaba de cualquier oficina salitrera. Para darse ánimos, siguió pensando en Magalena Mercado. En su asombrosa historia de vida. Cómo estaba necesitando él de una discípula como aquella mujer excepcional. Muchas veces, algunos de sus apóstoles de más confianza, al calor de una fogata en una playa del Norte Chico, o mientras mordisqueaban trigo crudo tumbados a la vera de un camino en los campos del sur, le habían preguntado que para qué diantre se andaba desvelando y atormentando la vida en busca de una imposible prostituta bíblica, cuando ellos mismos podían dar fe de que entre las devotas que se le acercaban había señoras que se sentirían felices, y bendecidas por Dios, si él les pidiera que abandonaran casa y familia y lo siguieran por los caminos de la patria ayudándole en su manda de evangelizar al mundo, pero, sobre todo, haciéndole el favor «de todo corazón y sin remilgos», como acostumbraba a decir él; tal y como ocurría con las criaditas que se quedaban después de la prédica y que se lo hacían entre los pajonales, como ellos mismos habían constatado muchas veces. «No se venga a hacer el de las chacras con nosotros, pues, Maestro.»

41

En tales ocasiones, él dejaba de lado su inmutable tono eclesiástico para refutarles, astuto, que todas esas cristianas no eran aptas para acompañarlo en su misión, pues con las casadas, como deberían saberlo muy bien los fariseos socarrones, era pecado de fornicación. Y si tuvieran un poco de agudeza, así fuera como un grano de mostaza, y lo pensaran un momento, caerían en la cuenta de que el anhelo último de las otras —las viudas y las solteras— era embelesar a los hombres para casarlos por las dos leyes y luego formar un hogar, dulce hogar, con brasero, hijos y mascotas. Y a un Cristo casado, pues, hermanos míos, no le creería nadie. Y su esposa, menos que nadie.

—En esto de predicar, sépanlo de una vez, simplones del diantre, no basta con ser creyente, también hay que ser creíble.

4

En las planicies de la pampa comenzaba a soplar el árido viento de las cuatro de la tarde.

El Cristo de Elqui, luego de un buen rato de caminar sin descanso, con el pelo revoleándole sobre los ojos, se detuvo y alzó la cabeza haciéndose visera con las manos. De pronto le había parecido divisar la torta de ripios y el pico de una usina hacia el lado de los cerros —en la pampa, aquella vista daba la ilusión de «un barco encallado en mitad del desierto», como decían en sus versos los poetas nortinos—. La línea férrea, sin embargo, seguía en una sola derechera interminable hacia el sur.

Seguro que más adelante se curvaba hacia ese lado.

En ese momento, como un prodigio en plena pampa, en medio de la brutal incandescencia del día, una mariposa cruzó la línea férrea. «Una mariposa instantánea», se dijo, maravillado, el Cristo de Elqui, sin poder comprender de dónde diantres había surgido. Era una mariposa naranja con ocelos negros.

Mientras la veía desaparecer revoloteando hacia el oriente, fue que se le ocurrió. ¿Por qué no hacer la cortada y ahorrar camino y tiempo? Total, más poderoso que todas las ilusiones de calor de la pampa era el Padre Eterno que guiaba sus pasos.

Lo pensó y lo hizo.

Se apartó de la vía y, con trancos decididos, se internó en la llanura. El sol pareció afierarse aún más ante su desafío. Sacó de la bolsa su capa de tafetán y se la ató a la cabeza a modo de turbante. La dirección por donde se fue la mariposa era la misma por donde había creído ver la torta de ripios y la punta de una usina. Recordó que en sus años mozos, por los tiempos en que había trabajado en las calicheras, los asoleados decían que estas mariposas que brotaban del aire en las horas más duras de su jornada eran las almas de sus hijos muertos que venían a alegrarles el espíritu; esto cuando los niños en la pampa morían como moscas y no había médicos ni medicinas para curarlos.

Tras caminar unos minutos hundiendo sus sandalias en la arena ardiente, perdió de vista la vía, luego los postes del telégrafo y después todo vestigio de intervención humana en el paisaje. «El que transita por caminos andados no deja huellas», se dijo en voz alta, recordando que constantemente repetía eso en sus predicaciones. Además, para darse ánimo, se congratuló de andar ligero de equipaje.

En todos estos años de caminar por el mundo había cargado con un cuanto hay de bártulos y equipajes: maletas de madera, bolsos de lona, sacos de marinero y simples retobos de frazadas. Hasta un viejo baúl de pirata había llevado por un buen tiempo, un baúl que se encontró una noche de invierno en Temuco, en una casa abandonada en donde pasó a refugiarse de la lluvia, pero le resultaba tan pesado y estorboso que una tarde terminó dejándolo tirado en una de las tantas estaciones de trenes. Tal cual había ocurrido con los otros trastos —sacos, bolsos, retobos— que al final, después de tanto uso, los tiraba por ahí por inservibles. O terminaban por robárselos en los caminos, como le había sucedido hacía poco con una hermosa maleta de madera de color rojo, labrada y con esquinas de metal, que le había obsequiado una devota de la ciudad de Linares.

Ahora todo su equipaje consistía en la liviana bolsa de papel. En ella llevaba lo que le era menester para vivir. Siempre que alguna gente le sacaba en cara la franciscana pobreza de su patrimonio, él pontificaba que no había nacido para glorificarse a sí mismo, sino para ayudar a sus semejantes. En especial a los enfermos y a los débiles, y por sobre todo a los pobres de espíritu. Porque era mejor ser que poseer. Y para que los fariseos que lo criticaban lo fueran sabiendo de una vez por todas, al final del día, hermanos míos —exhortaba en amable tono declamativo—, él era el que era: un Cristo pobre, sin un cobre, un Cristo perdonador, paciente y bueno, un Cristo chileno.

En esa parte del desierto, la pampa era una sola llanura sin término; ningún cerro o colina alteraba el círculo del horizonte. El terreno era tan parejo como una medialuna planetaria. Ninguna pisada de hombre, rastro de animal o huella de máquina parecían haber profanado aquel suelo. Le pareció que en esa parte del desierto, hasta el mismo cielo era estéril; por lo tanto, ni una gota de lluvia habría hollado esas arenas calcinadas, ni la sombra de ninguna nubecita expósita habría ungido su espinazo ardiente por los siglos de los siglos.

—Tal vez, ni Dios mismo ha paseado jamás su mirada por estos páramos —se dijo, atónito.

Y sintió un escalofrío de sólo pensarlo.

Mientras se adentraba más en el desierto, pisando casi en puntillas, como se entra en un recinto sagrado, sentía el asombro y el vértigo de Adán en el primer día de la Creación. Esos páramos agrios le parecían un mundo recién cocinado. Caminaba mirando gozoso cómo las huellas de sus sandalias iban quedando labradas en la tierra salitrosa, diciéndose que el suelo que pisaba ahora mismo nadie más lo había pisado en los millones y millones de años que tenía de creada la Tierra.

Después de caminar no sabía cuántas horas, lo venció la sed y el cansancio. Se suponía que el campamento no estaba tan lejos. Se sintió perdido. A lo único que atinó fue a dejarse caer en la arena. Con su bolsa de papel entre las piernas, se sentó en la posición de flor de loto. Como hacía en sus trances difíciles, comenzó a escarbarse la nariz. Miró a su alrededor: le parecía estar en el centro mismo del círculo que componía el horizonte en torno suyo, un círculo como trazado a mano alzada, perfecto, rotundo, universal. El silencio y la soledad eran de tal pureza que lo perturbaban como presencias físicas. Se quitó sus sandalias. Quería estar en comunión con la tierra.

Luego, oró largamente.

El atardecer comenzó a flamear en el horizonte. Rojo. Imponente. Sobrecogedor. Pensó en el crepúsculo del Gólgota. Todo el medio círculo frente a sus ojos era un aro de fuego. «El aro de fuego de un domador de leones», se dijo. Al instante, con una claridad divina, sintió que el domador era Dios, y él, su león amaestrado. Y que su domador lo invitaba a saltar. Sí, a saltar. ¡Gloria al Padre Eterno!

Y saltó.

Cerró los ojos y saltó.

Ovillado infantilmente en la arena —las piernas recogidas al máximo, las manos entre las piernas y la cabeza tocando sus rodillas hasta casi formar un círculo—, con los ojos cerrados, vislumbró de súbito que la vida era redonda, que el amor era redondo, que la muerte era redonda. Arrasado en llanto, mientras parecía levitar a un centímetro de la arena, repetía en voz alta que los pensamientos eran redondos, que el viento era redondo, que el dolor, que la soledad, que el olvido eran redondos, que la misma sed que le quemaba la garganta era redonda. Antes de perder el sentido, cuando las sombras de la noche ya peinaban las comarcas de la pampa, el Cristo de Elqui aún seguía repitiendo, entre balbuceos, que la nada era redonda, que lo cuadrado era redondo, que el silencio era redondo, que el repique de las campanas era redondo. Que el recuerdo de su madre... Eso era lo más redondo de todo.

«Hecho una pelota igual que un chanchito de tierra», se dijo para sí el anciano que lo halló a la mañana siguiente. Al hombrecito, que con una pala, una escoba y un saco recorría limpiando la pampa en torno a La Piojo, le había llamado la atención una bandada de jotes matinales sobrevolando en círculos cada vez más bajo hacia el lado oriente de la línea férrea. Al encaminarse hacia el lugar y ver el bulto a la distancia, lo primero que pensó fue que era una mula muerta y que tendría que enterrarla, como hacía siempre, para que esos pajarracos asquerosos no se dieran un banquete. Ya más cerca del bulto se percató, sin ninguna emoción, de que no era una bestia, sino el cuerpo de un hombre ovillado en posición fetal —«hecho una pelota, igual que un chanchito de tierra»—, abrazado a una bolsa de papel y vestido con extraños atuendos. Pero de igual forma tendría que enterrarlo, se dijo inmutable, tal como había hecho con los huesos de varios empampados con los que había tropezado en esas peladeras del diantre.

Silbando una cantilena que nunca dejaba de silbar, y espantando a pedradas a los jotes que no querían quedarse sin alimento, el anciano comenzó a cavar una fosa. A las tres paladas sintió un susurro y se percató de que el muerto estaba vivo. Se acercó. Lo puso boca arriba. El hombre tenía los labios descuerados por la sed y la mirada ida de los que han sufrido de espejismos. Y no paraba de balbucir, tembloroso:

—¡Dios es redondo, Dios es redondo!

El anciano le dio a beber de su cantimplora, luego vertió agua sobre su mano y le humedeció la frente y la cabeza. Ya un tanto reanimado, lo ayudó a incorporarse, le pasó su bolsa de papel y, sin preguntarle nada, sin decir nada, sólo silbando su extraño silbidito de orate, lo guió hasta donde había visto una cuadrilla de carrilanos reparando un tramo de la línea férrea de los convoyes salitreros. La carpa de lona de los obreros estaba a sólo quinientos metros, hacia el poniente. El Cristo de Elqui había caminado varias horas en círculos.

Lo que vieron aparecer llenó de asombro a los obreros del ferrocarril. Aunque ya conocían a uno de ellos —se trataba de don Anónimo, el Loco de la Escoba, como lo llamaba la gente—, ver llegar a esos dos seres desastrados les resultó una visión delirante: uno, con su eterno chaleco de fantasía, sebiento y deshilachado, la cabeza rapada y sus grandes orejas deformes; el otro —medio desmayado—, de barba y melena desgreñada, calzando unas sandalias cazcarrientas y vestido con una especie de sotana de cura. Y con una bolsita de azúcar bajo el brazo.

Un verdadero espejismo en el desierto.

Tras saludar al Loquito de la Escoba, algunos con pullas y palmoteos en la espalda, dos de los obreros dijeron haber oído hablar alguna vez en la radio del otro personaje; mientras un tercero, el único de la cuadrilla que sabía leer, dijo conocer algo de su historia a través de los periódicos. De modo que en un rato ya todos sabían perfectamente quién era el Chanchito de Tierra, como lo llamaba don Anónimo, tratando de explicar cómo lo había hallado.

Los carrilanos, tras reponerse de su estupor, atendieron al extraño con el respeto y la veneración con que se atiende a un hombre santo. Lo acomodaron a la sombra de la carpa, le dieron a beber otro poco de agua y le convidaron medio pan amasado con chicharrones y un trozo de charqui.

Repuesto de su desmarrimiento, el Cristo de Elqui respondió a algunas preguntas, les obsequió con un par de máximas y sanos pensamientos en bien de la Humanidad, y luego les informó hacia dónde dirigía sus pasos cuando perdió el rumbo. El capataz de los obreros, un pampino de baja estatura pero fornido como un oso, de cuello corto y bigotitos a lo Chaplin, lo tranquilizó enseguida. Que no se preocupara el señor predicador, que aunque ellos eran de otra oficina, al final del turno —ese día, por ser sábado, terminaban su labor a las dos de la tarde— lo llevarían en la volanda hasta La Piojo.

—Será todo un honor para nosotros, mi distinguido señor —dijo en un tono que quiso ser reverencial, pero sin lograr contener el vigor de su vozarrón acostumbrado a mandar.

Como don Anónimo jamás había oído hablar del Cristo de Elqui, ni le interesaba en lo más mínimo —lo único importante para él era su delirante tarea de barrer las hectáreas de su chacra de arena—, luego de dejar al empampado a la sombra del toldo de los carrilanos, enfiló por la línea de vuelta a la oficina. Era casi mediodía y el sol comenzaba a rugir sobre su cabeza. Con su escoba, su pala y su saco al hombro, sin dejar de silbar su monótona melodía, se alejó con su paso de sonámbulo, revisando con atención por si veía alguna basura entre los durmientes.

Cuando llegó a la estación de La Piojo, el calor ya resquebrajaba las piedras. Luego de mojarse la cabeza en el pilón del estanque y llenar su cantimplora de agua, le contó al jefe de estación sobre el hombre que había hallado casi muerto en medio de la pampa. Lo hizo con la misma emoción que si le estuviera contando que se encontró uno de esos calcinados cráneos de vaca que condecoraban las arenas del desierto.

El hombre de la gorra con visera de celuloide le hizo un par de preguntas sobre el personaje y coligió altiro de quién se trataba. Y fue él, Catalino Castro, jefe de estación de La Piojo, que tenía fama de cagarse en la Santísima Trinidad y en toda la gama de santos y beatos que pululaban en la rancia onomástica de la Iglesia católica, el que avisó a La Piojo de la llegada del Cristo de Elqui.

—¡Ese trastornado errante, lleno de piojos, que se cree el Hijo de Dios, carajo!

5

Domingo Zárate Vega, conocido por todos como el Cristo de Elqui, no era consciente de la enorme conmoción que su figura bíblica provocaba en el ánimo de las muchedumbres que lo seguían y veneraban en los pueblos y ciudades del país, sobre todo entre los desheredados de la Tierra, siempre los más reverentes ante cualquier símbolo, alegoría o personificación que transmigrara un unto de religiosidad o misticismo. El solo hecho de verlo aparecer con sus largas crenchas negras, su barba hirsuta y vestido con la túnica y las sandalias de un Cristo marginal, originaba un fervoroso recogimiento entre esos hombres y mujeres mansos de espíritu que lo creían con la virtud bendita de hacer milagros, adivinar el futuro y hablar con Dios y la Virgen Santísima; además de entender el lenguaje de las bestias y poseer el secreto mágico de las yerbas medicinales para curar cualquier tipo de enfermedad, física, mental o espiritual. Por todas estas virtudes y santidades que se le atribuían era seguido y reverenciado con una unción sobrecogedora, cual si de verdad se tratara del mismísimo Hijo de Dios reencarnado en su persona, como con ardiente vehemencia afirmaba de sí mismo en sus prédicas al aire libre, en sus largas conferencias privadas y en sus empalagosas conversaciones personales. En las comarcas salitreras no era distinto del resto del territorio. No eran pocos los que al saber que el Iluminado, como le llamaban algunos, andaba de gira por los poblados de la pampa, echaban a caminar largas distancias bajo el sol blanco del desierto, con su mujer y sus hijos al apa y apenas una botellita de agua para el camino, para oír su santa palabra, tener la gracia de tocarle la túnica y pedirle de rodillas que nos conceda su santa bendición, Maestro, por el amor de Dios. Casi todos llegaban a verlo con crucifijos y velas de sacrificio, y le besaban la mano como si de un papa llegado de Roma se tratara, sin atreverse siquiera a levantar la cabeza y mirarlo a los ojos, pues no se sentían dignos de tamaña merced. La sola mención de su nombre los embargaba de un temor reverencial, tanto así que muchos, al verlo de cuerpo presente, caían de hinojos a sus pies como ante una visión divina, estallando en gritos de aleluya y en histéricos llantos inconsolables. Y aunque tales demostraciones de fe ocurrían por dondequiera que pisase la suela de sus sandalias, en las salitreras el fervor era más intenso todavía, pues aquí su ardua figura mesiánica era engrandecida por el magnetismo de uno de los desiertos más penitenciales del planeta, su palabra era exaltada por el silencio astral de estas comarcas de castigo, y su evangelio, enaltecido por la desesperanza de sus habitantes, desesperanza de haber visto tantos redentores falsos recorriendo la pampa desde siempre —sobre todo en épocas de elecciones— cacareando la igualdad y la equidad para el obrero y su familia, ofreciendo hacer caer el maná desde la limpidez azul de este cielo inmisericorde y prometiendo el paraíso en la Tierra, como si de una simple hectárea de campo se tratara. Por eso, la devoción sincera de tantos de los nuestros, porque de verdad ansiábamos creer en la llegada de un mesías verdadero, un salvador que viniera a redimirnos de una vez por todas de tantas injusticias, de tantas infamias y degradaciones a que vivíamos sometidos a diario. Sin embargo, aunque la estampa del Cristo de Elqui —ojos llameantes, cabellos caídos sobre los hombros y agreste barba de profeta bíblico— imponía entre sus seguidores un respeto sagrado, principalmente entre las sacrificadas mujeres pampinas, no siempre lograba sosegar el humor festivo de los hombres, sobre todo de los irredentos patizorros, o asoleados, como llamábamos a los obreros particulares que laboraban triturando piedras en las calicheras, esos sufridos hombrones con fama de ser los más chanceros y desbocados de toda la pampa, desde Taltal a Iquique. Él trataba de ser indulgente a toda clase de burlas y ofensas a su persona, responder las ironías con caridad y misericordia cristiana. Casi siempre lo lograba. Sin embargo, hermanos míos, reclamaba a veces, saliéndose de madre en sus discursos y peroratas teológicas, había un par de cosas que conseguían encocorarlo y sacarlo irremisiblemente de sus casillas. En primer lugar, el hecho inaguantable de que algunos señores comunistas, de esos que se las daban de leídos y escribidos —y lo único que escriben es *Viva Stalin* en las paredes de los baños públicos, y lo único que leen es el diario en la mesa mientras almuerzan, hecho que es una mala educación absoluta y un muy mal ejemplo para los niños—, todavía digan de mi persona, dejándose llevar por la apariencia de mi barba y de mi vestimenta, que soy árabe, que soy chino, que soy hindú. Si hasta de mapuche me han tratado estos desjuiciados. Y eso no sería nada, madrecita santa, porque hubo más de alguno de estos cabeza de alcornoque que me comparó incluso con el mismísimo Judío Errante. Habrase visto semejante barbaridad. Hay que ser tonto de escaparate, digo yo. Todo esto sin mencionar el otro hecho que le resultaba francamente insufrible y que le ocurría todo el tiempo en todas partes, muy particularmente en los inquilinatos campesinos y en las calles de tierra de los tristes campamentos de latas de los poblados salitreros, y esto era que al ver aparecer su figura evangélica los niños tendían a confundirlo con el Viejo Pascuero. Le daba en la espinilla ver a esas hordas de penecas descalzos corriendo en patota detrás suyo pidiéndole una pelota de fútbol para la Navidad, un juego de palitroques o una muñeca de trapo más que sea, señor don Cristo Pascuero. Él prefería no responder ni hacer nada ante tamaña falta de respeto, no fuera a ser cosa que el demonio sulfurara en demasía su espíritu y olvidara por un momento el más cristiano de los versículos del Nuevo Testamento —«Dejad que los niños vengan a mí»—, dando motivos de habladurías a sus detractores. Porque igual que en el resto del país, también por aquí tenía sus detractores y maldicientes. Entre éstos se contaban muy especialmente los curas párrocos, los dueños de camales, los concesionarios de fondas y los gringos administradores de oficinas; cáfila de acusadores que argumentaban, ufanos, que toda esa euforia que el tal Cristo de Elqui causaba entre el populacho era únicamente efecto de su imagen de profeta loco, de redentor callejero, de mesías de población callampa; que de ningún modo era porque el susodicho hiciera milagros o provocara prodigios, menos aún porque sus palabras tuvieran una pizca de santidad, ya que la mayoría de las veces sus prédicas se componían de simples consejos de carácter práctico, máximas inventadas por él mismo, o simplemente de recetas de yerbas medicinales que hasta la comadrona más humilde de cualquier conventillo de pueblo proporcionaba sin hacer mayor alharaca. Por no decir nada de esos dislates absurdos que él llamaba con grandilocuencia «mis sanos pensamientos en bien de la Humanidad». Si sólo era cuestión de parar un poco la oreja y oír las ramplonerías que pregonaba este Cristito de pacotilla, para darse cuenta de que no era sino un pobre campesino rústico dándoselas de profeta elegido por el Altísimo, ramplonerías y perogrulladas como, por ejemplo, que los cristianos no deberían de cometer el error imperdonable de consumir mariscos, pues todo lo proveniente del mar era veneno; o que no es bien visto a los ojos del Grandioso matar pajaritos ni ninguna clase de bichos sino en caso de extrema necesidad; o que los moradores debían purificar sus casas con sahumerios a lo menos cada quince días, a puertas y ventanas cerradas. Así de reveladoras eran sus exhortaciones. Y para rematar el cuadro sacaban a colación uno de los consejos predilectos del predicador: que por nada del mundo, hermanos míos —ni de este ni del otro—, se debía retener el aire en las tripas, pues aquello resultaba muy dañoso para el organismo y a la larga podía ser consecuencia de muerte. De este modo, decían triunfales estos enjuiciadores teológicos, era cuestión de que cada uno sacara sus propias cuentas para concluir que el suyo era definitivamente un evangelio de chapucerías. Pero ellos no eran sus únicos enemigos, estaban además sus censores morales y sus detractores políticos. Los primeros rezongaban que el famoso Cristo de Elqui aprovechaba cualquier resquicio en sus peroratas religiosas para agradecer públicamente a Carabineros de Chile, argumentando que en los pueblos y ciudades por donde pasaba sembrando la semilla de la palabra santa, los uniformados muchas veces lo habían acogido y dado alojamiento en sus cuarteles. Y los segundos, sus enemigos políticos, reclamaban que para terminar de rematarla, en medio de sus discursos que se suponían de tenor divino, al predicador malo de la cabeza le había dado por alabar a don Pedro Aguirre Cerda, presidente de la República muerto en ejercicio hacía un año y, según él, uno de los mejores mandatarios que había tenido el país. «El pueblo lo quería y apreciaba como si hubiese sido un vecino del barrio», decía con entusiasmo. «Yo mismo, hermanos míos, vi cómo, el día de su muerte, en cada una de las escuelas públicas de la patria se le lloraba con sentimiento y se encendían velas frente a un busto o a una fotografía suya.» Sin embargo, había algo que lo redimía de todo lo pedestres que pudieran resultar sus alocuciones, y eso era su poder de persuasión, sí señor, su innegable poder de persuasión acentuado por un timbre de voz capaz de ablandar el corazón de las mismas piedras, como decían en la pampa sus devotos más incondicionales. Sólo bastaba ver cómo la gente se prosternaba ante su presencia, cómo lo oían atónitos y boquiabiertos, tal si estuvieran oyendo a través de lo popular de sus dichos y lo inelegante de sus palabras —a veces hasta mal pronunciadas— la verdad última del insondable misterio del universo. Las mujeres —no sólo las de la pampa, sino las de cualquier parte por donde pasaba el predicador trashumante— tenían también otros impulsos menos piadosos para seguirlo y reverenciarlo: además de su voz, ellas quedaban cautivadas por el imán de sus ojos de carbón, por su porte altivo de profeta acostumbrado a las durezas y rigores de la intemperie y, sobre todo, por su aire personudo, comadrita, por Dios, dígame que usted no siente lo mismo que yo, y que me perdone la Virgencita Santa por mis malos pensamientos. Él, por su parte, ponía toda su voluntad en no defraudarlas. Manifiestamente en contra de la doctrina eclesiástica que predicaba el celibato para los ministros de Dios, él adhería con entusiasmo —un entusiasmo coloreado de arrebato— al claro mandato bíblico de «id y multiplicaos sobre la faz de la Tierra». Aún más, en sus pocos momentos de esparcimiento aseveraba entre sus apóstoles de más confianza que la abstinencia sexual era también una aberración, y quizás la más grave de todas. Por lo mismo, él no la practicaba en absoluto. Salvo en Semana Santa, claro.

Y era tan consecuente en estos asuntos, que desde que emprendió su misión había estado buscando a una María Magdalena que lo acompañara en su vía crucis, una mujer que, además de su observancia y fe cristiana, fornicara de todo corazón y sin remilgos. Había tenido más de una, era cierto, pero ninguna mostró la voluntad de hierro y el espíritu de sacrificio que se necesitaba para cumplir a cabalidad su papel bíblico —lavado de pies incluido—, y al poco tiempo terminaron renunciando a las abnegaciones del apostolado, cediendo a los envites mundanales y abandonándolo sin miramientos para ligarse con el primer Barrabás de medio pelo que se les cruzó por delante. Entre ellas habían aparecido muchas locas de patio que se creían la Virgen María y que no daban el ancho ni para sacristanas; otras que se ganaban la vida de adivinas o quirománticas y que se ofrecían con un ímpetu y una confianza de compinches para ir con él por los caminos secundándolo en su ministerio, pero él se daba cuenta enseguida de que esas criaturas eran unas veletas al viento y sólo lo hacían para incrementar sus propios negocios de gitanas marrulleras. A ésas les hacía la cruz como si fueran la personificación del mismísimo demonio. Ninguna de ellas le llegaba a la suela a María Encarnación. ¡Verbo Divino, Padre Eterno, Rey de Reyes, cómo extrañaba a esa mujer! En todos estos años de sacrificio era la única que se había desempeñado según las Sagradas Escrituras. María Encarnación, la joven huérfana de padre y madre, endevotada con él en los primeros días de su promesa, cuando aún no llevaba su ministerio más allá de la provincia del Limarí. Tan entregada al amor cristiano era su María Encarnación, que diariamente sometía su cuerpo a duras expiaciones en pos de la santidad. Lástima que esos castigos y penitencias que infligía a su carne llegaran a oídos de sus familiares, gentiles que no entendían un comino de las cosas de Dios y que tras arrebatarla de su lado —luego de una denuncia por rapto— optaron por recluirla de por vïda en el convento del pueblo de Vicuña. Qué se le iba a hacer. El Padre Eterno nos da, el Padre Eterno nos quita; alabado sea el Padre Eterno.

6

—¡El Cristo de Elqui viene camino a La Piojo!

La noticia corrió por las calles de la oficina como un zorro perseguido por los perros. Pese al calor alquitranado de la hora de la siesta, medio campamento se volcó a la estación a recibir al predicador.

Las mujeres salieron con la cabeza cubierta por pañoletas oscuras, rosarios en las manos y un piadoso halo de recogimiento suavizando su expresión de hembras esforzadas, laboriosas y capaces de todos los sacrificios por su familia; los niños se fueron corriendo con sus aros de alambre, sus camioncitos de lata y la bulliciosa alegría de ver por fin algo nuevo en el tedio infinito de la pampa, que era todo el mundo que conocían; y los pocos hombres que a esas horas descansaban sentados en una piedra a la puerta de sus casas —la mayoría se hallaba reunida en el sindicato, o vigilando las entradas de la planta por si aparecían rompehuelgas—, salieron en camiseta y alpargatas detrás de las mujeres y los niños a ver la novedad, ganchito, de un Cristo chileno predicando en el desierto. Incluso los más escépticos y descreídos —los patizorros eran los más escépticos y descreídos en toda la pampa—, los que dudaban de que en verdad ese atorrante con aire de mendigo fuera el Cristo Rey, y que además hiciera milagros —«Ese Cristito de conventillo no sana ni a un niño con pitaña, pues, paisita»—, salieron a la huella de tierra con un desdeñoso gesto de machos suspicaces tatuado en sus rostros cuadrados.

A esa hora alucinante de la siesta pampina el sol era una piedra ardiendo en mitad del cielo, en el aire no soplaba una hebra de viento y la atmósfera resultaba tan pura que se podía ver a más de setenta kilómetros a la redonda.

Ninguna nube se divisaba en lontananza.

Amontonada en el pequeño andén, la gente oteaba el horizonte haciéndose visera con una mano y echándose aire con la otra. Algunas mujeres, con cirios encendidos, rezaban fervorosamente en susurros, chorreando esperma y transpiración.

Unos niños subidos descalzos sobre el techo de calaminas de las bodegas ferroviarias, fueron los primeros en dar la voz de alarma:

—¡Allá viene!

A lo lejos, la volanda que traía al hombre de la túnica carmelita parecía desplazarse irrealmente sobre las ondas de los espejismos.

Apenas lograron divisarlo con más nitidez, las mujeres más devotas —las de cirios y rosarios en las manos— no pudieron aguantar sus ansias de estar cerca del Iluminado y salieron a recibirlo más allá del estanque de agua en donde se reabastecían las locomotoras. Desde allí se vinieron rodeando la volanda con gran alborozo.

Algunas, las que nunca lo habían visto en persona, ni siquiera en fotografías, y lo habían imaginado tan delicado y etéreo como se imaginaban a Su Santidad el Papa, se decepcionaron grandemente de su aspecto estrafalario. La entierrada barba negra, toda desgreñada, los desordenados cabellos caídos sobre su cara, las sandalias desbaratadas y el sayal sucio de arena lo hacían ver como un pobre Cristo desastrado.

Sentado en el centro de la volanda, el predicador en verdad parecía un buey ajetreado, exhausto, derrotado. Sin embargo, ése era el aspecto que, por su vida a la intemperie y sus largas caminatas interminables, presentaba la mayor parte del tiempo. Tan cierto era esto, que algunas madres a lo largo del país, al ver a sus hijos llegando sucios y despeinados de la calle, los reprendían diciéndoles con sarcasmo que con esa facha, niño, por Dios, te pareces al Cristo de Elqui.

No obstante, pese a la decepción de algunas mujeres, la mayoría, transidas de fe y recogimiento, trataban de acercarse arriesgadamente al carromato para tocarle el crucifijo de palo santo que llevaba atado al reverso de la mano izquierda. O, a través de las palas, los martillos y las barretas de acero que empuñaban los desconcertados obreros carrilanos, rozarle un cachito más que fuera de su túnica cristiana, que dicen que es milagrosa, vecinita, se lo juro por Dios. Mientras, el predicador, desde la plataforma del pequeño carromato, repartía bendiciones haciendo la señal de la cruz con desmarrido gesto apostólico.

Al llegar al andén, de inmediato fue rodeado por el grueso de la gente menos crédula, niños y hombres que lo miraban con la curiosidad con que mirarían a un viejo y oxidado animal de circo. Tras agradecer el samaritano gesto de los obreros del ferrocarril y bendiciendo a cada uno de ellos con un toquecito de su crucifijo —«Que el Padre Eterno te glorifique, hermano»—, el predicador descendió de la volanda asistido por algunos de los creyentes que se esmeraban en consideraciones hacia su persona. Rodeado y empujado por la multitud, el Cristo de Elqui echó a caminar hacia el campamento de calaminas. A medida que avanzaban por el camino de tierra se iba aglutinando más gente que lo saludaba y alababa a gritos; los niños más barrabases de la patota lo escupían disimuladamente por la espalda y le lanzaban puntapiés a los tobillos, mientras algunas ancianas le pasaban gajos de fruta y jarrones de agua con harina tostada, y otras, las más fervorosas —las de rosarios y cirios encendidos—, le pedían llorando que, por favor, las favoreciera con algunas de sus santas palabras. Querían oírlo hablar, querían escuchar uno de sus sermones.

—¡Queremos aprender a arrepentirnos de nuestros pecados, señor Cristo de Elqui! —le decían llorando.

Él, con sus ojos aguados de cansancio, pedía por favor que lo dispensaran por ahora, que tal vez luego, tras de un breve reposo y con el fresco de la tarde, haría una prédica en la plaza del campamento. «Y por lo demás, queridas hermanas», exhortaba casi entre dientes, «en vez de aprender a arrepentirse de los pecados, sería mejor aprender a no caer en ellos, ¿no les parece?».

Pero al final, a la entrada ya del campamento, tuvo que darse por vencido. Atizado por la ferviente rogación de las mujeres, y sobre todo por agradecer las ofrendas y las demostraciones de cariño de que era objeto, pese a lo cansado que estaba, no tuvo más remedio que acceder a sus peticiones. Con ampulosos ademanes eclesiásticos, sacó su capa de la bolsa de papel, la desplegó como quien despliega el manto sagrado y procedió a ponérsela. Después, como acostumbraba a hacerlo cada vez que se aprestaba a predicar, oteó por sobre las cabezas del gentío buscando alguna altura, una loma o colina cercana, o más que fuera un pequeño promontorio donde subir a enseñar sus sentencias y sanos pensamientos en bien de la Humanidad. Le gustaba hacerlo desde lo alto. «Como Jesús de Nazaret enseñando el Sermón de la Montaña», solía explicar con dulce expresión cuando le preguntaban el motivo.

Pero la pampa en ese lugar, como en casi toda su extensión, era una sola llanada hasta donde se perdía la vista y no tuvo más remedio que encaramarse sobre una gran piedra de caliche empotrada a la vera de la huella de tierra. Desde ahí, de cara al sol, con los brazos abiertos a la manera de los sacerdotes oficiando misa —la piedra era su altar mayor—, se puso a predicar, a aconsejar, a catequizar con una piedad y una benevolencia tal que enseguida hizo brotar lágrimas de emoción a los conturbados oyentes. Pese a comenzar previniendo, como siempre hacía, de que el final de los tiempos estaba a las puertas, y que era mejor arrepentirse ahora, almas que escuchan, el tenor de sus palabras resultó más humano que divino, más casero que teológico, pues en general se limitó a exponer cosas como que los cristianos que desearan conservar la buena salud, tanto corporal como espiritual, debían practicar el naturismo, levantarse antes de la salida del sol y desayunar lo más liviano posible, con una taza de té o un mate bien cebado era más que suficiente; que la siesta tenía que ser de quince minutos como máximo, bastaba y sobraba con la pérdida de la conciencia, pues era un hecho científico indesmentible que el dormir demasiado hacía mal para el genio y la voluntad. A los pocos varones que se habían quedado a oírlo les dijo lo que repetía en todas partes, aunque sin mucha convicción: que se debían evitar las bebidas espirituosas en la medida de lo posible, con una copita de vino al almuerzo alcanzaba lo más bien para mantener contento el pico y el alma; y en lo posible no usar calcetines ni sombreros, salvo por necesidad absoluta, ya que los pies y la cabeza, como todo el mundo lo sabía, eran los órganos más importantes del cuerpo y había que mantenerlos lo más aireados posible.

—Como decía un devoto medio poeta que me acompañó por un tiempo: «El cuerpo, hermanos, si se trata bien, puede durar toda la vida».

Al final, cuando una anciana desdentada arrastrando a un niño de la mano se le acercó para decirle que su nieto tenía lombrices y que si lo podía ungir en el nombre de Dios, el Cristo de Elqui le dijo campechanamente que para eso, amada hermana, no había necesidad de importunar al Padre Eterno, que a esas horas debía de estar apoltronado en su trono celestial haciendo su siesta. Que no por nada, le dijo, existían recetas caseras a base de yerbas medicinales, yerbas creadas por el mismo Dios Omnipotente. Acto seguido, hablando en voz alta para que lo alcanzaran a oír todos a su alrededor, explicó que el remedio para expulsar esos gusanos intestinales era de muy sencilla preparación. Que pusieran oído las hermanas mujeres: primero, se debía machucar un puñado de pepas de zapallo, bien machucadas; luego, se le aplicaba medio litro de agua hirviendo y se revolvía hasta formar una horchata; después, se dejaba enfriar y se le daba a beber al aquejado, en ayuno, sea niño o adulto. Y que más tarde, detrasito del bebedizo, había que proceder a suministrarle un buen purgante y sentarlo en una bacinica llena en su cuarta parte con leche tibia.

—Mejor todavía, hermanas y hermanos —dijo mirando en abanico—, si mientras espera a que se produzca el descuerpo, el afectado aprovecha de rezar un padrenuestro y un avemaría, porque en verdad uno nunca sabe de qué pueden disfrazarse los demonios para poseer el cuerpo de un cristiano.

Cuando el Cristo de Elqui terminó su perorata, las mujeres, caídas en estado de arrobamiento, se abrazaban entre ellas y se decían unas a otras que la emoción no era tanto por las cosas que el Cristo decía, comadrita linda, sino por el sagrado tono de virtud con que las decía.

Sin embargo, el clima religioso que estaba reinando en el ambiente fue quebrado de golpe por el borrachito más connotado de la oficina, que en esos instantes atinaba a pasar por el lugar. El Cachadiablos, como le decían al beodo, un chilote patizambo, de bigotes y patillas coloradas, conocido en las mesas de las fondas por blasfemo y maldiciente, al ver la exaltación del gentío alrededor del barbón de la sotana, detuvo su camino zigzagueante y, haciendo bocina con las manos, gritó una blasfemia que dejó helado a todo el mundo.

El Cristo de Elqui, que ya había bajado de su púlpito de piedra, trató de mantener su voto de mansedumbre y se hizo el sordo. Con voz pausada y ademanes redentores, siguió compartiendo con las señoras como si nada.

El borracho lanzó otra palabrota, ahora mucho más grave que la primera. Las mujeres se persignaron escandalizadas, los niños observaban divertidos y los hombres, riendo por lo bajo, esperaron con curiosidad a ver la reacción del predicador ante ese frangollo.

El Cristo de Elqui cerró los ojos y apretó los puños. Parecía a punto de estallar. Conteniéndose apenas, enarcó el cuello por sobre las cabezas de sus oyentes y sólo se limitó a decir, alzando un poco más el tono de su voz, que las blasfemias contra Dios, hermanos míos, no hacían sino corroborar a Dios.

Pero al tercer grito del borracho, con la ira encendida en sus ojos de carbón, bufando como un toro, pidió perdón al Padre Celestial, se excusó ante las pías hermanas presentes y, arremangándose el sayal, volvió a encaramarse sobre la piedra de caliche. Desde arriba, apuntando al ebrio de piernas torcidas, le gritó con voz tronante, como si fuera el más grande agravio que se pudiera proferir:

—¡Antitrinitario!

7

Luego de su triunfal entrada a la oficina —«Él entró a Jerusalén montado en un burro, yo llegué a La Piojo alzado en una volanda», decía muy pagado de sí mismo—, el Cristo de Elqui fue invitado a almorzar en la olla común organizada por las esposas de los obreros en huelga.

Instalados frente al quiosco de la plaza, en las afueras del sindicato, los tres grandes fondos de fierro fundido negreaban sobre los fogones de piedras, alimentados de trozos de durmientes. Sombreadas sólo por la nubecita de música ranchera que emergía de la victrola del salón sindical, familias completas de obreros en huelga se apelotonaban bajo el sol esperando su «ración de guerra», como llamaban a la viandada de proletarios porotos burros.

Aunque a la distancia podría parecer que allí reinaba el caos, todo se desarrollaba en un vivaz y bullicioso orden: mientras algunos niños, palo en mano, se turnaban para mantener a raya a la leva de perros vagos atraídos por el olor a comida, y fornidos derripiadores transpiraban la gota gruesa partiendo durmientes para mantener encendido el fuego, un grupo de mujeres sudorosas, con delantales cortados de sacos harineros y las mejillas manchadas de tizne, repartían las cucharonadas del almuerzo humeante a la tupida fila de hombres, mujeres y niños que aguardaban con sus viandas desconchadas y sus largas miradas de hambre. El menú de cada día era la vigorosa porción de porotos —un día con mote, al siguiente con riendas— aderezada con una aromosa mancha de ají de color que, en un fuego aparte, hervía en una negrísima sartén sopaipillera.

A esas alturas, el Cristo de Elqui ya se había dado cuenta de que La Piojo era una de las salitreras más pobres y menoscabadas por las que había paseado su silueta mesiánica. Y eso él lo podía decir con todas sus letras. En estos diez años de penitencia a través del país, había pasado más de veinte veces sembrando la semilla del evangelio por la pampa y había pernoctado en varias oficinas de la mayoría de los cantones. Además de los niños descalzos, lo misérrimo de las construcciones de lata y los baños públicos inmundos, la pequeña plaza era un baldío sin un mísero arbolito donde cobijarse del terrible sol del desierto.

Qué sacrificada esta gente de la pampa, Padre Santo. El único símil posible era el pueblo escogido de Jehová vagando cuarenta años por el desierto en busca de la tierra prometida. Y ni eso. Pues a ellos les llovía benévolamente el maná del cielo. Aquí, de llover alguna vez, hermanito, llovería fuego y piedras ardiendo.

Antes de sentarse a comer en una pequeña mesa de niños, hecha con tablas de cajones manzaneros —la única disponible— que las mujeres aderezaron y prepararon para él a la sombra del quiosco de las retretas, el Cristo de Elqui pidió silencio y respeto a la concurrencia. Luego, tras solicitar la venia a las señoras cocineras —y, por favor, que alguien apagara un rato la música de la victrola—, procedió a bendecir los alimentos de la olla común. Lo hizo en voz alta y con las manos alzadas hacia el cielo:

—¡Así como Tú, Padre Eterno, Padre Celestial, Santo Dios Omnipotente, multiplicaste los panes y los peces en las tierras de Galilea, y alimentaste con ellos a la muchedumbre hambrienta, de ese mismo modo te pido con humildad, como el sumiso cordero que soy en tu rebaño, que bendigas y multipliques estos fondos de comida para que éstos, tus hijos, los sacrificados obreros del salitre, hombres, mujeres y niños, sepan de tu poder infinito, de tu amor misericordioso y de tu gloria eterna, amén.

—¡Amén! —corearon todos.

Después, atendido solícitamente por las mujeres, se sentó en la pequeña mesa, frente a la platada de porotos humeantes, aderezada de una gran mancha de ají de color. Tras bendecir también el plato —ahora cortito y casi bisbiseando—, empezó a merendárselo primero con urbanidad y educación suma, usando correctamente la cuchara y tratando de mantener la compostura hasta donde le daba el aguante. Pero era tanto el hambre que tenía y tan buena estaba la comida, que al final, pidiendo «permisito, mis amadas hermanas», terminó zampándose los porotos por el borde del plato y rebañándolo luego con las migas de un pedazo de pan batido, de hacía tres días.

Después de repetirse una segunda platada, de chuparse los dedos con fruición, de expeler rotundos regüeldos de carretero satisfecho; después de limpiarse las barbas chorreadas con la bocamanga de la túnica y de compartir un rato con la gente que lo miraba extasiada; después de darle las infinitas gracias a las amables señoras esposas de los obreros huelguistas, y de exhortar a éstos a que no desmayaran en sus peticiones laborales, pues eran justas y razonables, hermanos, se los digo yo; después de todo eso y de lavar él mismo su plato en un tiesto de zinc dispuesto para esa labor, el Cristo de Elqui se excusó con gran caballerosidad y pidió permiso para hacer su acostumbrada siesta. Y que, por favor, si alguien le pudiera indicar un lugar fresco donde hacerla.

Que los altos de la pérgola era el lugar más fresco del campamento, dijeron las mujeres casi en coro.

Se arremangó entonces la túnica nazarena y subió uno a uno, con paso de rumiante satisfecho, los diez escalones del quiosco de la plaza. Una vez arriba, se quitó las sandalias, estiró su capa sobre las astillosas tablas de pino Oregón, acomodó su bolsa de papel como almohada y, en un seco ruido de articulaciones y vértebras —en su esqueleto ya comenzaban a percutir sus cuarenta y cuatro años bien recorridos y trajinados—, se tendió cuan largo era, cuidando como siempre que su cabeza quedara para el norte y sus pies hacia el sur («Para lograr un buen sueño, hermanos —predicaba—, hay que respetar la orientación de los ejes de la Tierra»). Luego de un largo y profundo pedo que sonó como armónium de catedral antigua, cruzó sus manos sobre el pecho, como los muertos, y sin más ni más se largó a dormir su ecuménica siesta sagrada.

A pata suelta y a toda baba.

Mientras tanto, abajo, al terminar de repartir la comida de los fondos, las mujeres, sorprendidas y maravilladas, ya comenzaban a hablar del verdadero milagro hecho por el predicador. Desde la instalación de la olla común, las fondadas de comida no habían dado abasto para alimentar al cien por ciento de los obreros en huelga, y eran varios los que día a día rezongaban por quedar sin su ración; aunque el problema más grave era que a veces familias enteras se quedaban con sus viandas vacías. Y hoy, comadrita linda, usted misma lo pudo ver, con la bendición dada por el Cristo de la sotana carmelita, había alcanzado incluso para repeticiones.

—¡Si hasta sobró una raspa para los quiltros, vecina, por Dios!

Sin embargo, algunos de los hombres que ayudaban en la preparación de la olla se burlaban de las matronas diciendo que la multiplicación de los porotos en los fondos no se debía a ningún milagro ni cosa rara, sino al hecho simple y sencillo de que los señores dirigentes sindicales habían partido esa mañana al puerto antes de la hora de almuerzo.

—¡Y esas bestias son las que comen más que la sarna, pues, comadre!

Aunque en sus prédicas el Cristo de Elqui enseñaba que la siesta no tenía que ser por más de quince minutos, pues bastaba sólo con la pérdida de la conciencia, instalado en las alturas del quiosco como si estuviera en la misma gloria de Dios, durmió más de dos horas seguidas. Sus ronquidos y sus tronantes pedos de carretero hacían persignarse de rubor a las señoritas y reír de buena gana a obreros y empleados de escritorio.

Era la hora de la oración cuando un apocalíptico estruendo de bombos, platillos y trompetas perturbó de pronto su profundo sueño de santo errabundo. El susto lo hizo dar un salto que casi lo dejó parado.

—¡Por las verijas de Judas! —exclamó helado de pavor, en medio de un revolear de risotadas.

Eran los músicos del orfeón que al subir al quiosco y encontrar al predicador dormido, no se pudieron resistir y concertaron la broma. Desde su mismo director, el trompetista Eliseo Trujillo, los músicos de la Banda del Litro, como le llamaban a los orfeones en todas las oficinas, eran una manga de dipsómanos irredentos (como en todas las oficinas), que luego de tocar polcas y valsecitos en la plaza, se iban al pueblo de Pampa Unión a amenizar las parrandas de los veinte burdeles que conformaban la llamada Calle de las Putas.

El Cristo de Elqui, tras persignarse, como hacía siempre al despertar, calzó sus sandalias de neumático y se incorporó refunfuñando. Mientras sacudía su capa de tafetán, que primero pensó guardar en la bolsa pero que terminó por ponérsela (a donde iba ahora tenía que impresionar de entrada), los integrantes de la banda comenzaron a disponer sus atriles (y a acomodar sus litritos de vino junto a éstos) para dar comienzo a la retreta de los domingos.

Con su capa puesta, listo y dispuesto para retirarse, el Cristo de Elqui les dio la bendición a cada uno de los músicos, mientras los reprendía paternalmente diciéndoles que interrumpir una de sus siestas, mis queridos filarmónicos, era un pecado casi mortal.

—Es como quebrarle un dedo de yeso a la imagen de la Virgen —recalcó en tono solemne.

Y comenzó a bajar los escalones.

Ya era tiempo de hacer lo que había venido a hacer.

La dirección de la meretriz se la había agenciado con unos niños descalzos y descachalandrados —cinco en total—, que después de la prédica en la estación, y confundiéndolo como siempre con el Viejo Pascuero (más bien haciendo mofa, pues no eran tan pequeños), se quedaron a pedirle juguetes para la Navidad ya cercana. Según decían, habían estado compitiendo en las calicheras viejas a ver quién mataba más lagartijas a pedradas, y en ese instante cada uno andaba ostentando sus trofeos de guerra: docenas de lagartijas muertas amarradas de la cola con pita de saco. Él, tratando de asustarlos, elevó la voz y los sermoneó diciéndoles que esos bichitos también eran creaturas del Padre Eterno y que su obligación era soltarlas al instante; que por ley natural, todo ser humano debería tener consideración de los animalitos; sobre todo ellos, que eran unos chiquillos aún en estado de inocencia.

—Toda vida es una chispa del fuego divino de Dios —les vociferó, alzando un índice admonitorio.

Después, suavizando el tono, les preguntó si alguno sabía la dirección de la señora doña Magalena Mercado. Los niños, dándose miraditas de complicidad, le respondieron enseguida, sin vacilar un punto, indicando todos hacia un mismo lugar, que la casa de la puta beata, señor, era la última de la última calle del campamento.

—¡Donde vive también el Loco de la Escoba!

El Cristo de Elqui les dio las gracias con una bendición de manos y, al dar media vuelta hacia el rumbo indicado por los palomillas, fue bombardeado con una lluvia de lagartijas muertas. Los angelitos salieron huyendo y gritándole obscenidades por entre los callejones de latas rotas y tambores de basura.

Encaminado hacia la dirección de Magalena Mercado, el Cristo de Elqui se fue fijando en que, en verdad, la oficina entera se veía rota, oxidada y llena de basura. Enclavada en lo más áspero del desierto de Atacama, La Piojo había sido construida con puros desechos y sobras de viejas oficinas paralizadas, materiales de segunda mano robados o vendidos como chatarra, calaminas aportilladas, vigas carcomidas, ventanas rotas, clavos oxidados, tazas de water sarrosas; en fin, todo lo que sirviera para la construcción de las casas del campamento; incluso, latas de tarros de manteca y madera de cajones de té de Ceilán. Hasta la misma planta de elaboración de salitre había sido montada con motores en desuso, maquinarias defectuosas y repuestos viejos. Solamente el chalet del administrador y los salones del Club de Empleados habían sido construidos con materiales de primera mano. Y ése y ningún otro había sido el motivo de por qué los pampinos le habíamos colgado tan ignominioso apodo.

Sin embargo, pese al hecho innoble de haber sido levantada con escombros, y al olor rancio que impregnaba el aire del campamento (y el interior de nuestras casas), para los afuerinos había una referencia aún más estrafalaria que distinguía a La Piojo de las otras oficinas, una referencia de índole humana. Allí habitaban dos de los personajes más conocidos y singulares del cantón Central: el loquito que con una pala y una escoba se empeñaba en barrer el desierto más largo del mundo, y la prostituta que parecía hermanita de la caridad.

Y ambos vivían en la misma casa.

Aunque con don Anónimo no había duda de que había llegado en el enganche de enfermos mentales, nadie, en cambio, podía jurar por su madre que Magalena Mercado hubiese sido parte de ese hatajo de lunáticos. Y es que cada vez que se quería vilipendiar a alguien se echaba a correr el rumor de que fulano de tal, ahí como usted lo ve, tan caballerito y compuesto —se lo digo para callado, no se lo cuente a nadie, comadre—, era uno de los que había llegado en el tren de los orates.

Y la duda quedaba sembrada para siempre.

Como los locos traídos en el enganche eran todos pacíficos y venían revueltos con personas normales, nadie que los hubiese visto llegar habría sospechado nada. Ni siquiera a los encargados de las contrataciones les cayó la chaucha. Porque Pancho Carroza, para asegurarse de cobrar la paga correspondiente a cada una de las personas reclutadas, se encargó él mismo de aleccionarlos en qué debían decir y cómo comportarse al arribar a la pampa.

Descontando el hecho de que unos pocos habían desertado nada más bajarse del tren, desbandándose por su cuenta y riesgo por las oficinas más cercanas, el resto no tuvo ningún inconveniente. Con tal cordura habían actuado, tan bien se habían desenvuelto en su papel de obreros en busca de trabajo, que después de pasar por la Casa de Salubridad para ser bañados, despiojados y desinfectados —en algunos casos, quemadas sus vestimentas— como se hacía con todos los grupos de enganchados que periódicamente llegaban desde el sur de la patria, o desde los países fronterizos, todos ellos fueron contratados sin ningún inconveniente y enviados a distintas labores, dentro de la oficina y en otras pertenecientes a los mismos dueños. De tal manera que este traficante de seres humanos, el tal Pancho Carroza, era el único que podría haber dado fe de si Magalena Mercado había formado o no parte del famoso enganche.

Pero Pancho Carroza estaba muerto. Lo habían cosido a puñaladas al interior de un burdel de Pampa Unión. El hecho había ocurrido en una de sus noches de juerga, mientras bebía y se faroleaba ante un ruedo de oyentes de ser el enganchador que más gente había traído para el norte. «He acarreado más gente que la que acarreó el cantón de reclutamiento en los tiempos de la Guerra del 79», decía cuando se emborrachaba. Según había constatado la policía, el homicida fue uno de los cientos de campesinos que se trajo engañado desde los campos del sur; uno que se había venido con familia y todo y a quien, al poco tiempo de estar trabajando en estas peladeras del demonio, se le murieron dos hijos, perdió tres dedos de una mano con un tiro echado y, para rematar el cuadro, su mujer se le devolvió al sur con un gañán más joven que él.

Lo que por cierto nadie negaba era el hecho indesmentible de que el comportamiento de Magalena Mercado —«la puta camandulera», como la llamaban las señoras del campamento— hacía suponer, a todas luces, que era una loca rematada. Pues nunca, en ninguna parte, ganchito, decían los solteros de la oficina, se había visto a una puta tan puta y a la vez tan devota de las cosas de Dios.

8

Morena, de cabellera trigueña, ojos levemente entrecerrados y pupilas profundas. Así era Magalena Mercado. Su cuerpo de curvas suaves y movimientos lánguidos dejaba en el aire una sensual estela de paloma enferma. Y esto se corroboraba tanto en sus gestos como en el timbre cadencioso de su voz.

Decían algunos que tenía voz de dormitorio.

Como todo en ella, su edad era también un misterio. Los cálculos de los hombres iban desde los veinticinco, o un poquito más, hasta los treinta y cinco, o un poquito menos. Además de creer en Dios Padre, en Jesucristo Hijo y en el Espíritu Santo, era una consagrada devota de la Virgen del Carmen. En su casa, en la pieza donde dormía, tenía una imagen casi de tamaño natural, labrada en madera, siempre agasajada de cirios y adornada con flores de papel.

Los que decían de ella que era una de las locas llegadas en el enganche aseguraban, con un razonamiento de sensatez indiscutible, que la imagen de la Virgen y los candelabros de bronce se los había hecho traer después desde la nave de una parroquia en escombros de una de las tantas oficinas abandonadas a través de la pampa. En cambio, los que decían que no, que la ramera había llegado del sur por cuenta propia —por los mismos días del arribo del enganche de locos, un poco después de la llegada del cura párroco—, contaban haberla visto bajar del tren trayendo consigo un cajón de pino uncido con zunchos, grande como un ataúd, en donde traía embalados los candelabros y la Virgen.

Pero lo que la mayoría de los habitantes de La Piojo no se podía explicar bien, salvo los más enterados —en este aspecto, los más enterados eran los más cercanos a la administración—, era cómo la prostituta, luego de atender por unas semanas en los camarotes de la corrida de solteros, logró que la compañía le asignara una casa. Y más encima, después, cuando el día de San Lorenzo, patrono de los mineros, ocurrió lo del lote de prostitutas peleando en la calle, desnudas y borrachas como cerezas —unas empuñando cortaplumas, otras blandiendo tijeras, algunas defendiéndose o atacando con alfileres y palillos de tejer a crochet—, escándalo que hizo que la administración las expulsara a todas del campamento, ella, «la puta de la Virgen», fuera la única que pudo quedarse y ejercer su oficio sin ningún inconveniente. Los rumores decían que no había sido porque ella fue la única que no participó del bochinche, sino porque se había convertido en la amante oficial del Gringo administrador.

Lo cierto era que al principio los hombres se sorprendían y desconcertaban del altar instalado en un rincón de la pieza donde profesaba su oficio, tanto así que algunos, los más creyentes, se retiraban cohibidos y sin consumar el trato. Es que la imagen de la Virgen, de un metro veinte de alto, tallada a mano, era de una belleza que sobrecogía el espíritu. Por lo mismo, Magalena Mercado optó por lo más sano: cada tarde, antes de comenzar a atender a sus «feligreses», como se hacían llamar a sí mismos sus asiduos, se arrodillaba ante ella, se persignaba fervorosa y le cubría la cabeza con un paño de terciopelo azul.

«Voy y vuelvo, Chinita», le susurraba.

Aunque muchos le habían oído comentar que no soportaba a los curas, y menos al de La Piojo, a quien decía conocer de su pueblo natal, Magalena Mercado asistía con rigurosidad a todas las misas. Llegaba unos segundos después de que comenzara el oficio y, sigilosa como un ánima en pena, pisando en puntillas, se sentaba en la última corrida de bancas, a la izquierda.

El cura, por su parte, gordo, rubicundo, de mirada huidiza, electrizado de tics faciales, se enfurecía hasta el acceso de su tos de perro —espumilla en la comisura de los labios— cuando le contaban que la prostituta beata decía conocerlo. La mayoría de las veces, al verla entrar a la iglesia, se hacía el desentendido y daba su misa como si no se hubiese percatado de su presencia. Sin embargo, en ocasiones, sobre todo en domingo, cuando había más fieles, Biblia en mano y estola corrida, le daba por imprecarla desde el púlpito citando el libro de Ezequiel en su capítulo 16, de donde espigaba dos o tres de los versículos más duros. En sus días de bilis más negra, lleno de inquina, le descargaba todos los versículos juntos, como una brutal artillería bíblica: *Por tanto, ramera, oye palabra de Jehová... Yo te juzgaré por las leyes de las adúlteras... he aquí que yo reuniré a todos tus enamorados con los cuales tomaste placer... y te entregaré en manos de ellos... y derribarán tus altares, y te despojarán de tus ropas, se llevarán tus hermosas alhajas, y te dejarán desnuda y descubierta. Y harán subir contra ti muchedumbre de gente, y te apedrearán, y atravesarán con sus espadas. Quemarán tu casa a fuego, y harán de ti juicio en presencia de muchas mujeres; y así haré que dejes de ser ramera, y que ceses de prodigar tus dones.*

Sin embargo, en La Piojo todos éramos testigos de que Magalena Mercado era más piadosa que cada una de las beatas de la exigua congregación católica. Ella hacía penitencias y votos de ayuno dos días por semana, se arrodillaba a rezar ante la imagen de su Virgen diariamente, al levantarse y al acostarse, y era poseedora de una munificencia tan cristiana y un amor al prójimo tan marcado, que fue la única que acogió en su casa a don Anónimo, cuando el pobre loco fue despedido sin consideración por la compañía y no hallaba dónde echar sus huesos.

Ella lo dejaba dormir en un rincón de la casa donde no estorbara el diario fluir de su negocio, lo cuidaba en sus períodos de resfríos, le curaba las roturas de cabeza que le hacían los niños con sus hondas de elásticos y de las mordidas de los perros salvajes que a veces lo atacaban en la pampa. Los fines de semana le hacía la barba y le lavaba sus entierrados harapos de náufrago del desierto. En vísperas de algún día de fiesta —sobre todo los feriados religiosos— lo baldeaba desnudo en una batea de lata, lo restregaba con jabón gringo, lo despiojaba con el mismo peine de hueso con que se despiojaba ella cada noche antes de acostarse, y lo peinaba y lo embrillantinaba hasta dejarlo como para asistir a un baile en el Club de Empleados; todo eso mientras el insano, sin emitir palabra alguna —con su silbidito melancólico estropeado por el agua—, se dejaba hacer manso y humilde como un animalito desahijado.

Tanto se preocupaba Magalena Mercado del hombrecito, que en las colas de la pulpería el mujerío del campamento decía que la ramera de la Virgen del Carmen era tan caritativa, usted no me lo va a creer, comadrita, por Dios, que además de cobijar y alimentar al pobre Loquito de la Escoba, hasta le hacía el favor de prestarle la «palmatoria» una vez por mes.

—¿Qué le parece, comadre?

—Hay que ser bien caritativa, pues, comadre.

—Ya lo decía yo, comadrita linda.

Cuando a la hora vespertina, con su balanceado paso de actriz de cine y una mantilla de seda negra cubriéndole la cabeza, Magalena Mercado salía a la calle a hacer sus compras, era todo un espectáculo en el campamento: las señoras se asomaban turbadas y escandalizadas a la puerta de sus casas y se quedaban largo rato murmurando entre ellas sobre la desfachatez de algunas para pasearse muy forongas a la luz del día, como si no quebraran un huevo; los niños la seguían felices y boquiabiertos, esta mujer bonita siempre les andaba regalando golosinas y estampitas religiosas que intercambiaban entre ellos con las que les daba el cura párroco; los hombres, por su parte, obreros y empleados, solteros y casados, la saludaban y reverenciaban gentilmente con el sombrero en la mano, le cedían el paso en las esquinas, le abrían las puertas de las tiendas y le obsequiaban el puesto en la fila del biógrafo o de la pulpería.

Los machos de la corrida de solteros, los que componían su feligresía más fiel, poco menos que la veneraban como a su santa patrona. Y es que ella, además de ser la mejor en su oficio, cuando alguno no tenía para comprar cigarrillos o cervezas, o le faltaba dinero para ir a ver una película mexicana, de esas con hartas canciones y paisajes campestres, le prestaba el dinero que hiciera falta, y que no se preocupara el tiznadito, ya me lo devolverá el día del pago. Y cuando en los días de pago alguno salía mal en las cuentas con la compañía, ella no tenía ningún problema en darle sus prestaciones sexuales al crédito, anotándolas concienzudamente en «mi cuaderno grande», como llamaba a un libro de contabilidad que le había regalado don Tavito, un viejo empleado de escritorio.

Gustavo Colodro se llamaba el suche, y era un atildado anciano de barbas a lo Pasteur, que usaba un sombrero alón y cargaba una pequeña joroba de bufón triste. En sus ratos libres, además de ir a sentarse a la plaza, siempre en el mismo banco y en la misma postura —una pierna encima de la otra, las manos entrelazadas sobre ellas y un tanto de medio lado para que la joroba no le estorbara en el espaldar del escaño—, escribía versos a la manera de Bécquer, bucólicas creaciones que recitaba con una melancolía tuberculosa en cada velada artística organizada en la oficina. Y, por supuesto, como ocurría con la mayoría de los hombres de La Piojo, don Tavito estaba enamorado hasta la joroba de Magalena Mercado. Decían las lenguas viperinas del campamento que a lo largo de su vida el pobre hombre se había enamorado de puras prostitutas, pues eran las únicas mujeres capaces de abrazar y acariciar un cuerpo tan contrahecho como el suyo, y que a todas les leía sus versos de amor y les contaba el mismo cuento de las ramitas de salvia.

Magalena Mercado no había sido la excepción.

A ella también, una tarde —«cubierta de nubecitas blancas cuales peces de aluminio», como le había recitado el hombrecito—, después de «yacer» con ella —«Vengo a yacer con usted», le decía cada vez que iba a verla—, le contó el porqué a las rameras se les llamaba rameras. La historia le gustó tanto a Magalena Mercado, que comenzó a repetirla cada vez que podía y a quien podía:

—Y era que de antiguo, mi caballero, en la puerta de los burdeles se colgaba una ramita de salvia, esto porque se reputaba que la ramita poseía la virtud de dar buena suerte, atraer a los clientes forrados y espantar las visitas indeseables.

Después, Magalena Mercado habría de enterarse, por los folletos del Cristo de Elqui, de que las hojitas de salvia pegadas en las sienes constituían también un santo remedio para el dolor de cabeza.

El altruismo ejemplar de la meretriz había llegado a su máxima expresión en un hecho ocurrido a pocos días de haberse declarado la huelga, cuando se apareció en medio de una agitada asamblea sindical y pidió la palabra. Tras serle concedida, expresó, en su perturbador tonito de puta lánguida (don Tavito decía que su voz tenía cadencia de violines), que ella quería colaborar de alguna manera con los compañeros huelguistas, de modo que así como las respetables señoras del campamento habían instalado una olla común para que nadie pasara hambre, ella, por su parte, pondría una especie de «olla común del amor», por todo el tiempo que durara el conflicto. Por lo tanto, los compañeros trabajadores solteros que así lo desearan podrían pasar por su casa a desfogarse con toda confianza y al crédito, con la promesa, eso sí, de que una vez arreglado el pliego de peticiones, le pagaran la tarifa reajustada con el mismo porcentaje que se lograra sacar de aumento en sus sueldos miserables.

La aclamación en el salón sindical fue unánime. La asamblea estalló en una estruendosa salva de aplausos, gritos y silbidos de admiración. Los trabajadores solteros se entusiasmaron tanto con la propuesta de la mujer, que dejaron la discusión de los otros puntos para más tarde y, dando hurras y vivas por la Maguita, como le decían, la sacaron en andas a la calle.

—¡Si es como para canonizar a esta puta del carajo! ¿No le parece a usted, compañerito?

Por todo aquello, amigazo, cuando nos enteramos de que el Cristo de Elqui había andado preguntando por la dirección de Magalena Mercado, nos pusimos nerviosos. Cada uno de nosotros entramos a preocuparnos por la suerte de nuestra chimbiroquita, tan leal y buena gente como no había otra en toda la comarca pampina. No fuera a ser cosa, nos dijimos arrumbados en las mesas de las cantinas, aplanando la borra en la cancha de rayuela, pidiendo cartas en las mesas de juego del sindicato; no vaya a ser cosa, caramba, nos dijimos consternados, que el predicador de pacotilla ese que acaba de llegar a la oficina la quisiera redimir de su vida mundana y, póngale usted, ganchito, que termine convenciéndola y la Maga se nos meta a monja y se encierre a rezar de por vida en un convento.

—Estaría feazo el asunto, ¿no?

Así que apenas anocheció nos dejamos caer por el callejón donde vivía Magalena Mercado, a ver de qué diablos iba la vaina. Luego de corretear a los gatos, de hacer callar a los perros y de apartar a patadas a los cerdos y chivatos que se criaban a la buena de Dios en los callejones, los primeros en mirar por los agujeros de las calaminas de su casa observamos preocupados lo que a primera vista nos pareció un indesmentible ritual de conversión: en la penumbra del cuarto de cocina, observada por su gallinita roja amarrada de una pata, Magalena Mercado, de hinojos ante el Cristo de Elqui, parecía pedir fervientemente por la remisión de sus pecados. Sin embargo, para alivio de todos, lueguito nomás nos dimos cuenta de nuestro error: en verdad, lo que allí se estaba llevando a cabo no era ningún arrepentimiento o cosa parecida, paisanito, sino sólo una feroz mamada de urgencia.

El cuadro era piadoso: arrodillada en el piso de tierra, iluminada apenas por la luz amarilla de los cirios, Magalena Mercado, en un convulso movimiento que parecía más de contrición que de concupiscencia, estaba dada a la tarea de aliviar los riñones del santo varón. Éste, sentado en una banca de madera, apoyado de espaldas a la mesa —los brazos abiertos en cruz, su túnica alzada a la cintura, sus calzoncillos de luto apeñuscados sobre sus sandalias polvorientas—, resoplaba bestialmente con el rostro alzado hacia el cielo. Su barba de náufrago y su lúbrica expresión de agonía se esbozaban grotescas en el juego de luz y sombra de la vacilante llama de los cirios.

En un rincón del cuarto rojeaba el brasero. Junto a él, aún a la mitad de agua tibia, se veía su conocido lavatorio de loza floreado, utensilio con el que Magalena Mercado había cumplido, no con el gesto evangélico de lavarle los pies al Maestro, sino con la correspondiente ablución genital, trámite del que no se escapaba ninguno de sus parroquianos, por muy venerable y apostólico que fuera y por mucho apuro que tuviera en seguir su peregrinación por los caminos del desierto, como imaginaba Magalena Mercado que sucedería con el misionero.

Ella todavía no sabía con qué designio había ido a su casa el Cristo de Elqui. Del mismo modo, él tampoco imaginaba lo que sucedería en los días venideros con Magalena Mercado. Lo que tenía claro, sin un asomo de dudas, era que esta enigmática meretriz cumplía con las cualidades exactas de la discípula que él necesitaba para su ministerio. Una mujer así era la que había estado buscando desde los primeros tiempos de su penitencia, desde el día en que, con la intervención de la fuerza pública —nunca dejaba de recordar el penoso suceso—, tras mantenerlo dos días preso en un retén de Carabineros, le habían arrebatado de su lado a María Encarnación.

9

Domingo Zárate Vega había nacido en los últimos estertores del siglo XIX, el 20 de diciembre de 1897, año del Señor. «Nací varón, de padres netamente chilenos, oriundos de las fértiles tierras de la provincia de Coquimbo, región cordillerana de mi Chile querido», se arrebataba en decir, lleno de júbilo, en sus enrevesados discursos públicos. De familia humilde, nunca conoció escuela ni iglesia, pero desde que tenía uso de memoria recordaba que las cosas de Dios y la Virgen Santísima lo tocaban hondamente. Siendo el menor de cinco hermanos, tres mujeres y dos varones, Domingo se destacó por ser un niño callado y pensativo, tranquilo como un santo de yeso, decían sus amigos. Su padre, don Lorenzo Zárate, era un campesino un tanto pánfilo, analfabeto y trabajador como una mula, y doña Rosa Vega de Zárate, una abnegada dueña de casa y caritativa vecina, ambos fervientes católicos y devotos de la Virgen de Andacollo. Su madre, que en su quinto embarazo esperaba tener una «hija mujer», y ya había tejido escarpines rosados y había cortado y cosido a mano lindos vestiditos de percal, le dejó el pelo largo y lo vistió como niñita hasta la edad de siete años. Cuando aún no cumplía los cinco, la comadrona del pueblo, la que curaba el mal de ojo, hacía sahumerios contra la mala suerte y leía el destino en las brasas del brasero, al verlo por primera vez vestido de polleras y con el pelo hasta los hombros, y sentir el magnetismo de sus ojos oscuros, lo llevó a su casa, lo hizo revolver el brasero y predijo que el cabrito de las polleras de mujer estaba llamado a hacer grandes cosas en el mundo. «Este niño será un salvador», profetizó. A la edad de diez años, el niño Domingo ya daba pequeños sermones a sus amigos, veía formas de animales apocalípticos en las nubes y, con toda la inocencia del mundo, contaba haber visto abrirse los cielos y contemplado con sus ojos la resplandeciente gloria de Dios. Por las noches, mirando la luna llena con una expresión de arrobo, decía que el rostro de Nuestro Señor Jesús se dibujaba clarito en ella. Algunos vecinos del pueblo juraban que el mocosito con cara de santo, además de hablar como los curas, tenía el don de la profecía, ya que una vez, en un enero particularmente caluroso, había predicho un incendio de pastizales en el monte, dos horas antes de que éste se declarara. Sin embargo, al llegar a la pubertad los dones disminuyeron en potencia y las visiones místicas se hicieron más espaciadas. El niño silencioso se convirtió en un gallito de la pasión, y ya no usaba polleras ni llevaba el pelo hasta los hombros. Las jóvenes del poblado, las mismas que en sus primeros juegos de niños le hurgaban juguetonas por debajo de sus polleras para constatar por enésima vez todo lo que a él le sobraba y a nosotras nos falta, ¿te das cuenta, Rosita?, ahora lo toreaban mostrándole la lengua y la punta de sus enaguas almidonadas y, ruborosas, abanicándose con las manos, se secreteaban entre ellas que la mirada del aprendiz de profeta era tan profunda que casi las desvanecía de gustito. Por no decir nada de su voz penetrante y de lo castizo que se mostraba el niñito dios, reían sonrojadas las muchachas de mejillas de durazno, mientras las más enteradas murmuraban por lo bajo que no por nada, pues, amiga mía, había sido la bruja del brasero —una colorina veinticinco años mayor que él— su iniciadora en las lides amorosas. Poco antes de cumplir los quince años, como hacían casi todos los niños del campo, se fue de la casa a escondidas de sus padres. Como había crecido oyendo hablar maravillas de los hombres que se iban a trabajar al norte, bajó al puerto de Coquimbo y se embarcó de polizonte en un vapor para ir a probar suerte en las faenas salitreras. Se rompería el lomo trabajando para darle una mejor vida a su madre. Allí, en el clima infernal de esos sequedales, bajo un sol paralítico, con ese infame trabajo de triturar piedras a puro ñeque, viví en carne propia la maldición bíblica de ganarme el pan con el sudor de la frente. A golpe de pala y barreta me hice un hombre hecho y derecho. Un año después, se presentó de voluntario al servicio militar. Al principio no lo querían recibir por ser muy joven. «Te falta enjundia, muchacho», le dijo un sargento. Pero a fuerza de quejas y rogaciones a los oficiales de más jineta, consiguió ser admitido y cumplió con su deber militar en el Regimiento de Infantería Esmeralda Nº 7, de Antofagasta. Mi vida de cuartel, recordaba a veces en sus disertaciones públicas, la consagré en cuerpo y alma —como debe hacer un soldado de la patria— al cumplimiento estricto de la disciplina y el deber que me inculcaron mis superiores. Allí en la milicia fue que aprendió a leer y a escribir y a firmar con sus dos apellidos. Después de recibir la licencia con las calificaciones más altas que podía darse en las filas a los soldados, permanecí siempre en la región del norte, trabajando de carpintero en la localidad de Potrerillos. Fue allí donde, a los veintinueve años de edad ya cumplidos, recibí un telegrama con la noticia del fallecimiento de mi adorada madrecita y volví a mi tierra natal. Ni antes ni después he sentido una pena más grande en mi vida, recordaba todavía hoy en sus prédicas, con los ojos enllantados y la barba trémula. No había ninguna alegría en esta vida que hiciera ahuyentar de mi corazón las negras nubes que me atormentaban día y noche. Fue tanto el dolor que me embargó por la muerte de mi idolatrada madre, confesaba ante sus oyentes, que estuve a un tris de quitarme la vida echándome al río. Después, pensé en envenenarme con veneno para ratas; luego, en rebanarme las venas de las muñecas con mi cortaplumas, y, por último, en cortar por lo más sano y levantarme la tapa de los sesos con un tiro de revólver. Sin embargo, y por intermedio de la gracia y la voluntad divina de mi Padre que está en los cielos, el Rey de Reyes, el Señor de Señores, lo medité mejor y resolví morir de muerte natural. Pero en ofrenda de amor a la memoria sagrada de su madre, prometió que en tanto llegaba la hora de su partida llevaría una vida llena de privaciones y sufrimientos. Primero se vistió de luto riguroso, desde la camisa hasta la ropa interior, luego regaló su bien surtido negocio de abarrotes que había puesto con la platita que había ahorrado en todo el tiempo que trabajó en el norte, y enseguida donó cada uno de sus enseres y cosas materiales que poseía. Todo lo repartió entre los prójimos más menesterosos y faltos del poblado. Por último, dando el adiós definitivo a los placeres del mundo, se retiró al interior del valle de Elqui. Allí, en un rincón de penitencia, un lugar entre los cerros que sólo Dios y yo conocíamos, viví por un lapso de cuatro años alejado de los desvelos y preocupaciones terrenales, renunciando a vestirme y a proceder como los demás mortales —me dejé crecer el pelo y la barba libremente, a la manera de Nuestro Señor Jesucristo—, entregado nada más que a escudriñar las Sagradas Escrituras, a pensar en las leyes divinas y a orar día y noche al Padre Eterno. Allí, en santa comunión con la madre naturaleza, purificando y fortificando mi espíritu a base de exhaustivos ayunos y largas meditaciones, castigué mi cuerpo físico hasta hacer crujir mis huesos de dolor, hasta oír trinar mi espíritu de pura paz. Dormía como los hermanos animales: tirado en el suelo de tierra; me alimentaba de yerbas, de frutos silvestres y de una que otra legumbre, y en pleno invierno, a las cuatro o cinco de la madrugada, sin fallar una sola vez en esos cuatro años de penitencia, me sumergía desnudo en un riachuelo de aguas casi congeladas. Fue en ese período de ermitaño en lo más áspero de los cerros del valle, que comenzaron las visiones espirituales, visiones que lo acosaban por las noches sin dejarlo dormir ni descansar; visiones en donde el Padre Eterno, su Hijo Jesús, la Santísima Virgen María, y hasta mi idolatrada madrecita, se me aparecían en medio de un fulgor celeste, hablándome con gran ternura y aconsejándome en bien de mi espíritu. Ahí fue que se le reveló con claridad su destino mesiánico: se iría por los caminos del mundo a predicar durante veinte años consecutivos el evangelio santo, porque él era la reencarnación de Jesucristo. Además, propagaría su propio mensaje de amor reunido en sus cientos de máximas, consejos, moralejas y sanos pensamientos en bien de la Humanidad, gestados en esos cuatro años de privaciones y recogimiento. Todo esto en homenaje a mi madrecita querida, una curtida mujer de pueblo, que se murió sin haber tenido la dicha de ver el mar, sin conocer los vapores, los trenes, los aviones, y sin visitar ni una sola ciudad de Chile, pues ella se fue de este mundo en la misma aldea donde nació y conoció a su marido y tuvo los hijos que tuvo, aldea de la que jamás se movió ni para ir al pueblo vecino. Al cumplir los treinta y tres años de edad, ataviado a la manera de Jesús de Nazaret (una de sus siervas mejores, que por entonces ya las tenía, le confeccionó la túnica de color carmelita, como las de los frailes mendicantes, y él mismo se fabricó un par de sandalias con un neumático de

Ford T y correas de cuero de mula) y revestido de la gracia divina, abandonó los parajes de su lugar de expiación para dar comienzo a la obra encomendada por el mismísimo Hijo de Dios, obra que a la postre terminaría por convertirlo en el Cristo de Elqui, tan discutido y vilipendiado como lo fuera el propio Jesús de Nazaret en su primera venida a la Tierra. «No temas», le había dicho en una de sus apariciones el Hijo de Dios, «yo estaré contigo, yo y mi Padre, y nuestro ángel vendrá a ti con órdenes, conocimientos y privilegios, todo en pos del cumplimiento de la obra». Con tan divino resguardo salió a la luz del mundo a cumplir su promesa. Su bajada desde el valle de Elqui fue delirante. La gente, al principio, no creía lo que veía con sus propios ojos. Y es que ahí, en sus mismas calles de pobres, frente a sus casas de adobes desconchados, techo de totora y suelo de tierra, pisando barriales y plastas de perros, iba pasando, bendiciendo y perdonando pecados a diestra y siniestra, el propio Señor Jesucristo en persona. Y si no era él, asómese usted misma a la puerta, comadre, era otro igualito a él, un hombre que lucía barba y pelo largo igual a él, que llevaba sandalias y túnica igual que él, y que se le veía en el blanco de los ojos —«¡Qué pena más grande, comadrita, por Dios!»— que iba a terminar crucificado con tres clavos en el cuerpo, igual que él. ¿Que no es Domingo Zárate, el Pampino?, decían los hombres de la región del Limarí que le conocían de antes por el apodo que ellos mismos le habían colgado al llegar de la pampa. «Yo soy el que soy», respondía él con una serenidad de otro mundo. Sin embargo, sus más viejos conocidos, sobre todo los amigos de infancia, que no habían vuelto a verlo desde entonces, no se maravillaban tanto como los demás ni de lo que hacía ni de lo que decía, como tampoco de su facha de Cristo atorrante, pues lo recordaban desde niño haciendo y diciendo cosas parecidas, llevando el pelo largo hasta los hombros y vistiendo polleras, aunque sin esos ornatos eclesiásticos que se le veía lucir ahora. Porque, además de las sandalias y el sayal, el Cristo de Elqui había salido del valle luciendo una larga capa de tafetán morado, dos estolas de hacer misa cruzadas en el pecho en forma de bandoleras, y coronado de una mitra de obispo confeccionada de cartón y forrada en satín blanco. Después, andando el tiempo, y según su estado de ánimo, le agregaba o quitaba aderezos a sus atavíos, como un tosco rosario de cuentas de semillas que llevó colgado al cuello por un buen tiempo, o el crucifijo de palo santo que a veces se ataba al dorso de la mano izquierda. Las radios y los diarios comenzaron a hablar y a escribir despectivamente sobre ese orate que había bajado de los cerros de Elqui; un campesino medio bruto que hacía años no se cortaba el pelo, ni la barba, ni las uñas, que no tenía siquiera educación primaria y que sin embargo era capaz de predicar durante horas ante multitudes que oían extasiadas su inflamada verba de iluminado autóctono, de profeta criollo, de mesías coquimbano, multitudes que se sorprendían en gran manera cuando le oían decir que el Omnipotente no estaba sólo con los que van a la iglesia, se confiesan y hacen penitencia, sino que su misericordia es mucho más grande, hermanos míos, su amor sobrepasa los mundos, no cabe en los horizontes, es más inmenso que la mismísima mansión del cielo; por lo mismo, Él no vino a buscar a los buenos ni a los santos, Él vino a salvar a los malos y a perdonar a los pecadores, su sacrificio en la cruz fue por todos nosotros. ¡Incluido tú, hermano, sí, tú, el de sombrero requintado que está haciendo mofa de la palabra santa! Y es que entre el hormiguero de gente que iba tras sus pasos, había quienes lo hacían sólo para reírse a mis costillas, ya lo sé, hermanos, incluso entre ellos he visto algunos viejos amigos y hasta parientes cercanos que me han negado más de tres veces. Sin embargo, para gloria del Padre Eterno, eran muchos más los que lo veneraban y oían con una atención reverencial, muchos más los que se empujaban en medio del gentío por llegar a tocarle así más no fuera un ápice de la sagrada tela de su túnica, o para dejarle billetes clavados con alfileres en la capa de tafetán como si fuera un santo de procesión; muchos más los que le traían a sus niños y hasta a sus animales para que los bendijera con su virtud; muchos más los que le mostraban fotografías de familiares enfermos para que los sanara a distancia —«Diga usted una palabra, don Cristo, y mi hijo será sano»—, y muchos más los que, henchidos de fe y contrición, se dejaban bautizar por él en las aguas del primer río o acequia que se les cruzara en el camino, para de ese modo ser redimidos y poder enfrentar el fin de los tiempos limpios de pecados. «Por la fe seréis salvos, hermanos», les decía él, electrizándolos con su voz de profeta, mientras les hundía la cabeza en las turbias aguas corrientes.

10

Era entrado diciembre cuando el Cristo de Elqui llegó a La Piojo. Los obreros llevábamos once días de huelga declarada. La Navidad se nos venía encima y el conflicto no tenía para cuándo resolverse.

Como ocurría en las salitreras de todos los cantones de la pampa, mientras se discutía el pliego de peticiones la administración había comenzado a tomar ignominiosas medidas en contra nuestra, de nuestros derechos básicos, presionándonos e intimidándonos de diversas maneras. De un día para otro hacían desaparecer los artículos de los estantes de la pulpería, o les subían el precio al doble, sobre todo a los de primera necesidad; nos privaban de las seis horas de luz eléctrica diaria que, por contrato, correspondían a las casas de los obreros, y hasta llegaban a la infamia de racionarnos el agua potable del grifo de la esquina. Por su parte, la vigilancia actuaba con dureza desmesurada en contra de cualquier afuerino que asomara su nariz por las calles del campamento, no importándole que fuera un cesante en busca de trabajo o el familiar de alguno de nosotros que llegaba de visita a la casa. La administración tenía temor de que cualquiera de esos forasteros fuese un agitador profesional, alguno de esos anarquistas que recorrían la pampa durante todo el año lavándole el cerebro a los obreros con incendiarias proclamas de corte socialista; agitadores que indefectiblemente, como por arte de birlibirloque, aparecían en las salitreras en conflicto para revolver el gallinero y echarle a perder la bilis a los señores administradores con sus reuniones secretas y sus panfletos escritos con tinta roja.

Sin embargo, nosotros no agachábamos el moño ni entregábamos la oreja. Al contrario, codo a codo con nuestras mujeres y niños, seguíamos resistiendo y luchando por nuestros justos derechos laborales y sociales; seguíamos lidiando por peticiones tan importantes y justas como el aumento de nuestros salarios de hambre; por la construcción de casetas de baño en todas las casas, no sólo en las de los jefes (por último, que construyeran casetas públicas, para que los obreros y sus familias no tuvieran que salir a la pampa rasa a hacer sus descuerpos); por el abastecimiento del dispensario de la oficina, en donde lo único que había en existencia eran grageas, permanganato y tela emplástica, elementos que se usaban y recetaban para toda clase de enfermedades, incluso para atender a los graves accidentados de faena.

Y con la misma fuerza con que defendíamos estos puntos del petitorio, estábamos defendiendo el acápite puesto a última hora, firmado de puño y letra por la dirigencia en pleno, en donde se indicaba que los trabajadores de la oficina —tiznados y patizorros, solteros, viudos y casados— no dejarían, bajo ningún punto de vista, ni amparado en ninguna peripecia de leguleyo macuco, que la compañía desalojara de su casa y del campamento a la compañera señorita Magalena Mercado.

Y es que después de que la samaritana pública tomara la palabra en la asamblea y prometiera lo que prometió, para regocijo y barullo de los hombres, corrió la bulla en la oficina que en cuanto se arreglara la huelga, la administración iba a tomar cartas en el asunto y sería desalojada de su casa por los vigilantes y expulsada del campamento. La irían a dejar, con monos y petacas, en el cruce de la línea férrea, junto a la Animita de los Desterrados, a dos kilómetros del campamento, que era hasta donde llegaban las estacas de la oficina.

Eso era lo que hacía la compañía con las personas declaradas indeseables. Con los mercachifles, por ejemplo, que se arriesgaban a traspasar las murallas de la oficina con sus artículos de ventas y competir con los precios de la pulpería, con los dirigentes laborales clandestinos y, más habitualmente, con los obreros conflictivos, esos que osaban reclamar levantándole la voz a un jefe o pedían la palabra demasiado seguido en las asambleas del sindicato. A estos últimos, sin siquiera darles pita y saco para retobar sus bártulos —lo único que daba la compañía a los trabajadores despedidos—, los dejaban tirados a la buena de Dios, con su mujer preñada, sus recuas de niños asustados y sus gatos y perros escuálidos.

«Se lo llevó la animita», se decía del que era expulsado de ese modo de la oficina.

En la huelga pasada también habíamos peleado por un punto extralaboral adendado a última hora en el pliego de peticiones, y lo habíamos ganado. En esa ocasión, la oficina hacía poco tiempo que había cambiado de dueño y, como se acostumbraba en tales casos, lo primero que quiso hacer el nuevo comprador fue cambiarle el nombre, además de darles la consabida mano de cal a las casas de calaminas viejas —dejándolas tan blancas como las tumbas del cementerio— como una forma de hacer creer que el nuevo patrón sí se preocuparía de la parte social y humana de sus trabajadores. Pero en el fondo sólo era una manera simbólica de desinfectarla de todo lo que tuviera que ver con el dueño anterior.

Nosotros sabíamos que los magnates salitreros, para denominar las oficinas de sus recién adquiridas industrias, usaban de preferencia el nombre de su señora esposa o el de alguna de sus hijas, y en algunos casos el

nombre de su pueblo natal o el de la amante de turno.
Sin embargo, como el Gringo Johnson, el nuevo dueño
de La Piojo, parecía ser soltero (algunos decían que era
casado, y que su esposa no había querido acompañarlo a
estos confines del mundo) y aún no se le conocía ninguna amante oficial —por lo menos en la oficina—, se
corrió el rumor de que le habían oído decir en el Club de
Empleados que, como gran aficionado al cine que era, le
iba a poner el nombre de una de sus actrices favoritas.

De modo que entre los puntos accesorios del
pliego de peticiones, aquella vez acordamos pedir que
por ninguna causa, bajo ningún motivo o circunstan-
cia, se fuera a cambiar el nombre de nuestra querida
oficina. Además de que iba a ser completamente inútil
—como argumentaban con justa razón nuestros dirigentes en las reuniones con los abogados de la compañía—, porque aunque se la bautizara con nombres tan
sugestivos como Perla White o Gloria Swanson, dos de
las actrices más bellas y famosas del cine norteamericano, la gente la iba a seguir llamando La Piojo.

Claro que en ese caso los obreros habíamos contado con el apoyo del padre Sigfrido, el cura párroco
recién llegado a la oficina. Según el ministro de Dios,
Providencia era el nombre más apropiado para esta ca-
raja oficina en que vine a caer, madre mía, como rezon-
gó cuando los dirigentes lo fueron a ver para pedirle su
apoyo en la causa. Por lo menos eso la redimía en algo
ante sus ojos, dijo. Aunque los sacrílegos de siempre la
hubieran denigrado con tan prosaico apodo, prosaico y
cruel como todos los que acostumbraban a colgarse sin
piedad entre ellos mismos. Eso sí, había que reconocer
que a veces resultaban tan certeros en su ramplonería que
rayaban en la genialidad. Como el que le habían puesto
hacía poco a esa pobre cristiana que llegó a atender las
mesas en una de las cantinas del campamento, una

joven mujer que, además de ser un tanto contrahecha de cuerpo, al andar meneaba exageradamente su cuerpo desde los hombros hacia abajo. A decir verdad, más que meneo, lo suyo era zangoloteo. De ahí que, al día siguiente de su·llegada, los infames patizorros —que eran todos unos fariseos contumaces— le habían hallado el apodo perfecto, certero, explícito: la Carretilla con Agua.

Sin embargo, ahora el padre Sigfrido no estaba dispuesto a apoyarnos con lo de Magalena Mercado, por muy devota que ésta fuera de la Virgen del Carmen, como se lo recalcamos. Al contrario, si de él dependiera, vociferó como poseído de pronto por todos los demonios del infierno, habría echado a volar hace rato de la oficina a esa maldita cortesana tirada a santa. Nosotros nos imaginamos que su tirria por la chimbiroquita era de corte eclesiástico, que venía del hecho de no poder soportar que una mujer como ella fuera más consagrada de las cosas de Dios que las mismas señoras de los jefes de la oficina, sus más devotas feligresas. E incluso más consagrada que cualquier monja de claustro. Pero después nos enteraríamos de que su bronca iba mucho más allá de lo religioso y que el curita en verdad se las traía.

El padre Sigfrido, con su rostro galvanizado de muecas nerviosas, hacía sólo un par de años que tenía a cargo la parroquia —un modesto barracón de calaminas con bancas de madera bruta, dos santos de yeso, una imagen de la Virgen María y un Cristo crucificado labrado en pino Oregón—. En todo ese tiempo no había dejado de maldecir un solo instante «la soledad de náufrago, el silencio de muerte y el calor de perros de este purgatorio de mierda» a donde a la autoridad eclesiástica se le había ocurrido mandarlo. Sin embargo, se había venido con la esperanza de que ella no tendría el valor de seguirlo por estas sequedades sulfúricas. Pero se equivocó. Y la tarde que, en mitad de la misa de seis, la vio aparecer recortada en la puerta de la parroquia y avanzar en puntillas hasta la última fila de bancas, la odió con todo el odio del Antiguo Testamento.

Algunos nos dimos cuenta de que con la llegada de la prostituta, parecía que el paisaje y las inclemencias del clima se le habían hecho aún más insufribles a nuestro curita, tanto que se le comenzó a notar en el tenor de sus sermones. Desde las alturas del púlpito, exacerbados sus tics por la iracundia que lo atoraba, pero sin mirar hacia el sitio en donde ella permanecía severamente sentada —para él era como la imagen de la mujer de Lot mirando eternamente hacia atrás, atónita y denunciante—, comenzó a predicar con insistencia contra esas mujeres de mala vida que se daban ínfulas de virtuosas y cometían el sacrilegio de hacer sus porquerías ante la imagen sagrada de la Virgen. Por entonces fue que comenzó a citar constantemente el libro de Ezequiel, en su capítulo 16.

Lo que más jorobaba la cachimba al padre Sigfrido, según lo que se le oía decir constantemente, era el hecho de que a ese antro de perdición que era la casa de la ramera llegara un número mayor de fieles de los que acudían a la Casa de Dios. Y tenía razón. Pues, además del marchito ramillete de beatas que conformaban las esposas de los jefes de la compañía, organizadoras de las veladas de beneficencia y los tecitos con galletas en la parroquia, a las misas y demás oficios religiosos apenas asistían una cáfila de niños un tanto tarados que no tenían donde jugar a las escondidas, algunos ancianos jubilados que carecían de un lugar más fresco donde hacer la siesta, y un grupo de matronas del campamento de obreros, sordas y deslenguadas, que lo único que hacían era comadrear de lo lindo y confesar los mismos pecados veniales todos los santos días. Menguados fieles que ahora lo estaban abandonando sin mayor miramiento ni respeto para ir detrás de ese Cristito pililiento que había aparecido en las calles de la oficina predicando un montón de inocuidades, sin ningún fundamento bíblico, y vendiendo unos folletitos sosos, llenos de perogrulladas y faltas de ortografía. Y lo que era más grave, Dios mío, es que el pobre diablo había llegado ungiendo enfermos y administrando sacramentos propios del ministerio eclesiástico, y ostentando tal pachorra y descaro, que ni el mismísimo Jesús de Nazaret se atrevería a ostentar. No señor, nadie podía pasar por alto semejante sacrilegio. La administración de la oficina tenía el deber moral de hacer algo para expulsar de inmediato a ese orate blasfemo. El cura, por su parte, ya estaba haciendo lo suyo: desde el momento en que ese desquiciado maloliente se había aparecido por la oficina, comenzó a exhortar a sus acólitos a que no había que prestarle oídos, que sólo se trataba de un charlatán que ni siquiera sabía expresarse bien (en vez de padre decía «paire»), un impostor de cuya existencia las autoridades de la Santa Iglesia católica ya tenían conocimiento y, por lo tanto, habían hecho sentir su reparo y su censura en el lugar y en el momento correspondiente. Y para intimidar y sacar de su modorra a su reducido rebaño de fieles —que para no bostezar de aburrimiento nos entreteníamos contando sus grotescas morisquetas faciales—, sacaba a colación la famosa carta pastoral escrita once años atrás por el mismísimo monseñor José María Caro, en donde el prelado llamaba a los católicos de acción a que fueran sensatos y no se dejaran alucinar por este loco de manicomio.

11

Con una bata transparente, su melena desordenada y el eterno brillito de melancolía en sus ojos verdes, Magalena Mercado reponía algunos cirios en el altar de su Virgencita cuando tocaron a la puerta.

Recién había terminado de anotar en su «cuaderno grande» una prestación a la cuenta del Viejo Chuzo, uno de sus acólitos más ancianos y castizos, y pensó que era él que se había devuelto por la dentadura postiza olvidada en el velador. Al viejo calichero, que sufría de una sordera galopante, le gustaba hacerlo enteramente desnudo, incluso sin sus placas dentales. «Así saboreo mejor el turrón de sus pezones, Maguita», le gagueaba a gritos mientras, montado a puro pelo, hundía la cabeza en los globos de sus pechos con la avidez de una guagua sin dentición.

Como a causa de la huelga no había luz eléctrica en el campamento, Magalena Mercado salió a abrir llevando un candelabro de tres cirios; en una mano sostenía el candelabro y con la otra trataba de cerrarse la bata transparente. Al ver esa peregrina silueta recortada en el vano de la puerta, se quedó estática. La figura del Cristo iluminada por los cirios —su capa de tafetán reflejando sonámbulamente la luz de las llamas—, la hizo pensar, primero, en una aparición divina, después se dijo que no, que tenía que ser una visión óptica causada por los dos ayunos consagratorios de la semana, más el gran número de feligreses que le había tocado atender durante esos días de huelga (daba la impresión de que el ocio enardecía las ganas de estos machos acostumbrados al trabajo).

—Buenas tardes, hermana —saludó el Cristo de Elqui—. Que el Padre Eterno la bendiga.

Al oír que la aparición la saludaba se le vino el alma al cuerpo.

Era un ser de carne y hueso.

Magalena Mercado era una de las pocas personas en la oficina que no se habían dado cuenta del revuelo suscitado por la presencia del predicador. Es que, además de vivir en la última casa de la última calle del campamento, desde que los obreros estaban en huelga, la hora de la siesta —hora en que el predicador había llegado a La Piojo— se le convirtió en la de más visitas y prestaciones. Por lo mismo, no se había enterado de su llegada, como le explicó en tono compungido, ya sentados ambos en una de las bancas de la pieza que hacía de cocina y comedor.

El Cristo de Elqui, obnubilado por la serena belleza de la meretriz, dijo que de haber estado entre el gentío, aunque jamás antes la había visto, la hubiera reconocido al instante. Pues ahora que la tenía ante sus ojos le parecía haberla tratado de toda la vida.

—Se lo juro por el Poderoso que nos está mirando, hermana Magalena.

Ella lo invitó a pasar al dormitorio para que viera la imagen de su Virgencita del Carmen y, mientras acomodaba unas rosas amarillas a los pies de la imagen y, al trasluz de la llama de los cirios, las formas de su cuerpo se dibujaban nítidas en la transparencia de su bata de atender feligreses, el Cristo de Elqui, embalado en sus escarceos de gallito de la pasión, le enfatizó que usted no me lo va a creer, hermana, pero hasta le parecía haber estado antes en este dormitorio de calaminas y piso de tierra, dormitorio en donde, pese a su humildad proletaria, se sentía y hasta se respiraba el amor. Le parecía tan familiar ese catre de bronce campeando en el centro de la habitación, cubierto con la colcha de color obispo, y ese mueble peinador con espejo de luna ovalada y esas cortinas y pañitos del mismo tono de las cortinas y pañitos de las iglesias, pero sobre todo, hermana Magalena, fíjese cómo son los designios de Dios, hasta le parecía haber visto antes —tal vez en alguna de sus revelaciones divinas— esta hermosa imagen de la Madre Purísima, que da la impresión de haber sido tallada por el buril del mismísimo Miguel Ángel. En serio que sí, hermana. Además, da gusto verla tan bien ataviada y adornada con esas rosas y claveles de papel que, estoy seguro, usted mismo confecciona.

—¿No es así, hermana mía?

Ella dijo que sí, Maestro, que las flores las hacía ella con sus propias manos; como ella misma también cortaba, cosía y bordaba los atavíos hechos con retazos de popelina y tafetán que compraba por lotes en la pulpería; que en eso se recreaba en sus ratos libres, aunque en verdad no era una forma de matar el tiempo, sino una fiel consagración a su Virgencita.

Sentados después a la mesa sin mantel de la cocina, mientras esperaban a que hirviera la tetera puesta en el brasero, entablaron una pía conversación sobre cuestiones divinas. Exaltados ambos de espiritualidad, trataron el tema de la fe en Dios, la caridad cristiana y el amor al prójimo, cosas tan difíciles de tener, cumplir y llevar a cabo, dijo reflexivamente él, sobre todo en estos tiempos de mundanidad y tentaciones al por mayor.

—¿No le parece a usted, hermana querida?

Cuando hirvió el agua, ella sirvió el té y a él le preparó una paila con un huevo frito, que era todo un lujo en esos días de huelga, cuando en los estantes de la pulpería había poco y nada que comprar, y lo poco y nada que había no se podía adquirir por falta de dinero. Además, como él mismo podía ver, no era un huevo cualquiera el que acababa de servirle, no señor.

—Porque si se fija bien, Maestro, aparte de ser fresco del día, tiene dos yemas, hágame usted el favor.

Y embargada de ternura, como si le estuviera hablando de un familiar muy querido, se puso a contarle sobre su gallinita Sinforosa, ponedora como ella sola y con el don sobrenatural de poner todos los huevos con doble yema.

—Es una gallina bendita —dijo mirando con dulzura hacia el rincón donde Sinforosa dormía amarrada de una pata—. Me la dejó una tarde de agosto un comerciante de animales caseros —que además traía patos, conejos y cuyes— como pago por mis servicios. El pobre hombre no había vendido uno solo de sus bichitos en todo el día. Le puse Sinforosa en recuerdo de una mujer que vivía en el campo, cerca de mi pueblo, casada con un campesino que la doblaba en edad y que, en seis embarazos seguidos, tuvo doce hijos. Todos le salían gemelos.

En un instante, mientras ella, con su taza de té y su pan tostado con mantequilla, admiraba las ansias en el comer del predicador, le pidió que le enseñara a orar, pues cada día y desde siempre le venía diciendo las mismas leseras a la Virgencita, y se imaginaba que ella ya debía de estar aburrida de oírlas. Él terminó de masticar gozosamente un trozo de pan untado en las yemas de su huevo, lo tragó casi atorándose, la miró a los ojos —la llama del carbón de su mirada oscilaba entre la piedad de un santo y el deseo de un macho cabrío— y le dijo que la oración, hermana mía, no era una cuestión de técnica, sino una gracia.

Pasado un rato, lo mismo que el aroma del pan tostado se había impuesto por sobre el espeso olor de la

cera de los cirios, emergió en medio de la virtuosa char-
la el tema carnal y humano —tocado por el predicador— de una inaplazable prestación para aliviar el
chivo de la lujuria que ya sentía encabritársele en los
riñones. Y es que en eso, hermana mía, dijo rebañando
la paila de cobre con miga de pan y hablando con la
boca llena, él era igual que cualquier gentil del mundo,
tenía las mismas necesidades biológicas de todos.

—Aunque algunos crean que los iluminados,
los santos, los elegidos de Dios, carecemos de las urgencias animales del macho.

Ella, que lo había escuchado todo el tiempo con
una unción sacramental, respondió a su propuesta sin
decir palabra. Sólo se levantó de la mesa, retiró las dos
tazas de porcelana, la paila de cobre, la panera de mim-
bre, la mantequillera de baquelita y el cuchillo de cocina, un cuchillo grande, filudo, de acero esmerilado, que
un tiznado le fabricara en la maestranza; luego, limpió
las migas del mantel con la palma de una mano —va-
ciándolas en la otra— y las fue a tirar al rincón donde
dormía la gallina; después, tras sacudirse un poco y
arreglarse el pelo en un sensual gesto de hembra dis-
puesta, con un leve gesto lo invitó a pasar de nuevo a la
habitación en donde tenía el altar y el catre de bronce.

El Cristo de Elqui se disculpó.

Lo sentía mucho, hermana, pero él creía que no
tendría el valor de quedar a traste pelado frente a la
imagen de la Santísima Virgen, aunque le pusiera el
paño de terciopelo azul que dijo que le ponía en la cara
cada vez que se ocupaba. Si no había inconveniente,
mejor se quedaban ahí mismo, en la cocina. Además, y
pese a que llevaba siete semanas sin aliviar la glándula
ni en poluciones nocturnas, él no quería por ahora un
machiembramiento con todas las de la ley, sino que se
conformaba —y mientras lo decía se iba subiendo la

103

túnica y bajándose los calzoncillos de luto y sentándose en la banca, de espaldas a la mesa— con que viniera y se arrodillara un ratito aquí entre las piernas y le calmara este chivo del diantre con una buena «mamada», como le llamaban los gentiles al sexo oral.

Magalena Mercado atrancó la puerta del callejón con la barreta, por si acaso se aparecía don Anónimo, que ya debía de estar por llegar; luego, fue de nuevo al dormitorio y cubrió de todas maneras el rostro de la Virgen; después, volvió a la cocina, puso un poco de agua tibia en el lavatorio de loza floreado y lo acercó hasta donde el predicador, ya dispuesto, la seguía con la mirada ansiosa. De rodillas en el suelo, comprobando en peso y medida su masculinidad rotunda, procedió a la ablución genital que, rigurosamente, les hacía a todos sus parroquianos, ablución que algunos hombres en La Piojo aseguraban, jurando con los dedos en cruz —«¡por Diosito Santo que es cierto, paisano!»—, que la hacía con agua bendita.

Cumplido el ritual de la profilaxis, Magalena Mercado se dio a la tarea de ofrendarle con una de sus ecuménicas fellatios, esas que tanta fama le habían dado entre los solteros de la oficina, y que ya traspasaban los límites del cantón. Aunque esta vez, dadas las apremiantes ansias del hombre de la túnica, su faena no fue más allá de los cuatro minutos y medio.

Más tarde, mientras el Cristo de Elqui se asombraba de la casualidad tremenda de que el loquito que le salvó la vida en el desierto viviera allí con ella, y repetía aquello de *los designios de Dios,* algo que repetía siempre —«Cómo son de indescifrables los designios de Dios, querida hermana»—, llamaron a la puerta con fuertes golpes.

—Ése es don Anónimo —dijo Magalena Mercado.

El hombrecito, que tenía la costumbre de usar el mango de su pala para llamar, entró con la cabeza gacha y dando un lánguido «buenas noches». Venía enterrado de pies a cabeza y su silbidito se sostenía apenas en sus labios sin sangre, como un hilillo de saliva a punto de cortarse.

Sin demostrar un ápice de sorpresa por la presencia del hombre de las polleras —el Cristo de Elqui respondió a su saludo con un rotundo «buenas noches, hermano, bendiciones para usted»—, dejó sus herramientas apoyadas contra las calaminas de la muralla, se acercó al barril del agua, metió el tarro duraznero enganchado en un clavo, y se mandó una tarrada sin respirar, chorreándose de la barbilla hasta el pecho.

Tras quedarse unos momentos como elementado mirando los pirigüines en el fondo del barril —la culebrilla de su silbidito ya casi no se oía—, colgó el tarro del gancho y se puso a acomodar su colchón de hojas de choclo junto a la cocina de ladrillos.

Magalena Mercado le preguntó solícita si no iba a tomar un tecito antes de dormirse. Don Anónimo, en un caballeroso tono que impresionó al predicador, dijo que muchas gracias, mi querida dama, pero que al pasar por el sindicato las señoras ya le habían obsequiado con una cena de tallarines con salsa de tomate. Luego, se quitó los calamorros, los dejó uno al lado del otro, simétricamente, y comenzó a masajearse los pies, llenos de ampollas. Después, se sacó su chaleco de fantasía, lo dobló con pulcritud y lo puso de almohada. Antes de echarse a dormir con los pantalones puestos y sin lavarse ni sacudirse del polvo, hizo sonar una campana de bronce que mantenía junto al colchón. La hizo tañer con la seriedad y el regocijo de un niño cuyo único juguete fuera ése. Apenas terminó de tenderse, en posición fetal y de cara a las calaminas, pareció quedarse dormido en el acto.

—La campana la toca al acostarse y al levantarse —le explicó en un susurro la meretriz al Cristo de Elqui.

Después, le dijo que era un alivio ver al hombrecito de vuelta sano y salvo, pues no aparecía desde la mañana. Seguramente, las señoras encargadas de la olla común le habían dado también el almuerzo y desde allí debió volver a la pampa a seguir barriendo.

—Don Anónimo es el único hombre de La Piojo que no ha adherido a la huelga —terminó diciendo en un compasivo tono de chanza la cortesana católica.

Esa noche el Cristo de Elqui se quedó a dormir en casa de Magalena Mercado. Lo hizo en la cocina, tirado en una de las largas bancas de madera bruta. Ella se disculpó de todo corazón por no invitarlo con un lado en su cama. Pero esa noche tenía visita. Vendría a verla el único de sus feligreses al que no se le podía decir que no, ni se le podía hacer esperar. El único que no entraba por la puerta del callejón, sino por la de la calle.

—Es un personaje muy encumbrado —dijo bajando la voz, como si temiera que alguien la pudiera oír a través de las calaminas—. Además, nunca se sabe si viene a atenderse aquí o manda a buscarme con algunos de sus empleados para que lo atienda en sus aposentos.

Magalena Mercado se fue a su dormitorio y el Cristo de Elqui, tras acomodar la banca de norte a sur, se estiró en ella, asentó la cabeza en su bolsa de papel, enlazó las manos sobre el pecho y se puso a rezar en voz alta: «Santo Dios, Santo inmortal, Santo fuerte, Santo protector, líbranos de todo mal. Verbo divino, Verbo eterno, Verbo salvador, líbranos, Jesús mío, de todo dolor. Si no puedo amar, que no odie; si bien no puedo hacer, que no haga mal, que en tu gracia santificante, Señor nuestro, nos guíes con tu luz. Que así sea por siempre. Amén».

Al oírle el amén, ella le ofreció una almohada desde la otra pieza. Él le dijo que no había necesidad, que con su bolsita de papel estaba bien.

—Además, hermana —dijo alzando la voz para que lo oyera bien—, la buena conciencia es la mejor almohada para dormir como un bendito.

—Ajá —dijo ella desde adentro.

«Y el chivo saciado, el mejor arrurrú», masculló para sí el Cristo de Elqui, y amoldó su humanidad a la angostura y dureza de la banca, y comenzó a roncar de inmediato.

Sus ronquidos de león apagaron por completo los ronquiditos silbados, casi chillidos de rata, del anciano demente.

12

Don Anónimo, el Loco de la Escoba, era uno de los pocos personajes de los que se sabía a ciencia cierta que había llegado en el enganche de orates. Por lo menos era uno de los tres más conocidos. Los otros dos eran el lunático de la oficina Anita, que se pasaba todo el día en la plaza contando los gorriones uno por uno, llevando la cuenta con los dedos, y el que deambulaba por Pampa Unión cargando un aparato de teléfono, con campanilla y manivela —extraído desde la estación de una salitrera abandonada—, hablando a gritos sobre compras y ventas de acciones bursátiles en libras esterlinas, tal si estuviese comunicado directamente con la Bolsa de Londres.

Don Anónimo, tal vez por lo estrambótico y loable de su locura, en poco tiempo se transformó en el más popular de los perturbados que llegaron en aquel enganche. Aunque todos en la oficina sabían su nombre, eran pocos los que conocían su apellido. Ambos juntos, nombre y apellido, resultaban una contradicción absoluta: se llamaba Anónimo Bautista, y la historia de tan extraño nombre era tierna y divertida, aunque nadie podía dar fe de si era realmente cierta. Algunos juraban habérsela oído a él mismo en uno de sus escasos momentos de lucidez; otros señalaban que no era más que un invento creado por los patizorros en las borracheras de cantina. Sea como fuere, la leyenda decía que su padre, un campesino analfabeto y bueno para la paya, el mismo día del nacimiento de su primer hijo oyó declamar unos versos en un acto cívico en la plaza de su pueblo, y tanto le gustó el poema que al bajar el declamador del proscenio se le acercó a preguntarle quién era el poeta que lo había compuesto.

—Es anónimo —le dijo éste.

«Bonito nombre para mi hijo», se dijo para sí don Clorindo Bautista. Y sobándose las manos de contento, se fue repitiéndolo hasta llegar a su casa.

Con su cabeza rapada a lo mohicano, sus orejas triangulares y la nariz ganchuda de los grandes esquizofrénicos de la historia, más su anacrónico y untuoso chaleco de fantasía que no se quitaba por nadie ni para nada, el anciano, catalogado como el loquito oficial del campamento, era estimado y protegido por la mayoría de los habitantes de La Piojo.

Como pontificaba don Cecilio Rojas, concesionario del cinematógrafo, en sus tardes de dominó en el Club de Empleados, con su palito de fósforos bailoteándole entre los dientes:

—Un pueblo sin su loquito propio, pues, muchachos, es lo mismo que un circo pobre sin su payaso regalón.

Don Olvido Titichoca, el matarife erudito, dueño del camal y compañero de juego del empresario peliculero, corroboraba que por cierto, paisanito, en cada pueblo o aldea, el loco o el tontito público oficial venía a ser algo así como el símbolo heráldico del poblado. Y era inevitable que el susodicho malo de la cabeza se apareciera en cada uno de los desfiles cívicos y militares cruzándose al paso del tambor mayor o, para jolgorio de la concurrencia, en plena alocución patriótica se pusiera a mear sobre las ofrendas florales al pie de las estatuas de los eméritos padres de la patria. Además, el loquito de marras, aparte de ser un puntual paracaidista en las distinguidas fiestas privadas de su pueblo —pedorreándose delante de las finas damas de abanicos—, cada año interrumpía los latosos discursos del señor alcalde, a quien no le quedaba más remedio que celebrar paternalmente el entuerto, para demostrar su municipal merced y benevolencia para con «el estimado ciudadano lunático».

Don Catalino Castro, el jefe de estación, sin quitar la vista de sus fichas cargadas siempre a los números grandes —«repletas como los coches del tren», decían sus contrincantes—, se entrometía con su cavernosa voz de fumador empedernido, para decir que así nomás era, pues, mis queridos pasajeros —él trataba de pasajero a todo el mundo—, cada pueblo quería y cuidaba a su chiflado como a su patrimonio más importante. Aunque cada uno lo hacía a su manera y por motivos propios. Los niños, por ejemplo, lo adoptaban porque en las tediosas tardes pueblerinas se entretenían con el pobre insano haciéndole toda clase de bromas y maldades; los hombres lo apadrinaban porque, además de hacerlo blanco también de sus cuchufletas, podían mandarlo a comprar cigarrillos o cervezas a cualquier hora del día o de la noche; y las mujeres casadas, por su parte, lo amparaban porque podían practicar con él su altruismo de damas católicas haciéndole un pastel para las navidades o regalándole los vestones con coderas de cuero y los calcetines desgastados del marido.

—Pero sobre todo, queridos contertulios —terciaba don Eliseo Trujillo, el rijoso director del orfeón local—, las mujeres los quieren y miman porque en sus noches de insomnio más salaces, las zorras sueñan en secreto con sus gordas vergas de enfermos mentales.

Lo cierto era que en la oficina La Piojo cada uno de los habitantes estimaba a don Anónimo y lo patrocinaba a su manera. Entre todos se encargaban de que no le faltara lo básico para sobrevivir.

Aparte del amparo que le daba Magalena Mercado, las dueñas de cantinas continuamente lo estaban invitando a viandas de cazuelas o de porotos con mote, y los obreros le regalaban sus calamorros de trabajo y sus sombreros viejos, de ala recortada en picos, para que no se insolara en sus caminatas por la pampa. Los más jóvenes le convidaban cigarrillos y, a veces, a escondidas, le daban a beber tragos de aguardiente, aunque sabían muy bien —y algunos gañanes por eso mismo lo hacían— que una sola gota de alcohol lo transformaba del hombrecito sumiso que era, o parecía ser, en un energúmeno que, olvidándose de su silbidito inocuo, se ponía a insultar al que se le pusiera por delante, sobre todo a las mujeres, a quienes seguía por las calles tratando de subirles las polleras y pidiéndoles salivosamente que le prestaran la palmatoria.

—¡Préstame la palmatoria, puta culiá! —le decía con lengua traposa y mirada de sátiro viejo.

Aunque tanta deferencia de la gente con el hombrecito no venía sólo del hecho de que su figura dócil y silenciosa inspirara deseos de protegerlo, o porque fuera en extremo servicial con todo el mundo —«tiene alma de esclavo, el pobrecito», decía la maestra de piano—, sino porque, además de cumplir diariamente con su delirio de barrer las llanuras de la pampa, mantenía las calles y veredas del campamento impecables.

Como si fuera el ánima de un empampado, don Anónimo deambulaba por el desierto con una pala, un chongo de escoba y un saco de gangocho. De primera llevaba agua en una botella de vino forrada en trapos mojados, pero en el último tiempo usaba una cantimplora de guerra, de las que llevaban los soldados en la campaña del 79, reliquia que había hallado junto a los restos momificados de un combatiente del Séptimo de Línea, a quien él, sin avisarle a nadie, enterró sin

111

ningún honor, con la misma indolencia y con su mismo silbidito inagotable con que enterraba a los perros y las mulas muertas.

Todo ese trabajo de enterrar los restos de animales muertos o de humanos se lo daba nada más que para que los jotes, esos malditos pajarracos carroñeros, no tuvieran merienda, y si fuera posible se murieran de hambre.

Porque don Anónimo odiaba a los jotes.

Les había tomado tirria desde la tarde en que, en plena pampa, fue atacado por una jauría de perros salvajes, de esos que quedaban abandonados en las oficinas paralizadas y que recorrían el desierto en busca de alimento. Los animales lo dejaron tan mal herido, que una bandada de jotes comenzó a planear en torno a su cuerpo caído, a planear en círculos cada vez más bajo, hasta que, atraídos por su inmovilidad, se posaron en tierra, se acercaron medrosos —sus repulsivos cogotes colorados tremolando de avidez— y alcanzaron a darle unos cuantos picotazos antes de que aparecieran providencialmente dos mercachifles de joyas que los espantaron a pedradas y le salvaron la vida.

Contaban algunos en La Piojo que al llegar el enganche de locos a la oficina, cuando el encargado de contrataciones le preguntó cuál era su oficio, labor o profesión, don Anónimo contestó con una parsimonia angelical, pero con una convicción blindada, que a lo largo de su vida, mi caballero, lo único que había sido era aseador, que había nacido para ser aseador y no quería nada más que ser aseador.

De modo que lo contrataron para mantener el aseo en las oficinas de tiempo y pago, en donde muy luego destacó por su genio callado y por la sumisión de esclavo chino que demostraba ante los más inicuos mandados o chanzas de los empleados de escritorios. Pero, sobre todo, se distinguió por su eficaz desempeño en su trabajo, el que cumplía con un esmero y una pulcritud enfermizas, y siempre al ritmo de un silbidito extraño que sólo cortaba para comer o contestar alguna pregunta.

Sin embargo, al poco tiempo comenzó a actuar de manera errática: no se conformaba con asear y limpiar lo que le correspondía asear y limpiar por contrato, sino que además se metía a barrer y a trapear y a pulir y a ordenar las demás oficinas y cuartos que no le concernían. Después le dio por barrer los pasillos, las bodegas, los desvanes y los patios traseros del edificio, y siempre con la eficacia ya consabida y su inagotable silbidito en la boca. De modo que cuando al tiempo salió con su escoba a barrer la vereda del edificio y luego se pasó a la vereda de enfrente y después a las veredas de la corrida completa —y las barría con el esmero y la prolijidad de una veterana dueña de casa—, ya todo el mundo en La Piojo nos habíamos dado cuenta de que el caballero, ese tan atildadito, pobrecito él, debía de estar cucú.

—Seguro tiene un tornillo suelto.

—Un alambre pelado.

—Una gotera en la azotea.

Por lo mismo, no nos tomó muy de sorpresa ni nos admiramos demasiado cuando la mañana luminosa de un primero de mayo, al fresco de la brisa matinal, mientras en el sindicato conmemorábamos el Día del Trabajo, don Anónimo salió barriendo y silbando de la oficina de tiempo y pago, y barriendo y silbando llegó a la pequeña plaza de piedra de la oficina, y barriendo y silbando continuó por la calle principal hacia abajo, hacia la estación del ferrocarril, y de ahí, barriendo y silbando, siguió hacia las lindes del campamento, más allá del camal, más allá de los ripios, más allá de las calicheras, y en plena pampa abierta, ya con un sol de azogue quemando las piedras, siguió barriendo y silbando su silbidito ignoto, barriendo y silbando mientras nosotros

113

hacíamos visera con las manos para no perder de vista esa nubecita de polvo que se alejaba cada vez más, hasta que, distorsionada por la reverberación del mediodía, su figura enclenque terminó por diluirse completamente en el agua de mentira de los espejismos azules.

Cuando regresó por la tarde al campamento, la compañía le tenía listo el «sobre azul». Le quitaron la tarjeta de suple, le requisaron sus elementos de trabajo y le pidieron sin ninguna consideración hacer entrega de su habitación de soltero. Don Anónimo devolvió todo menos la pala y la escoba. Y aunque los vigilantes lo fueron a tirar tres veces en el Cruce de la Animita, las tres veces se devolvió al campamento barriendo y silbando. Por último, en la administración estimaron que el hombrecito no constituía ningún peligro y optaron por hacer la vista gorda. Desde entonces se había convertido para todos y para siempre en el Loco de la Escoba, el orate barredor del desierto más largo del mundo.

Cada día, de lunes a domingo, desde la mañana a la tarde, con un breve descanso para almorzar, don Anónimo recorría el desierto alrededor de la oficina barriendo cada papel, cada lata de conserva, cada cajetilla de cigarrillos, cada calamorro viejo, cada herradura herrumbrada, cada cráneo de vaca, cada flor de papel robada por el viento en los cementerios abandonados. Según se le había oído decir en las pocas veces que se lograba hacerlo hablar, donde más desperdicios recogía era a ambos lados de la línea del ferrocarril, pues a cada pasada del tren los pasajeros arrojaban toda clase de porquerías por las ventanillas, profanando sin miramientos ese paisaje como de planeta recién creado que exhibía la pampa por ese lado del desierto. «Estos salvajes quieren convertir la pampa en una cloaca», dicen que reclamaba el viejo mientras iba recogiendo botellas de cerveza, frascos de aceite de ricino, pomos de agua de colonia inglesa, cajas de fósforos, corontas de choclos, pechugas de gallinas, piernas de pavos, costillares de corderos, cabezas de chanchos y rumas de huesos de conejos, cuyes y pichones que se manducaban los pasajeros durante el largo viaje en tren a través de las infinitas peladeras del purgatorio de Atacama. Todo esto sin tomar en cuenta el sartal de objetos, aún más ignominiosos, como calzones sucios, dentaduras postizas, zapatos huachos, ombligos de recién nacidos, muñecos de trapos pinchados con alfileres y otras inmundicias inimaginables que él iba echando rigurosamente en su saco para luego enterrarlos en la arena.

—Que es lo mismo que guardar la basura debajo de la alfombra —decían riendo las dueñas de casa de La Piojo cuando al volver de la pampa a mediodía lo llamaban para convidarle un plato de porotos o un vaso de agua con harina tostada.

En las oficinas del cantón Central era un secreto a voces que, junto a toda esa basura que reunía en su saco, don Anónimo enterraba también, sin hacer distinción de nada, monedas de plata, prendedores de oro, argollas matrimoniales, collares de perlas, finas boquillas de nácar y toda una variedad de objetos valiosos que caían en la grava de la línea férrea. Muchos hombres de La Piojo lo habían seguido y habían escarbado en los lugares en que había hecho algún entierro, pero nunca hallaron nada de valor, sólo basura y animales muertos.

Uno de sus hallazgos solamente le había llamado la atención y se lo había llevado a la casa: la pequeña campana de bronce que halló una tarde de garúa junto a la vía férrea, seguramente desprendida de alguna vieja locomotora a carbón.

13

Era domingo en la pampa. Y tal como los pampinos se afirulaban y se ponían sus mejores prendas para salir a la calle, el sol apareció por el lado de los cerros radiante y redondo, exacto como un Longines de oro.

Toda la esfera del cielo era una soledad azul, sin la más remota posibilidad de una nubecita perdida, extraviada de su rebaño blanco. Era domingo en la pampa y el día, aún crudo, amenazaba con arder por los cuatro costados.

El calor iba a ser de perros.

A las siete de la mañana, tal como hacía cada día, don Anónimo salió hacia el desierto con su pala, su escoba y su saco de gangocho. A esas horas, en las afueras de la casa de Magalena Mercado, por la puerta de la calle, ya se había reunido un grupo de devotas que, en un matinal recogimiento de rezos y murmullos, esperaban ver y oír al predicador de la túnica carmelita.

Como era su rigurosa costumbre, don Anónimo se había levantado a las cinco de la madrugada, partió un trozo de durmiente con hacha y chuzo, encendió la fragorosa cocina de ladrillos y puso a hervir agua en la tetera de fierro enlozado, negra como una locomotora. Luego, desayunó con frugalidad —una taza de té y un pan de ayer con mantequilla— y, antes de salir a la pampa, lavó su jarro, barrió el piso de tierra apisonada y limpió prolijamente el cuarto de cocina, todo sin dejar de silbar ni un solo instante su tonadilla de orate.

El Cristo de Elqui, que también se había levantado al alba, luego de orar al Padre Eterno quiso ayudarle a partir la leña, pero el hombrecito no lo permitió, como tampoco accedió de ninguna manera, señor mío, a que le ayudara en el aseo del cuarto. De modo que cuando el anciano salió a la calle, luego de llenar su cantimplora de guerra hundiéndola en el barril de agua, el Cristo de Elqui, tendido siempre en la banca, esperó a que se levantara Magalena Mercado para desayunar juntos.

La mujer se levantó a las ocho de la mañana.

—Es la hora más juiciosa para levantarse —dijo preparando las tazas—: ni muy temprano para una ramera, ni muy tarde para una beata.

Como el Cristo de Elqui siempre estaba diciendo que no había predicador más persuasivo que fray Ejemplo, se sirvió nada más que una taza de té sin azúcar y la mitad de un pan. De ese modo estaba cumpliendo al pie de la letra lo que aconsejaba en sus prédicas, sobre que había que desayunar lo más liviano posible. Con una taza de agua caliente bastaba y sobraba.

Además, lo que él quería realmente era comenzar a hablar cuanto antes de lo que le interesaba: su propuesta de amor. ¿De amor? No sabía bien cómo definirla. Lo que sí tenía claro es que ya era hora de declararse. Sin embargo, Magalena Mercado se había tomado la conversación de sobremesa para ella sola. Ensayando una especie de monólogo social, se había puesto a contarle, con efusión de anarquista, algunos pormenores de la huelga. Le aclaró algunos puntos que los obreros pedían en el pliego de peticiones; que de ninguna manera, le dijo, eran improcedentes o arbitrarios, sino que representaban lo básico a que tenía derecho un trabajador de la pampa, y de cualquier parte del mundo, para sentirse digno como persona. Le habló de los abusos que se perpetraban en La Piojo; le contó, entre otras cosas, de la prepotencia feudal del administrador de la oficina, un Gringo de pipa, botas de montar y cucalón de safari, que andaba todo el santo día con el genio agriado —«Seguramente debido a su problema sexual», dijo mirándolo de reojo, como arrepintiéndose de haberlo dicho—, un negrero soberbio y sin alma que mientras se hacía servir el té a las *five o'clock*, por un mayordomo vestido de levita, hacía expulsar o despedía sin misericordia a la gente. Le habló del jefe de los vigilantes, un peruano de labios leporinos, apodado el Cheuto, un maldito sin escrúpulos que, huasca en mano, gozaba humillando a los obreros en público, a veces delante de sus mujeres y niños. Le refirió las decenas de reclamos en contra del jefe de pulpería, un gordinflón libidinoso al que nada que vistiera falda escapaba de sus garras, sobre todo acosaba sin ningún recato a las jóvenes esposas de los obreros.

El Cristo de Elqui se removía inquieto en su banca; aunque la oía con real interés, sólo esperaba un respiro en su perorata para expresarle por fin la única razón de haber cruzado el desierto y arriesgado su vida para venir a verla. Pero Magalena Mercado, inspirada, no dejaba meter baza. Cuando, sin dejar de hablar, se levantó de la mesa a arrojarle las migas de pan a su gallina colorada, el Cristo de Elqui vio que era justo el momento que esperaba. Pero la gente amontonada fuera de la casa comenzó a pedir su presencia a gritos.

Querían ver a su Cristo.

Querían oírlo.

Querían tocarlo.

Estimulado por la meretriz a que atendiera a esas buenas gentes que creían con tanta fe en su persona, no tuvo más remedio que dejar su conversación para más tarde. El Padre Eterno sabe lo que hace, se dijo. Luego, dio gracias por el desayuno, se incorporó de la mesa, se acomodó su capa de tafetán —que también usaba los domingos— y seguido de la meretriz salió a la puerta de la calle.

Afuera, el domingo era una canica de cristal: el día entero amarilleaba de sol. La gente lo recibió con reverencias, algunos persignándose, golpeándose el pecho y cayendo de rodillas. Otros rompieron en aplausos y vivas. El Cristo de Elqui, desde lo alto de la vereda, les dio una bendición general y, luego, tras permitir que los más devotos le besaran la mano y tocaran su capa, los complació con una breve prédica. En verdad, fue una exhortación memorizada sobre el tema de la riqueza, donde comenzó recitando la parábola bíblica del rico y el camello en el ojo de la aguja, y terminó con la muy prosaica sentencia de que la riqueza era como el agua salada, hermanos míos:

—Mientras más se bebe, más sed da.

Después, se consagró a atender los problemas personales de cada uno, ungiendo, bendiciendo o dando recetas de remedios caseros, según el caso lo ameritara. Todo esto, asistido animosamente por Magalena Mercado. Ella se encargaba de que la gente se acercara por turno y en orden, señora, por favor, hágame caso; el jovencito aquel, que dejara de lado su pan con mortadela y se arrodillara si quería recibir la bendición para pasar de curso en la escuela; y el caballero que sufría de un temor desaforado a las ánimas en pena, que no lo dejaban dormir por las noches, que se quitara el sombrero para ser ungido en el nombre del Padre Eterno.

De ese modo, el Cristo de Elqui se pasó la mañana atendiendo a sus devotos, con una paciencia y una consagración dignas de un santo. Todos eran acogidos y escuchados con la misma benevolencia. A un anciano que se quejó de reumatismo, le hizo imposición de manos y luego le recetó tomar infusiones de cedrón con sanguinaria y yerba del platero, todo triturado y mezclado en partes iguales, y que después se hiciera fricciones con parafina en las partes afectadas. A una hija que llevó a su anciana madre para que el Cristo milagroso la sacara del pozo de tristeza en que me la dejó sumida una quiromántica, señor, cuando le anunció que los astros le deparaban sólo unos pocos días más de vida, le dijo que no se preocupara, hija mía, que los que creen que el destino de las personas está regido por los astros olvidan que el destino de los astros está regido por Dios, y que su misericordia era infinita; por lo tanto, su madre, según él veía en el blanco de sus ojos, iba a vivir tanto que capaz que terminara sepultándola a ella. A un comerciante de menudencias que un mal aire le torció la boca hasta dejársela pegada a la oreja, le dijo que se consiguiera una pata de cabra y que todos los días, de mañana y de tarde, rezara cien padrenuestros, lentamente, sin apurarse, mientras, al compás de la oración, se masajeaba el lado afectado de la cara con la pata del animal.

—Eso es lo que se llama rezar y remar a la vez, hermano mío.

A otro hombre, a quien el tren salitrero le había cortado un brazo a la altura del codo y cuyo muñón, después de un año de ocurrido el accidente, aún no cicatrizaba, sangrándole constantemente —«Y en el dispensario de la oficina, mi señor, no saben más que ponerme permanganato, que es lo mismo que usan para curar las enfermedades "de trascendencia social", como le llaman los siúticos a la gonorrea y a la sífilis»—, le aconsejó que se pusiera telitas de araña en la parte infectada, como lo hacían las abuelitas en el campo para desinfectar las heridas. Pues, para que los hermanos y hermanas lo supieran, pontificó en voz alta, la penicilina, el gran descubrimiento del siglo, descubrimiento hecho de pura chiripa por el gringo

Alexander Fleming, era a base de unos hongos que cultivaban las telas de araña.

—Y es tan maravilloso este medicamento —sentenció en tono didáctico, dando a conocer que sí leía los diarios, pese a que en sus prédicas solía decir que él no tenía necesidad de ver los diarios para saber lo que pasaba en el mundo—, que los sabios de Estados Unidos ya están estudiando el modo para desarrollarlo y producirlo en mayor escala, pues por ahora el Ejército norteamericano ocupa casi toda la producción para combatir la gangrena, uno de los peores males de la guerra.

A media mañana, cuando el gentío ya desbordaba la corrida, llegó el carbonero de la oficina. Traía a su mujer ciega de nacimiento para que el predicador la sanara. Ante la expectación general, el Cristo de Elqui la examinó doctoralmente: sus ojos eran dos bujías apagadas. Pidió entonces a la mujer que se arrodillara, le cubrió la vista con una mano, alzó la otra hacia el cielo y, tras implorar con gran énfasis al Padre Eterno, Luz del Mundo, Hacedor de Milagros, y de entonar algunos trozos de himnos en lengua extraña, le quitó la mano de los ojos y dijo, fuerte, con autoridad de mesías:

—¡Hija mía, ve la luz!

La mujer del carbonero abrió los párpados y los batió varias veces.

—No veo nada —dijo.

Que cerrara los párpados de nuevo y los volviera a abrir. ¡Con fe!

La mujer los cerró y los volvió a abrir.

—No veo nada —repitió.

Ante la mirada de interrogación del carbonero, el Cristo de Elqui, sin apenas inmutarse, le dijo que no era la voluntad del Divino Hacedor que su señora esposa viera lo poco que hay que ver en este mundo de miserias. ¡Gloria al Divino Hacedor! Y sin más dilación se puso a atender a una pareja de jóvenes enamorados que irrumpió entre la gente.

Tomados de la mano, sin dejar de mirarse uno en el otro, como viéndose en un mutuo espejo de azogue embellecedor, los jóvenes enamorados le pidieron el favor de que los casara, Maestro. Que ya se morían de amor. Le contaron que hasta ayer sólo se habían mirado de reojo cada vez que se cruzaban en la calle, pero al encontrarse anoche en la fila de la olla común, cada uno con su vianda y su cuchara, después de charlar un rato habían descubierto que ambos eran solos, que ambos querían irse de la oficina y que se habían amado en silencio todo este tiempo. Y ahí mismo, con un perentorio beso en público, habían decidido unir sus soledades para siempre. De modo que ahora, con un ataditó de ropa por todo equipaje, pretendían irse a vivir juntos al pueblo de Pampa Unión, hasta donde los llevaría el cacharro de don Manuel.

La joven se llamaba Mariángel Cabrera, era pequeña y delgada y, aunque parecía tímida, hacía una feliz ostentación de sus grandes pechos bamboleantes. En La Piojo atendía una de las cajas de la pulpería. Sin embargo, su sueño de toda la vida era ser bailarina, de esas de plumas y lentejuelas. En Pampa Unión le habían ofrecido bailar en un local de muy buena reputación, y como era huérfana de padre y madre, no tenía ningún problema de tipo familiar para irse.

El muchacho, delgado y huesudo, con una risible cara de pájaro asustado —el Cristo de Elqui ya lo había reconocido como uno de los músicos que lo despertaron de su siesta en el quiosco de la plaza—, dijo que se llamaba Pedro Palomo, aunque lo apodaban el Fosforito. Era el buglista del orfeón local. Una semana atrás había hecho una audición para tocar en una jazz band de Pampa Unión y sólo antes de ayer le llegó la noticia de que había sido seleccionado entre ocho postulantes y, por supuesto, no podía estar más feliz.

—Imagínese usted, mi señor, allá voy a ganar cuatro veces más de lo que gano en esta maldita oficina, en donde ahora, para terminar de rematarla, a causa de la huelga, el administrador nos prohibió tocar retretas en la plaza. Y como la mayoría de los instrumentos pertenecen a la compañía... Menos mal que el bugle es mío.

El Cristo de Elqui, tras escucharlos con un aire de plácida cortesía y de comprobar que ambos jóvenes eran mayores de edad —«Yo cumplí los veintiuno hace un mes», dijo ella. «Yo ya tengo veintitrés», dijo él—, no tuvo ningún empacho en darles la bendición y, en el nombre del Santísimo Padre Eterno, unirlos en matrimonio hasta que la muerte los separe.

—Que lo que Él ata allá arriba, en el cielo, nadie lo desate aquí abajo, en la Tierra.

Y les deseó toda clase de parabienes en la nueva vida que emprendían juntos, y que no olvidaran que se debían amar y respetar en las duras y en las maduras, en la salud y en la enfermedad, en los tiempos de vacas flacas y en los tiempos de vacas gordas. Enseguida, interpretando al pie de la letra lo que dictaban las Sagradas Escrituras, los aleonó a que fueran y se multiplicaran sobre la faz de la Tierra, sin ninguna clase de complejos, ni morales, ni científicos, ni religiosos.

—Id y hacedlo de todo corazón y sin remilgos —los exhortó jubilosamente solemne.

Los jóvenes enamorados se fueron felices como pascuas.

Cuando se alejaban, alguien junto a Magalena Mercado dijo que esos dos no dejaban de untarse ni un ratito con sus miradas pegajosas como lenguas de vaca. Ella, suspirando, dijo que no, que tenían la misma mirada de los novios de las tarjetas postales.

123

14

Domingo Zárate Vega, ya conocido por todos como el Cristo de Elqui, misionó primero en los pueblos y rancheríos de su provincia natal, dando consuelo a los afligidos, confortación a los desamparados y curando enfermos con sólo aplicar la fuerza de mi pensamiento, don natural que me ha dado el divino Señor, Luz del Mundo, Rey de Reyes, el mismo que cuando anduvo en la Tierra transformó el agua en vino, limpió a los leprosos, hizo ver a los ciegos untándoles los ojos con lodo, expulsó demonios, resucitó muertos, multiplicó panes y peces y caminó apaciblemente sobre las aguas. Así de todopoderoso es el Padre que hoy mora en los cielos, manifestaba con sus ojos encendidos por una fe ultraterrena. Luego de predicar en la provincia de Coquimbo, de profetizar pestes y catástrofes que ocurrirían en un tiempo no muy lejano —«Yo no tengo necesidad de leer los diarios para saber qué pasa y qué pasará en el mundo»— y de estar varias veces preso por hacer y decir todo aquello, una tarde de febrero de 1931, tras anunciarlo en sus prédicas y en las entrevistas con los medios informativos, partió con rumbo a la capital del país. Entre un enorme gentío que lo fue a despedir a la estación ferroviaria, rogándole que no se olvidara nunca del suelo que lo vio nacer, Maestro, se embarcó en un coche del tren Longitudinal Norte, acompañado de un séquito de desharrapados que hacían las veces de apóstoles, los primeros que tuvo en su largo peregrinaje. Los diarios y radios locales, que desde sus primeras apariciones públicas no habían dejado de asediarlo y hacer mofa de su estampa de mendicante y de su presunción de ser el sucesor de Jesús de Nazaret, dijeron que el chiflado de Elqui iba a la ciudad capital con la ilusa pretensión de entrevistarse con el excelentísimo señor presidente de la República y con su eminencia, el arzobispo de Santiago, a quienes, para cumplir la misión encomendada por el Padre Celestial, pediría autorización para dirigirse a Roma a conversar con el Sumo Pontífice. Según se leía en los artículos de prensa y se comentaba en los programas radiales, el Cristo de Elqui había declarado a voz en cuello, para que todos lo oyeran y tuviesen presente, que él no iba a la capital a mendigar dinero para el viaje ni cosa parecida. Él no lo necesitaba. Su Padre Eterno, el Dios Todopoderoso, Rey de los Ejércitos, en su sapiencia infinita le revelaría cuál era la mejor ruta a seguir y las diligencias más convenientes de ejecutar para hacer cumplir sus santos designios. Con esto quería dejar constancia ante sus seguidores y ante los creyentes de todo el país —y que se enteraran con ellos los ateos, los incrédulos y los herejes de medio pelo— que él no recibía un centavo de nadie, menos aún de las autoridades públicas, así fueran del poder que fueran, recalcaba con ahínco —ejecutivas, legislativas, judiciales o policiales—, pues ello desvirtuaría el verdadero motivo de su misión en la Tierra y rebajaría a mero comercio el valor de sus profecías y enseñanzas. De ninguna manera deseaba que las gentes, sobre todo mis hermanos más necesitados, lo confundieran con uno de esos míseros negociantes de la doctrina cristiana que abundaban en las ciudades y caminos del mundo. Porque yo no soy sino el que soy, predicaba arrebatado de misticismo, soy el más humilde de los corderos de Dios enviado a esta Tierra para hacer el bien y dar consuelo a los afligidos, para restablecer la bienaventuranza al mundo antes de que los cielos se tiñan del color de la sangre y se escuchen en los cuatro confines las trompetas del Juicio Final, acontecimiento, por lo demás, ya muy próximo a cumplirse, aunque se rían en mi cara los maliciosos de siempre. «Apacienta mis ovejas», le había ordenado en sus visiones el Padre Celestial. Y eso era lo que estaba haciendo, apacentar, vigilar, instruir a sus ovejas. Por lo mismo, no tenía reparos en visitar los más miserables poblados perdidos a lo largo de la patria predicando la buena nueva a los cuatro vientos, ya fuera en la cordillera, en el valle central o en la costa. Y tanto era así, que tal vez sus más inspirados sermones no los había hecho en las plazas públicas, ni en púlpitos de iglesias, ni en los paraninfos de las grandes ciudades, sino en polvorientas esquinas de caseríos sin nombre, en donde sólo lo escucharon, además de los cuatro vientos, algunos atónitos niños descalzos y un par de borrachitos adormilados en la hora de la siesta. De modo que su romería a la Ciudad Eterna sólo tenía el buen propósito de celebrar un concordato que conciliaría la doctrina de la Iglesia con sus propios postulados. Sin embargo, el sensacionalismo de la prensa convirtió su viaje a la capital del país en un acontecimiento de alcance nacional, en un evento casi mundano. En los andenes de las estaciones de cada pueblo donde se detenía el tren, una multitud de creyentes eufóricos lo recibían enarbolando estampitas y crucifijos y gritando aleluyas y hosannas al Cordero Santo, en medio de una impresionante histeria colectiva. Con banderas chilenas, carteles de bienvenida y bandas de música lo esperaban si el tren pasaba en el día; y si pasaba en horas de la noche, la gente lo aguardaba rezando el rosario, entonando himnos e iluminando las estaciones con millares de cirios encendidos. De tal modo que en cada una de las paradas del tren, el

Cristo de Elqui se veía obligado a asomar su humanidad por la ventanilla de su coche para que la gente lo pudiera ver y él pudiera estirar la mano y palparles la mollera a las criaturas que le alzaban, tocarles los muñones a los suncos, las cuencas vacías a los ciegos y bendecir en nombre del Padre Celestial a esa marea de gente humilde que le besaba las mangas de la túnica y que, llorando de emoción, le suplicaba el milagro de sanar al marido beodo que se me está muriendo de cirrosis, señor, Cristo mío, el pobre se llama Rosauro Rojas Rojas, y aunque sea un borracho perdido yo lo quiero, mi señor, porque es el padre de mis ocho hijos. Y de pasadita le entregaban paquetes y bolsas con panes amasados, con harina tostada, con frutos secos y toda clase de engañitos para el viaje. No fuera a ser cosa que pasara hambre el Maestro. Le entregaban estas dádivas junto a decenas de cartas escritas a mano, cartas con inocentes pedidos de milagros, de sanaciones imposibles y con impracticables solicitudes de ayuda monetaria para comprarme una parcelita chiquitita que me la venden de ocasión, y yo nunca he tenido donde caerme muerto, señor mío. Y cuando, tras su silbato ronco, la locomotora echaba a andar entre nubes de hollín y vaharadas de vapor, haciendo repicar su campana de bronce como si fuera una iglesia rodante, la gente corría en tumulto detrás del convoy, agitando sombreros y pañuelos blancos y deseándole toda clase de venturas en su cometido en la capital. En algunas de las estaciones, la batahola y el desorden de los devotos era tal, que sobrepasaba el cordón de seguridad del cuerpo de Carabineros —secundados en cada localidad por las compañías de Bomberos, voluntarios de la Cruz Roja y Boy-scout—; entonces, ayudado por sus apóstoles y los mismos pasajeros del tren, al Cristo de Elqui no le quedaba más remedio que arremangarse la pollera y treparse a saludar sobre el techo del vagón. Desde allí repartía sus bendiciones al gentío que lo vitoreaba y engrandecía con tal entusiasmo, como si de un candidato a la presidencia de la República se tratara. Él, a la vez, aprovechaba la ocasión de predicar y dar a conocer sus proverbios, sus sentencias y sus sanos pensamientos en bien de la Humanidad —«¡Todos somos hermanos, hijos de un solo Padre Celestial!» «¡El árbol se conoce por sus frutos!» «¡Dios es amor, misericordia y soberanía; bendito es Él y su creación!»—; todo esto sin dejar de exhortar, como siempre, y con una convicción a prueba de tormentos, que el fin de los tiempos estaba a las puertas, hermanos y hermanas, y había que prepararse. «¡Arrepentíos ahora porque después será el lloro y el crujir de dientes!», vociferaba con los brazos elevados al cielo y su larga cabellera negra, igual que el tafetán de su capa morada, batiéndose al viento de los andenes abiertos. El día de su llegada a la capital, la estación Mapocho se había convertido en un hervidero humano. Aunque las autoridades decían que el número de curiosos no sobrepasaba los tres mil, los locutores de las radios, caídos en delirio, calculaban una multitud sobre las siete mil personas reunidas aquí, sí, amables radioescuchas, tal como lo oyen, entre siete mil y diez mil creyentes esperan desde el amanecer para ver y tocar y pedirle favores de animita milagrera a este estrafalario personaje salido desde los montes del valle de Elqui. Y aunque toda esa muchedumbre que lo aguardaba —en su mayoría compuesta de sirvientas, cesantes y conscriptos de franco— sólo lo había visto en las fotografías de diarios y revistas, ya le profesaba una devoción inquebrantable, no trepidando en catalogarlo de bendito, de bienaventurado y de varón tres veces santo; y con sus guaguas en brazos y sus niños más grandecitos agarrados a las polleras, o arrastrando a sus enfermos en camillas o en sillas de ruedas, las devotas más fervorosas —las mujeres eran siempre, en todas partes, las más fervorosas— atestiguaban entusiasmadas que sí, señor periodista, que era la purita verdad eso que se decía sobre que el hombre de la túnica carmelita había sanado enfermos incurables y realizado prodigios de toda índole en cada uno de los pueblos por donde había pasado. Pero la multitud se quedó con las ganas de verlo. Por orden directa de las autoridades gubernamentales —«seguramente en concomitancia con las altas jerarquías eclesiásticas, estoy segurísimo», predicaba años después—, en la estación de Yungay, la última parada del tren antes de llegar a la ciudad de Santiago, el Cristo de Elqui fue interceptado por dos oficiales de Carabineros que, sin darle ninguna clase de explicaciones, lo arrestaron y bajaron del coche ante el alelamiento de sus apóstoles, que no atinaron a hacer nada, y el forcejeo de los demás pasajeros, que sí se lanzaron a reclamar a gritos de que por qué diantres la policía de este país no se ocupaba mejor de perseguir a los delincuentes y a los criminales en vez de andar molestando a la gente buena y honrada. De ese modo, los carabineros me bajaron del tren y me subieron no a un coche de esos policiales, sino a un automóvil de placa particular, seguramente para no llamar la atención ni encender más la furia de la gente por la injusticia que estaban cometiendo. En el auto fue llevado a la Séptima Comisaría, en donde, como siempre, fui tratado con respeto y dignidad por el cuerpo de Carabineros de Chile, para el cual no he tenido sino agradecimiento y palabras de elogio. Desde allí, luego de un breve interrogatorio y de tomarme los datos personales, fui trasladado con una escolta policial, directo al edificio de la Dirección General de Sanidad. No obstante todo el sigilo con que actuaron las autoridades, en pocos minutos se corrió la bulla de su detención —que fue dada a conocer por todas las radioemisoras de la capital—, y el palacio de la Dirección de Sanidad fue rodeado por una turba de acólitos que se vino desde la estación ferroviaria en un ruidoso mitin nunca antes visto en Santiago. Fue una verdadera marcha de protesta política la que cruzó las calles de la ciudad, según escribieron al día siguiente los diarios, singular marcha en donde en vez de banderas, estandartes y pancartas de partidos y candidatos, la gente portaba crucifijos, rosarios, estampitas religiosas y cirios derritiéndoseles en las manos; y en vez de consignas en contra del gobierno, la muchedumbre marchaba rezando fervorosos padrenuestros y avemarías, y pidiendo al cielo por la liberación inmediata del predicador nortino. A muchas de sus seguidoras, comentaban los diarios, sobre todo a las matronas más ancianas, se les vio llorando y besando la foto del Cristo de Elqui recortada de algún diario o revista de actualidad. Sin embargo, y pese a todo el barullo, el Cristo de Elqui no fue liberado. Según informaron después los medios de comunicación, en las dependencias de la Dirección General de Sanidad el hombre fue sometido a pruebas exhaustivas por un equipo médico comandado por el eminente doctor Humberto Pacheco, jefe de la Sección de Alienados, quien confidenció a los diarios que mientras el famoso predicador nortino era examinado, no perdía su tiempo y trataba de convertir a la junta de médicos con sus enrevesados discursos teológicos, en los cuales, junto a versículos del Nuevo Testamento y sesudas citas de Heidegger, salía con cosas tan de chicha y nabo como que no se debía respirar por la boca, hermanos, que los productos del mar había que consumirlos tarde, mal y nunca, y que en público era menester escupir en el pañuelo, nunca en el suelo. Después de largos interrogatorios, interpelaciones y charlas con estos doctores especialistas en casos de esquizofrenia, y con eruditos profesores en ciencias y filosofía, que incluso me sondeaban e inquirían en latín y otras lenguas muertas, finalmente yo, Domingo Zárate Vega, más conocido como el Cristo de Elqui —esto para que vean hasta dónde puede llegar la injusticia terrenal—, fui declarado enfermo de «delirio místico crónico», y derivado al Asilo de Temperancia, en donde me recluyeron en la sección de enfermos pasivos. Allí estuve confinado por cinco meses y medio.

15

Era pasado el mediodía cuando a casa de Magalena Mercado llegaron dos emisarios de los obreros en huelga. De terno azul marino, camisa blanca recién planchada y corbata roja, los hombres irrumpieron entre la gente con un sindical aire de importancia. Sus zapatos bayos brillaban como recién lustrados.

Iban con la misión de invitar al compañero predicador a dar una de sus disertaciones en el salón grande del sindicato. Llegaron justo cuando la meretriz, que aún hacía de sacristana, acababa de decirle al Cristo de Elqui, con todo el respeto que se merecía hombre tan santo, que lo sentía en el alma, Maestro, pero era hora de que se fuera a dar sus bendiciones a la plaza del campamento, pues toda esa trifulca de gente en la puerta de su casa iba a espantar a sus feligreses.

—Ellos comienzan a dejarse caer por aquí justo después de la hora de almuerzo.

El Cristo de Elqui la miró comprensivamente. La hermana Magalena estaba en la razón, que perdonara su falta de delicadeza. Alzó entonces los brazos y exhortó al grupo de gente que aún aguardaba por sus palabras a que se reuniera por la tarde en la plaza, allí haría una predicación con sus mejores sermones y consejos en bien de la Humanidad.

Luego, se dirigió a una costurera de nombre Mercedes Morales —que en todo ese rato no lo había soltado de la túnica pidiéndole que le enseñara algún conjuro para ahuyentar a un duende del tamaño de una botella de agua de mesa que se le aparecía cada noche en la casa y le robaba los retazos de géneros de color marrón— y le dijo que no se preocupara, buena hermana, que los duendes eran como la conciencia: si éramos buenos con ellos, ellos nos dejaban vivir en paz. Que le dejara potes de miel por los rincones.

—Y si no tiene miel, déjele jarabe para la tos.

Después, se fue aparte con los dos enviados del sindicato y, arrugando el ceño por el sol que le daba en plena cara, les preguntó sobre qué asunto, tópico o materia querían que les fuera a hablar a los obreros.

—Sobre el abuso y el despotismo de los patrones en el campo laboral —respondieron los hombres.

Y se lo proponían, le dijeron, porque de ese asunto era que uno de ellos alguna vez le había oído predicar en una oficina del cantón de Aguas Blancas.

—Además —dijo el más alto—, es el tema más indicado para disertar en esta fecha. ¿No le parece a usted, compañero predicador?

Ante la mirada de interrogación del Cristo de Elqui, el hombre, que hablaba todo el tiempo como dirigiéndose a una asamblea, le dijo que si acaso no se acordaba de que ese día era 21 de diciembre, aniversario de la infame matanza de obreros en la Escuela Santa María de Iquique.

—¡Una fecha que jamás hay que olvidar, compañero! —le espetó en tono inflamado.

El Cristo de Elqui se lo quedó mirando.

Parecía haber enmudecido.

Luego, mesándose las barbas y repitiendo para sí «veintiuno de diciembre, veintiuno de diciembre», dejó de atender a los hombres y se dirigió a Magalena Mercado. Que viera ella cómo eran las cosas, bendito sea el Padre Eterno, recién hoy se percataba de que el día de ayer, 20 de diciembre, cuando estuvo a punto de morir como un perro en el desierto, había sido su cumpleaños. Y, claro, ahora se daba cuenta de que, además de salvar su vida, haberla conocido a ella fue el mejor agasajo que el Padre Celestial pudo haberle dado en tan significativa fecha.

—Cuarenta y cinco años cumplí ayer, hermana —dijo.

Magalena Mercado lo abrazó cariñosa.

—¡Feliz cumpleaños atrasado entonces, Maestro! —le dijo.

Esa tarde, en el sindicato de obreros de La Piojo, adornado con banderas y retratos de Emilio Recabarren, los obreros llevaron a efecto un acto recordatorio de los hechos acaecidos hacía treinta y cinco años a la fecha. La velada artística fue antecedida por los discursos encendidos de los obreros que reemplazaban a los dirigentes y cerrada con la repartición de víveres enviados solidariamente por los compañeros obreros de otras oficinas salitreras cercanas.

El acto fue honrado por la presencia hierática de tres ancianos sobrevivientes de la masacre, quienes, sentados en primera fila, con las piernas juntas y sus sombreros en las rodillas, oían y observaban todo con una granítica expresión de ausencia. En particular, el más anciano entre ellos, un veterano de paletó negro y sombrero recortado a piquitos —el único que lo llevaba puesto—, que no hablaba con nadie, que parecía no interesarle en absoluto la ceremonia y que no aplaudió ningún número de la velada. Al hombre pareció no importarle la pequeña obra de teatro de un acto que mostraba los instantes previos a la matanza de la Escuela Santa María. Tampoco, el largo poema *A la bandera*, de Víctor Domingo Silva, que dos escolares de pantalones cortos recitaron a dúo, ni el corrido mexicano que interpretó un cargador de tiro, acompañado a la guitarra por un barretero de finos bigotitos blancos. Ni siquiera se emocionó con la humilde dueña de casa, esposa de uno de los dirigentes obreros, que cantó a capela y con una vocecita de gorrión evangélico el *Canto de venganza (canto a esta pampa, la tierra triste / réproba tierra de maldición / que de verdores jamás se viste / ni en lo más bello de la estación...),* canto que hizo llorar a todo el mundo, incluido el animador de la velada, un derripiador de dos metros de estatura y manos grandes como palas, que vestía solemnemente de levita. El viejo del paletó negro tampoco pareció entusiasmarse con los discursos de los compañeros que representaban a los dirigentes. Los escuchó como si oyera llover. Y no se conmovió un ápice cuando al final de la velada se anunció la presencia del predicador, y éste, ante el asombro de los niños y el murmullo de las mujeres que se persignaban con fervor reverencial, subió al estrado con solemnes ademanes eclesiásticos.

El Cristo de Elqui no era el mismo hablando al aire libre que dentro de cuatro paredes. A la intemperie su prédica era la de un montaraz profeta bíblico, de esos que hacían llamear los versículos del Antiguo Testamento. Por el contrario, bajo techo, su tono se amansaba, se volvía suave, casi didáctico. Y esa vez no fue la excepción. Durante media hora, en un tonito de preceptor de escuela primaria, el Cristo de Elqui elaboró un remanido discurso que tuvo algo de política laboral (habló de la explotación del hombre por el hombre); algo de credo religioso (dijo que tal vez Dios en persona no nos hablaba, pero si uno se fijaba bien, todo a nuestro alrededor hablaba de Dios: «Las tonalidades de los cerros al atardecer, por ejemplo»); algo de panfletario (aseguró, a propósito de la masacre de la Escuela Santa María, que quien asesina en nombre de la patria, de Dios o de un modelo social cualquiera, no era ni patriota, ni creyente, ni idealista, sino un simple asesino del diantre); algo de enseñanzas morales («Lo primordial, queridos hermanos, no es nuestro sufrimiento, sino cómo lo llevamos a lo largo de la vía»); y entremedio deslizó algunos de sus infaltables pensamientos y consejos prácticos para un buen vivir (que no debían de cometer el pecado, les dijo a las «hermanas mujeres», de cortarle las alas a las gallinas, que las pobrecitas aves también tenían derecho a volar; que era preferible mil veces perder una gallina a cometer la imperdonable torpeza de creernos capaces de enmendarle la plana al Creador). Ante el silencio reverencial de la concurrencia, y para poner fin a su discurso, el Cristo de Elqui hizo votos por que el conflicto laboral que llevaban a cabo terminara bien para los obreros y, sobre todo, para sus familias —siempre las más perjudicadas—. Acordándose de lo que le contara por la mañana Magalena Mercado, dijo que sería lindo ver una oficina salitrera en donde todo fuera diferente. Imagínense, hermanos y hermanas, exhortó en tono pastoral, vivir en una oficina en donde el señor administrador fuera un verdadero caballero inglés, justo y ecuánime, que saludara a la gente con un toque de sombrero, pidiera las cosas por favor y diera las gracias con su divertido acento gringo. Imagínense que el jefe de los vigilantes fuera un anciano de pelo cano y rostro afable que en vez de huascazos repartiera consejos educativos a los niños, siguiendo el ejemplo de don Pedro Aguirre Cerda, que Dios tenga en su Santo Reino y cuyo lema feliz de su gobierno, como todos saben, era: «Gobernar es educar». Imagínense que el jefe de pulpería no fuera un gordo glotón, bebedor y lujurioso, sino un señor atildado, vestido de punta en blanco, que ordenara a sus dependientes no sólo despachar los kilos, los litros y los metros exactos, sino además dar la yapa, costumbre pascual que lamentablemente había comenzado a desaparecer de los mostradores del país. Figúrense, en fin, hermanos míos, una oficina salitrera en donde el orfeón de las retretas no llevara el apodo denigrante de Banda del Litro, y en cambio estuviera formado por una congregación de evangélicos —abstemios todos— que luego de amenizar las tardes en los altos del quiosco de la música, se fueran en fila india derechito a su culto, acompañados alegremente de sus mujeres y sus niños, tocando y cantando alabanzas al Padre Celestial.

Finalizada su intervención, entre una ola de aplausos y hurras y glorificaciones a su persona, el Cristo de Elqui bajó del proscenio y, mientras en un rincón comenzaba la repartición de víveres, se acercó a bendecir a los ancianos sobrevivientes de la masacre. El hombre de paletó negro y sombrero recortado a piquitos, que permaneció todo el tiempo como un busto de caliche, fue el único que no se paró a recibir la bendición y sólo se limitó a estrecharle la mano y a obsequiarle con un leve movimiento de cabeza. Según había dicho el maestro de ceremonia al presentar a los veteranos, el anciano se llamaba Olegario Santana, tenía noventa y un años y había sido herido en un brazo en la matanza de la Escuela Santa María.

Por la noche, el Cristo de Elqui se quedó a dormir en el salón del sindicato. Antes de eso, al término de la velada, los obreros y sus esposas lo habían invitado al local de la filarmónica, en donde habían preparado una pequeña fiesta, «sólo con bebidas y agüita con harina tostada, Maestro», le habían dicho, para que no se preocupara. Él estuvo todo el tiempo sentado en un rincón observando enfrascadamente a las parejas de bailarines. Además de no haber entrado nunca antes a una filarmónica en fiesta —sólo lo había hecho para dar conferencias—, jamás en su vida había bailado. En verdad, no le encontraba la gracia.

—Parecen corderitos saltando en el monte —le comentó a su vecino de asiento.

Al salir del local, ya pasada la medianoche, el Cristo de Elqui se encontró de sopetón con el padre Sigfrido, frente a las dependencias del sindicato. El cura parecía venir del chalet del señor administrador. Al tener al predicador frente a frente, el ministro de Dios no aguantó su rabia y, con todos sus tics flameándole en la cara, se puso a reprenderlo a voz en cuello que era un apóstata, un perjuro, un impostor descarado, sí señor, eso era, pues nadie que no fuera sacerdote tenía atribuciones para oficiar el sagrado sacramento de unir en matrimonio a ninguna pareja en ninguna parte del mundo, como él había hecho en la mañana de ese mismo día.

En medio del ruedo de obreros que se juntó a observar el altercado, sin ganas de intervenir a favor de uno ni del otro —los solteros no comulgaban con el predicador por sus sospechas de que quería llevarse a Magalena, y la mayoría ya miraba al cura con desconfianza por sus continuas visitas a la mansión del Gringo—, el Cristo de Elqui no hacía más que mesarse las barbas en un lento gesto de mansedumbre. Al final, con una placidez que descolocó al padre Sigfrido, le dijo, mirándolo a un jeme de la cara, que por mucho que el caballero sacerdote cumpliera con todas y cada una de las leyes eclesiásticas, él obedecía el mandato directo del Divino Maestro, el Padre Eterno, el Único, el Alfa y el Omega.

—Puede que usted cumpla con todas las providencias y estatutos del catolicismo, señor mío —le dijo sin pestañear—, pero yo camino sobre las aguas.

Y se fue y dejó al cura despotricando solo.

De vuelta en el sindicato, con el ánimo un tanto sulfurado, vio que le habían preparado una cama sobre una mesa de billar. Él se negó a dormir allí aduciendo que en cualquiera de las bancas estaría mejor que en una de esas mesas de juego.

—Además del riesgo de pifiar el paño con mis uñas —expresó sin una pizca de sorna—, capacito que ahora a don Sata le dé por hacer una carambola conmigo.

Por la mañana de ese lunes se levantó al alba y se fue a orar en el silencio y la soledad del desierto. La madrugada estaba fresca y su capa le sirvió de abrigo. Para que no le ocurriera lo que le ocurrió cuando venía camino a la oficina, esta vez se fue orillando la línea férrea y no se apartó un metro de ella. Ese día era día de tren y cuando, a media mañana, pasó el convoy repleto de pasajeros proveniente del puerto de Antofagasta, hombres y mujeres se asomaban sorprendidos por las ventanas nombrándolo a gritos y haciéndole señas de adiós con los pañuelos, algunos con respeto, otros en son de burla. Del último coche le dejaron caer frutas y panes envueltos en cambuchos de papel.

A la hora del mediodía, caminando ya de regreso a la oficina, se encontró con don Anónimo. El anciano se hallaba atareado en sacar con la escoba algunos desperdicios de entre los durmientes de la vía, basura recién arrojada desde el tren.

Lo saludó con un «buenos días, hermano».

El hombrecito no respondió. Tras recoger un tarro de duraznos vacío y la cáscara sangrante de una mitad de sandía, y ponerla en su saco, le dijo que tuviera cuidado el amigo de las polleras, que el Cheuto había andado preguntando por su persona. Y, tras un silencio, sin levantar la mirada del balasto, agregó como al desgaire y entre dientes que si el Cheuto le preguntaba por el plan de los obreros de dinamitar la planta si la huelga no se arreglaba antes de Año Nuevo, que él no sabía nada. Y sin hablar más cogió la escoba y siguió concentrado en su maniática tarea.

El Cristo de Elqui se lo quedó mirando desconcertado. Luego, le agradeció la advertencia y, antes de seguir su camino, en vez de bendecirlo con la señal de la cruz como era su costumbre, le palmoteó el hombro sentidamente.

—Usted, hermano Anónimo, debe de ser descendiente de fray Escoba —le dijo.

El anciano ni se inmutó.

Cuando llegó al campamento, las mujeres al mando de la olla común lo estaban aguardando. Al verlo aparecer, chorreante de transpiración, se apresuraron a ofrecerle una jarrada de agua con harina tostada para que calmara la sed. De pasadita lo invitaron a que les hiciera el honor de almorzar de nuevo con nosotras, Maestro.

Esta vez había porotos con chicharrones.

Después de merendar, el Cristo de Elqui volvió a subir al quiosco de la música a dormir la siesta. Que no se preocupara por los bribones de la Banda del Litro, le dijeron solícitas las mujeres, ya no iban a poder asustarlo de nuevo; la compañía, en una actitud infame, había prohibido las retretas y retenido los instrumentos hasta que terminara el conflicto.

—Ya me enteré, hermanas —dijo él.

Además, ellas mismas cuidarían de que los niños tampoco subieran a interrumpir su santo reposo.

16

Con dos clases de enganchadores contaban los industriales salitreros para llevar mano de obra a sus compañías. Unos eran los que iban a campos y pueblos de la zona central y sur del país a engatusar a campesinos analfabetos, cesantes desesperados, profesionales venidos a menos y a todo un surtido de gente necesitada, incluidos pájaros de cuentas pendientes con la ley. Para estos tratantes de personas bastaba con que hombres y mujeres se vieran saludables y fueran mayores de edad para traérselos en rebaños a la pampa, engañados con la ilusión de que allá, paisanitos, se los juro por la Virgen Santa '—siempre andaban con alguna medalla de la Virgen que besaban con gran aparato a cada juramento—, el dinero estaba tirado a flor de tierra y se harían ricos en un santiamén.

Esta calaña de enganchadores —de la que Pancho Carroza era su tambor mayor— debían ser tipos farolientos y divertidos y poseer una verba de charlatán de plaza pública capaz de convencer a un esquimal de que en el desierto de Atacama los iglús eran mucho más confortables y que el hielo era de colores. Para entusiasmar y reclutar el mayor número de personas, estos pinganillas, vestidos con recargada elegancia —trajes de casimir inglés, reloj de plata, anillos de piedras preciosas y un diente de oro refulgiendo en su sonrisa socarrona—, llevaban sus billeteras de cuero de cocodrilo abultadas de billetes de todos los colores y tamaños, dinero que gastaban a manos llenas en los bares y burdeles de los lugares adonde llegaban a plantar su bandera de enganche, comúnmente de color amarillo oro.

Los segundos eran los enganchadores locales. Al revés de los otros, éstos debían ser cautos, reservados y calculadores en su cometido. Su trabajo consistía en deslizarse furtivamente en las oficinas salitreras de otras compañías —haciéndose pasar por agentes viajeros, peluqueros ambulantes o sacamuelas— y levantarle al personal especializado en las faenas más delicadas en la extracción y elaboración del salitre. Para convencer a los elegidos, estos hombres estaban facultados para ofrecerles mejoras en bonos y salarios, créditos en la pulpería, pasajes en el tren Longitudinal para sus vacaciones en el sur, casas con piso de madera —si la suya era de tierra—, con habitación aparte para los hijos —si la suya era de un solo dormitorio— o con cuarto de baño incluido, que en la pampa eran un verdadero lujo. Para estos traficantes de mano de obra, su oficio resultaba el doble de peligroso, pues si los vigilantes de los campamentos llegaban a sorprenderlos tratando de levantarse a uno de sus trabajadores expertos, se los llevaban a los calabozos y los molían a palos. Y si resultaba que eran reincidentes, que el cielo los pillara confesados, porque entonces los arrastraban a la pampa, les descueraban el espinazo a azotes y después les descerrajaban un tiro de carabina en la nuca.

Y justamente de ser un enganchador de esta segunda categoría, llegó acusando al Cristo de Elqui el jefe de los vigilantes ese lunes por la tarde, cuando acompañado de dos de sus secuaces lo fue a buscar a la plaza de la oficina.

Tras dos horas de siesta, el Cristo de Elqui recién había despertado. Embargado de una rara felicidad, se quedó un rato en los altos del quiosco con las manos entrelazadas en la nuca recordando lo que había soñado. En el sueño había visto a Magalena Mercado rezando arrodillada en medio del desierto vestida con los atavíos de la Virgen del Carmen. Se veía hermosa hasta la transfiguración. De pronto, junto a ella, como en un espejismo resplandeciente, aparecía la imagen de su santa madre, tal cual él la recordaba en su última visión celestial. Ambas mujeres rezaban juntas un rato, mientras él las miraba desde las alturas de una colina cuyas arenas eran finas y doradas como polvo de oro. En un momento, su madre —que llevaba un papel de pucho pegado en cada sien y en la cabeza el mismo paño floreado que llevó toda la vida—, luego de persignarse, algo le decía al oído a Magalena Mercado y a continuación desaparecía esfumándose hacia arriba, como un suave remolino de luz. Entonces la meretriz, con una expresión plena de gracia, se incorporaba despacito e iba donde él a decirle que sí, Maestro, que aceptaba su proposición, que se iría con él por los caminos de la patria a acompañarlo en los diez años de penitencia que le restaban. ¡Aleluya por el Rey de Reyes!

El sueño no podía ser más glorioso.

Al incorporarse a medias y atisbar desde las alturas del quiosco, se dio cuenta de la aglomeración de gente reunida en la plaza. Seguramente —pensó divertido—, toda esa gente había llegado atraída por sus «ronquidos de locomotora vieja», como le había oído decir a un niño el día anterior.

Su espíritu borboteaba de júbilo.

Se desperezó animoso y rezó una breve oración. Aprovecharía el gentío para sembrar la semilla de su evangelio personal. Cuando asomó su humanidad desde las alturas, la gente guardó silencio al instante. El Cristo de Elqui alzó una mano, les dejó caer una bendición y pidió a los que estaban más desperdigados que se acercaran un poco a la pérgola: iba a dar comienzo a una predicación.

¡Dios, cómo le gustaba hacerlo desde las alturas!

En un tono suave, como un padre benevolente hablándole a su primogénito sobre las cosas de la vida, comenzó repitiendo algunos de sus consabidos consejos morales —«Una belleza es ser hijo atento y obediente, amante de sus deberes»—; siguió con un par de máximas espirituales —«El que odia no puede ser feliz; la buena fe es una fortuna»—; y luego con algunos sanos pensamientos en bien de la Humanidad —«Los instruidos, los mayores y los matrimonios deben dar los mejores ejemplos al resto de la gente»—. Consejos, máximas y pensamientos que, de haberlos ya repetido por ahí, muchos se sabían de memoria. Sin embargo, al poco rato, visiblemente tocado por la gracia divina, alzó el tono de voz y se largó a predicar con entusiasmo inusitado algunas de las nuevas reflexiones con que el Altísimo lo había iluminado en estos últimos días de estancia en esta tan castigada oficina salitrera. Con los brazos abiertos en cruz y el negro de sus ojos flagrante, se puso a persuadir a la gente de que el desierto era el sitio absoluto para sentir la presencia del Padre Eterno, el lugar perfecto para hablar con Él.

—No por nada, como dice la Santa Biblia, hasta el mismo Jesús se internó por cuarenta días en el desierto antes de salir a predicar la buena nueva. Por lo mismo, hermanos míos, no todo en la pampa es malo. Ustedes tienen algo que vale más que la plata y el oro juntos. Y eso es el silencio del desierto. El silencio más puro del planeta, el más adecuado para que cada uno de vosotros encuentre su alma, el más propicio para oír a Dios, para escuchar la voz del Padre Eterno.

Y en los momentos en que, ardiendo de inspiración, exhortaba a que por lo tanto, almas que me escuchan, más que pedirle a Dios Padre que oiga nuestras plegarias, deberíamos primero aprender a oírlo a Él..., irrumpió en la plaza el jefe de los vigilantes, acompañado de dos de sus esbirros.

Cada uno venía premunido de una carabina.

Desde abajo, y a los gritos, lo conminaron a bajar de inmediato.

Tenían que hacerle unas preguntas.

El predicador, como poseído por el Espíritu Santo, no hizo caso a los llamados y siguió derramando su sermón desde lo alto, como si nada.

El Cheuto ordenó a sus hombres que fueran por él.

¡Que lo bajaran a patadas!

Cuando los esbirros subían la escala, el Cristo de Elqui, para deleite del centenar de personas presentes, cerró la escotilla de acceso y se paró sobre ella.

Desde ahí siguió predicando.

Sólo cuando dio por terminado su sermón, se dignó a abrir el ventanuco y descender del quiosco. Lo hizo con el sosiego y la placidez de un ángel descendiendo las escaleras del séptimo cielo. Al llegar abajo, rodeado por el grupo de gente que se oponía a gritos a su detención, se paró frente al jefe de los vigilantes.

Las carabinas apuntaron todas a su pecho.

Blindado de solemnidad, mirándolo hipnóticamente, a un jeme de su cara, el Cristo de Elqui comenzó a espetarle que el hermano jefe de los vigilantes debería de tener un poquito de respeto por las cosas de Dios, ya que el Padre Eterno...

El Cheuto lo interrumpió de un manotazo en el hombro. Él no estaba para oír esa clase de frangollo.

—Vamos andando, Cristito piojoso —bramó chispeando saliva—. A mí no me vienes a hablar de Dios ni de los greguescos de los ángeles.

Y tironeándolo con fuerza de la túnica, lo conminó a que echara a andar.

El Cristo de Elqui no se movió. Puso una mano sobre la que le aprisionaba el hombro, lo miró a los ojos y le dijo, en un turbador tono de dulzura:

—Ya que no puedo hablar de Dios contigo, hermano, le hablaré a Dios de ti.

Avinagrado, el jefe de los vigilantes se desprendió de su mano de un tirón y sentenció a viva voz, para que lo oyeran todos los presentes, de qué clase de delito se le acusaba.

—¡Se acusa a este bribón de polleras, a este falsario de barbas, de ser un cochino enganchador de los burdeles de Pampa Unión! ¡De nada más y de nada menos!

La versión oficial de la administración inculpaba al Cristo de Elqui de haber incitado a dos trabajadores a que abandonaran la compañía y se fueran a trabajar al pueblo de Pampa Unión. Se trataba de la cajera de la pulpería, señorita Mariángel Cabrera, empleada competente —y hasta el día de ayer honrada a carta cabal—, que había huido con todo el dinero de la caja acumulado en la jornada de la mañana. El otro era el buglista Pedro Palomo, uno de los mejores músicos del orfeón local, con cinco años de servicio en la compañía, y a quien se creía cómplice de la cajera. Además, la iglesia, en la persona del padre Sigfrido, lo culpaba de cometer delito contra las leyes de Dios al unir en matrimonio a la pareja. Ésa era la explicación de la compañía. Pero todos sospecharon de inmediato, como después se supo, que la madre del cordero era otra: había ocurrido que los soplones del Gringo le fueron con el cuento del discurso sedicioso que el predicador había dado en el sindicato, en la velada de aniversario de la matanza de la Escuela Santa María de Iquique.

Cuando los vigilantes se aprestaban a írsele encima y apresarlo, el Cristo de Elqui, antes de que ninguno pudiera reaccionar, dio un salto atrás y —para mayor regocijo de la concurrencia— de dos trancadas volvió a subir al quiosco. Parado sobre la escotilla, gritó que iba a volar. Iba a volar como las aves del cielo. Iba a volar para que los descreídos de siempre se dieran cuenta de su condición de elegido del Padre Eterno.

—¡Para que vean de una vez por todas el poder del Padre Celestial, Dios Omnipotente, Señor de los Ejércitos!

Ante la expectación del Cheuto y sus ayudantes, y el ruego de alguna gente que le gritaba que, por favor, no lo hiciera, que se podía descrismar, el Cristo de Elqui, llamándolos hombres de poca fe, en ampulosos gestos teatrales se arremangó las polleras y se trepó osadamente a la baranda de la glorieta. Agarrado a una de las vigas, equilibrándose apenas, comenzó a orar rogando al Cordero de Dios que tuviera piedad de estos santos tomases de siempre, estos maliciosos de corazón que necesitaban ver para creer, y no se daban cuenta de que lo que había que hacer en verdad, para transformar este mundo de una vez por todas, era creer para ver.

Entonces acomodó su capa de tafetán morado, se ordenó el pelo que le caía en mechones a los ojos, abrió sus largos brazos huesudos y, ante el grito de horror de las mujeres, se lanzó al vacío.

Como ocurría siempre, en todas partes, algunos de los presentes aseguraban después en las mesas de juego del sindicato, jurándolo por Dios y la poronga del mono, paisita, que el hombre de la sotana, dando unos torpes aletazos de pelícano herido, había logrado avanzar unos cuantos metros en el aire antes de darse el porrazo que lo dejó descalabrado en el suelo.

Gracias a la escasa altura del quiosco, la caída no tuvo consecuencias graves, y el predicador sólo sacó algunas magulladuras en rodillas y codos. Sin embargo, ya de pie, tras ser socorrido y asistido por los presentes, el Cheuto lo agarró sin ningún miramiento y le torció un brazo por la espalda.

—¡Vamos andando de una vez, carajo —gruñó con bronca—, o te muelo a culatazos aquí mismo!

Cuando los vigilantes se lo llevaron, el grupo de gente había crecido al doble; la mayoría eran mujeres y niños que, escoltados por los hombres, siguieron a la comitiva gritando y protestando en voz alta. Al llegar a las dependencias de la vigilancia, mientras el gentío era obligado a alejarse del frontis del edificio, el Cristo de Elqui fue introducido a punta de carabina. Una vez adentro, sin pasar por la guardia, fue empujado violentamente al interior del único «pulguero» del recinto. Cayó de rodillas en un rincón. El Cheuto ordenó cerrar puertas y ventanas y que si la gente se acercaba que hicieran disparos al aire. Luego, huasca en mano, se encerró con el detenido en el calabozo. Sin rodeos ni pérdida de tiempo comenzó a interrogarlo y a amenazarlo de muerte si no confesaba.

—¡Te mato como a un perro y te entierro donde ni el Loco de la Escoba te va a encontrar nunca! —bramó.

Desde su rincón, arrodillado, el Cristo de Elqui le contestó con solemnidad:

—Mi vida comienza con mi muerte, hermano.

—Mira, Cristito almorraniento —el Cheuto dio un huascazo en las calaminas—, a mí no me vienes con acertijos bíblicos o lo que sea. Si no dices para qué burdel de Pampa Unión trabajas, te vamos a llevar al desierto, te vamos a meter una bala por el culo y te vamos a enterrar como a un perro en un pique cualquiera.

—Ya dije la verdad. Soy predicador, predico el Reino de Dios y su justicia, doy consejos para la buena salud y enseño mis sanos pensamientos en bien de la Humanidad.

El Cheuto se acuclilló y lo agarró de las mechas.

—¡Eso suena demasiado afinado para ser cierto, pordiosero ladillento!

El Cristo de Elqui lo miró con placidez.

—La verdad es sinfónica, hermano —le dijo.

—¡Ya déjate de hermanearme, predicador de pacotilla! —le baboseó la cara el jefe de los vigilantes.

Por si el cabrón no lo sabía, él tenía carta blanca del señor administrador para hacer y deshacer con él. De modo que se dejara de decir pendejadas y confesara. Él no era la reencarnación de Cristo ni nada que se le pareciera, sino un simple enganchador de burdeles, un tratante de blancas. Y no había otra verdad.

—Ésa es tu verdad, hermano —dijo el Cristo de Elqui, sin dejar de mirarlo a los ojos.

—Ésa es la única maldita verdad —respondió el Cheuto—. ¿O acaso también vas a negar que quieres llevarte a Magalena Mercado?

El Cristo de Elqui guardó silencio.

Al jefe de los vigilantes le brillaron los ojos. Había dado en el clavo. Se sentó en el piso frente al prisionero, sacó un cigarrillo y lo encendió. La luz de la llama afieró aún más su actitud. Tenía en el rostro una tensión de ave de presa. Expelió una voluta de humo por la juntura de su labio leporino en las mismas barbas del detenido. Luego, dijo entre dientes:

—De modo que te quieres llevar a la única putita del campamento, Cristito crestón.

El Cristo de Elqui seguía en silencio.

—¿Y qué prostíbulo te la encargó? Si se puede saber, claro.

—...

—Porque no creo que te la quieras llevar como discípula.

El Cristo de Elqui parpadeó.

—¡Ah, eso es! —exclamó eufórico el Cheuto—. Te la quieres llevar contigo, la quieres como tu María Magdalena personal. Mírenlo al perla. Después se llena el hocico predicando contra el pecado de la lujuria y esas pacotillas. En realidad tú eres el diablo, Cristito crestón. Eres el diablo con sotana.

El Cristo de Elqui enmudeció por un buen rato. Con las manos entrelazadas a la altura del pecho, cubiertas casi por sus barbas desgreñadas, parecía estar meditando profundamente lo que iba a decir. Cuando abrió la boca, casi deletreando las palabras, sentenció bajito:

—El diablo es cheuto.

El jefe de los vigilantes acusó el golpe. Se quedó unos instantes como alelado. Su expresión era la de un púgil que hubiera recibido un gancho al mentón mientras el árbitro daba las instrucciones. Luego, reaccionó, se incorporó de un envión, tiró el cigarrillo contra las calaminas y, sin decir agua va, le descargó un huascazo en el rostro.

El Cristo de Elqui comenzó a sangrar de una mejilla. Temblándole los labios, pero sin bajar la mirada, repitió como para sí mismo:

—El diablo es cheuto.

El jefe de los vigilantes lo agarró de las barbas.

—De manera que es verdad lo que me habían informado, Cristito con garrapatas. Es verdad que en tus prédicas callejeras andas diciendo eso mismo, que el diablo es cheuto. ¿O sea que para ti yo soy el diablo?

—Tú lo dices, no yo.

—O sea, según tú, Cristito tiñoso, este defecto de nacimiento me convierte en el demonio. ¿Acaso soy yo responsable de haber nacido así?

—Tal vez no somos responsables de la cara que tenemos, hermano —musitó el Cristo de Elqui—, pero sí de la que ponemos.

El Cheuto le dio otro huascazo.

17

«La Piojo se nos está llenado de lunáticos menesterosos, compadres», dijo don Cecilio Rojas, concesionario del biógrafo, a propósito de la llegada del
Cristo de Elqui a la oficina. Lo dijo tras hacer sonar la
ficha doble cuatro como un disparo de pistola contra
la cubierta de la mesa —había hecho capicúa— y echándose para atrás en la silla en un ostensible gesto de satisfacción, sin quitarse el palito de fósforos que mantenía
siempre entre los labios durante el juego.

Recién los amigos habían comenzado la partida
de dominó que armaban cada tarde, apenas se daba comienzo a la función vespertina. El concesionario del
biógrafo había llegado de muy buen ánimo: como se
exhibía una de vaqueros, había cerrado las puertas del
biógrafo con un lleno total en la sala. Claro que también contaba el hecho, dijo aparentando naturalidad,
de que los boletos los tenía rebajados a mitad de precio,
y los abuelitos y los niños tenían entrada gratis.

—Esto como un aporte personal mío a los obreros y a sus familiares por todo el tiempo que dure la
huelga —terminó vanagloriándose de todas maneras.

Don Catalino Castro, el jefe de estación, se echó
hacia atrás su gorra de almirante y miró por el rabillo
del ojo al empresario peliculero:

—A ver, señores pasajeros —dijo—; por favor,
no le echemos con la olla, que no son tantos los lunáticos habidos en la oficina; contando al Loco de la Escoba,
la puta beata y ahora este guasamaco que acaba de llegar

de no sé dónde, que huele a meado de zorrillo y que se cree la reencarnación de Jesucristo, son apenas tres.

—¿Y dónde dejamos a don Tavito con sus seniles declamaciones de su tocayo Gustavo Adolfo Bécquer? —masculló don Cecilio Rojas, bailoteando su palito de fósforos de un lado a otro de la boca.

—¿Y al carnicero de la pulpería, el flaco de la nariz de hacha? —terció Eliseo Trujillo, director del orfeón, tamborileando con los dedos el chachachá que sonaba en la victrola.

—¿Que también es loco ése? —preguntó inocente don Olvido Titichoca, el dueño del camal.

—¡Hay que estar tañado de remate, pues, compadre, para casarse con una doña tan fea como la Cara de Caballo!, ¿no le parece? —rió a toda dentadura el director del orfeón.

—Todo depende del cristal con que se mire, paisanito —solemnizó el matarife boliviano.

—¿Cómo así, pasajero Titichoca? —indagó el jefe de estación alzando una de sus pobladas cejas blancas en una seña de complicidad con el empresario del biógrafo—. ¿Existe algún cristal mágico para ver bonitas a las feas?

—El dinero, pues, paisanitos —dictaminó don Olvido—. Ése es el cristal que lo arregla todo. Si don Anónimo, por ejemplo, fuera un hombre rico, no sería el pobre loco que vemos todos, sino un gentil caballero algo excéntrico. Del mismo modo, la buena señora, esposa del susodicho carnicero, si de pronto recibiera una herencia y se hiciera millonaria, pasaría de ser una fea contumaz a poseer una bizarra belleza exótica.

En la victrola del Club de Empleados comenzó a sonar *Vereda tropical,* interpretada por Lupita Palomera, canción que hacía años que no pasaba de moda y en las radios del país no dejaban de tocar. Eliseo Trujillo, cambiando de tema, dijo que el bolero era tan famoso en los países de Sudamérica, que las empleaditas domésticas lo cantaban sin parar mientras sacudían alfombras, limpiaban ventanales o barrían la vereda de la casa de sus patrones. Se sabía incluso que en las casas de ricos de las grandes ciudades habían comenzado a aparecer letreros que decían:

Se necesita empleada que
no cante Vereda tropical

El dueño del camal, compañero de juego del empresario peliculero, que en esos momentos revolvía las fichas con prolijidad y sin el estrépito con que acostumbraban a hacerlo los otros, aparentando no haber oído a su socio, volvió al tema principal y dijo, medio en serio, medio en broma:

—Si seguimos descubriendo locos, paisanitos, lo que hará falta aquí será una *stultifera navis.*

Don Olvido Titichoca era uno de los hombres más instruidos de la oficina, y sus amigos estaban acostumbrados a sus doctas salidas de «matarife ilustrado», como lo jorobaban. Todos sabían que en casa tenía una enciclopedia ilustrada de doce tomos, y que cada noche se llevaba uno a la cama antes de dormirse. De modo que a ninguno le causaban asombro las cosas raras que de pronto decía a propósito del tema más común y silvestre, sólo se quedaban esperando, como ahora, a que se explayara explicándoles qué demonios había dicho, o querido decir. Pero el hombre era de modales parsimoniosos y se tomaba su tiempo.

Por fin, luego de ordenar sus fichas de menor a mayor, y de rascarse placenteramente el pellejo acecinado de su perigallo, el dueño del camal se explayó diciendo que a finales de la Edad Media, en el continente europeo, para librarse de los locos, que eran legión en las aldeas, las autoridades los cazaban como a perros, los arrastraban al puerto más cercano y los ponían a todos en una pequeña embarcación, y que ya en alta mar, lejos de las ciudades, dejaban la nave al garete, sin mando, abandonando a los pobres hombres a su suerte en medio del oleaje, y que la naturaleza se hiciera cargo de su misérrima existencia.

—Ésa era la Nave de los Locos.

Eliseo Trujillo dejó de tararear «tú la dejaste ir vereda tropical» y dijo que esa leyenda, mis queridos contertulios, tenía que haber inspirado al Paco Ibáñez, cuando bajo su régimen mandaba a arrestar a los maricones, los embarcaba en un buque de guerra y los llevaba a alta mar. Pero como esos armatostes debían costar muy caros, el dictador no los dejaba abandonados con buque y todo. No, señor. Él, haciendo una pequeña variación de la Nave de los Locos (ésta era la Nave de las Locas), no esperaba que la naturaleza se hiciera cargo de ellos, sino que sus secuaces se aseguraban personalmente de eso: los lanzaban al mar con los pies atados a grandes trozos de rieles.

—Y tal como de seguro ocurría en los tiempos medievales —continuó el director del orfeón, reconocido no sólo por su condición de crápula empedernido, sino también por su simpatía por el Partido Obrero Socialista—, donde supongo que muchos mandamases de la época se aprovecharían para embarcar a sus enemigos políticos, haciéndolos pasar por locos, aquí el dictador hacía detener a los dirigentes sindicales más revoltosos y los mandaba a fondear con el pretexto de que eran maricones.

Y, sin más ni más, retomó el hilo del bolero y cantó tamborileando con los dedos en la mesa:

Y me juró quererme más y más
sin olvidar jamás
aquella noche junto al mar.

Cuando Eliseo Trujillo terminó de cantar, el jefe de estación, entrecerrando los ojos a causa del humo de su cigarrillo pendiendo todo el tiempo de la comisura de sus labios, dijo que tal vez había sido la mismita Nave de los Locos la que pasó por aquí tiempo atrás. ¿O acaso no se acordaban los estimados pasajeros del enganche de enajenados mentales que se trajo a la pampa el cabrón de Pancho Carroza?

—Ése vendría a ser el Tren de los Locos —dijo divertido don Cecilio Rojas—. Pues a la pampa llegaron en tren, ¿no?

—Sí, pero desde el sur se los trajo en vapor —retrucó el jefe de estación, sacándose el cigarrillo y tosiendo una escofinosa tos de perro que le ladeó la gorra—. Creo que fue en el *Lautaro*. Embarcó a los locos en Talcahuano un día después del terremoto y los desembarcó en Antofagasta.

Aunque el tema ya era un tanto trillado, los amigos se largaron a hablar de nuevo sobre el mítico enganche de locos llegado desde el sur del país. O que se decía que alguna vez había llegado. Porque a esas alturas ya nadie podía jurar si había sido real o imaginario el famoso enganche traído después del terremoto que asoló las ciudades de Chillán y Concepción.

Algunos habitantes de La Piojo —entre ellos don Catalino Castro— decían habérselo oído al mismísimo Pancho Carroza cuando, pasado de copas, picaneado por los demás borrachos, le daba por contar en las mesas de las cantinas cómo había sido en realidad el asunto del enganche de enfermos mentales. Que el día del terremoto, dicen que contaba ufano Pancho

Carroza, él andaba en la provincia del Bío Bío tratando de engatusar a los campesinos para acarrearlos hasta el desierto. Pero le estaba yendo como las berenjenas, pues, luego de la crisis salitrera del año 29, en los campos se habían comenzado a oír tantas historias negras de la gente que llegaba de vuelta de la pampa, que ya nadie quería emprender la aventura de engancharse a esas peladeras del norte. Pancho Carroza llevaba más de un mes en el sur y sólo tenía apalabradas a quince personas, y el contrato con el administrador que lo había enviado por mano de obra estipulaba un mínimo de cien. Cuando ya no veía por dónde completar el «carneraje», como llamaba él a los hatos de personas que arreaba hacia la pampa, se produjo el sismo, uno de los más grandes que se recuerda en el país, y que dejó el ochenta por ciento de las casas de la provincia en el suelo y más de veinticinco mil muertos.

Fue casi a la medianoche del martes 24 de enero de 1939, contaba Pancho Carroza. Él se hallaba acodado en la barra de un bar en Concepción, pagando con puros billetes de cola larga en el afán de embelesar a un grupo de enfiestados con el cuento de que en la pampa, mis estimados caballeros, el dinero se hallaba tir... cuando la tierra comenzó a bailar. Decía el enganchador que el local se vino abajo completamente y que él se salvó gracias a que tuvo el instinto y la agilidad necesaria para meterse debajo del mesón del bar. Después, por entre paredes derrumbadas salió a la calle y se dirigió a su hotel. Afuera era el infierno. Mientras caminaba entre casas caídas y personas muertas, oyendo el lamento de los sepultados entre los escombros y el llanto de los que corrían de un lado a otro llamando a sus seres queridos, atinó a pasar frente al edificio del manicomio, enteramente destruido. Allí fue que vio al grupo de internos amontonados ante el frontis de la construcción, que era lo único que quedaba en pie, sin ningún guarda ni loquero que los cuidara. Se notaba que eran pacíficos. Incluso ni tenían apariencia de locos. Seguramente, los furiosos habían aprovechado el sismo para huir y ellos, los pasivos, neutrales a la tragedia que los rodeaba, se quedaron aglutinados en la puerta, encogidos de pavor, sin saber qué hacer ni para dónde ir.

Contaba don Catalino Castro que el enganchador decía que ahí mismito fue que le crujió la azotea. Echando mano a su verba imparable, esa que lo había convertido en el mejor enganchador de todos los cantones de la pampa, no se demoró nada en convencer al grupo de orates para que lo siguieran sumisamente en procesión.

—Como los ratones detrás del flautista del cuento infantil —acota el docto dueño del camal.

En esa parte, los amigos se regodeaban imaginando cómo se vería esa manada de lunáticos, guiados por Pancho Carroza, echando a andar entre escombros en la oscuridad de la noche, rumbo a la estación de trenes. Los veían caminar en fila india («tomados de la mano como escolares en día de paseo», decía Eliseo Trujillo), iluminados por el resplandor de los incendios declarados en los cuatro costados de la ciudad, mientras las sirenas de las ambulancias y los cuerpos de los muertos con que se tropezaban en las calles y las réplicas del sismo que se sucedían cada diez minutos los hacían gritar de terror.

Sin embargo, al llegar a la estación, el enganchador se enteró de que la línea férrea había sufrido daños en cientos de kilómetros, hacia el norte y hacia el sur; daños imposibles de reparar antes de dos semanas. En una rápida decisión de hombre acostumbrado a los avatares de la vida, Pancho Carroza cambió de plan y se fue con su columna de locos hacia el puerto de Talcahuano.

Al día siguiente los embarcó en el vapor *Lautaro,* rumbo al puerto salitrero de Antofagasta. Como el vapor recaló dos días en Coquimbo, allí aprovechó de engatusar a otras tantas personas que entremezcló con los orates.

18

Cuando el Viejo Chuzo llegó donde Magalena Mercado a contarle la detención del Cristo de Elqui, ella se aprontaba a atender a un tiznado de la maestranza, uno reconocido como el mejor maestro tornero de la oficina, a quien le faltaba una pierna. En tanto, a la vuelta de la esquina otros dos feligreses, uno gordo y uno alto, empleados de la pulpería ambos, haciéndose los lesos, aguardaban charlando sobre la huelga y jugueteando disimuladamente con las manos en los bolsillos.

Aunque Magalena Mercado sentía en el alma lo que estaba ocurriendo con el predicador, para ella ante todo estaba el deber con su oficio. De modo que, luego de enterarse de la noticia, se dio el tiempo necesario para recibir y dejar contentos a los tres hombres. Dos de ellos, el maestro de tornería y uno de los pulperos, el más gordo de los dos, pertenecían a la fauna catalogada de «raros», por ella. Al maestro tornero, pese a la falta de una de sus extremidades —o tal vez por lo mismo—, le gustaba hacerlo parado. Equilibrándose apenas mientras lo hacía, dando grotescos saltitos en su pata huacha, le rogaba jadeante, a medida que se acercaba al clímax, que, por favor, le rascara más, más fuerte, mijita, el muñón lívido de su pierna cortada. Al pulpero, por su parte, por experiencias infantiles que lo habían marcado de por vida, y que le había jurado contarle algún día, le gustaba hacerlo debajo del catre. Arriba no funcionaba. Ella tenía que extender una frazada para no quedar con el traste lleno de tierra. Y aunque su catre de bronce era de los altos, a veces el gordo, con el ímpetu de sus corcoveos, llegaba a elevarlo sobre sus espaldas.

Sólo después de atender a los tres feligreses, y de anotarlos concienzudamente en su cuaderno grande —las tres prestaciones habían sido al fiado—, se dispuso para ir a ver al predicador. Se maquilló a la ligera —sólo un poco de colorete en las mejillas y saliva en las cejas— y se cubrió la cabeza con uno de sus pañuelos negros. Aunque no se cambió la falda, tuvo el cuidado de ponerse su blusa más atrayente, con un escote a medio seno.

Antes de salir, luego de despedirse de su Virgencita con una genuflexión, tomó la bolsa de papel del Cristo de Elqui que aún estaba sobre una de las bancas de la cocina. Tal vez, el predicador iba a necesitar algunas de sus cosas en el calabozo.

Al tenerla en sus manos no resistió la tentación de ver qué contenía la bendita bolsa de azúcar y la vació sobre la mesa: aparte de los pocos folletos que le quedaban, todos ajados, y de una Biblia de tapas duras, lo demás no era nada precisamente de carácter sacramental: un par de calzoncillos negros, un pañuelo moquero arrugado, tieso como un crisantemo, unos trozos de quillay (de los que se usaban para lavar el pelo), una jabonera de baquelita con una concha de jabón Flores de Pravia, algunas nueces, algunos higos secos, una caja de fósforos con tres fósforos y una botella para el agua, de esas de coñac inglés, forrada en gangocho.

Al constatar lo austero de su hacienda, Magalena Mercado se arrepintió de su fisgoneo, en verdad el predicador errante era un santo. Mientras ponía de vuelta las cosas en la bolsa, descubrió el retrato en sepia de una mujer entre las páginas de la Biblia. Por los rasgos, tenía que ser su señora madre. Lo anotado al dorso se lo confirmó. Había un encabezado escrito en tinta roja y con una florida letra de niño en su primera tarea de caligrafía: *Recuerdo sacrosanto de mi idólatrada madre, doña Rosa Vega de Zárate.* Luego, venían unos versos:

> *¡Madre, madre, nombre tierno*
> *como el ave que suspira.*
> *Ser cuyo amor es eterno,*
> *ser cuyo amor no es mentira!*

Anochecía en La Piojo cuando Magalena Mercado salió de su casa. Las sombras volvían más desamparadas aún las pobres edificaciones de calaminas. En las calles de tierra se hacía difícil caminar con tacones, sobre todo por las pozas de agua sucia que algunas mujeres, al carecer de alcantarillas, arrojaban en las afueras de sus casas. A trechos, el olor a orines y excrementos se hacía insoportable.

En las afueras del recinto de vigilancia había una batahola de padre y señor mío. Eran decenas de personas, en su mayoría mujeres y niños, que reclamaban a gritos la liberación inmediata del predicador. Los vigilantes mantenían a raya a los revoltosos con sus carabinas en ristre. No dejaban acercarse a nadie a la puerta. Magalena Mercado habló con el más joven de ellos. Éste entró a hablar con su jefe y, pasado un rato, la hizo ingresar.

Ella fue la única a la que se permitió pasar.

El calabozo era un pequeño cuarto sin ventanas, construido también de calaminas viejas, por cuyos agujeros entraba un poco de aire, lo justo para no sofocarse. Una ampolleta de cuarenta watts colgaba del techo, toda moteada de cagarrutas de moscas. El Cristo de Elqui no estaba como ella imaginó que lo encontraría: de rodillas orando al Padre Eterno. Lo halló acurrucado en el rincón de detrás de la puerta, la mirada perdida en un punto del aire, sacándose los mocos de las narices.

Tenía la cara ensangrentada.

El vigilante que la condujo al calabozo le dejó una pequeña banca de madera junto a la puerta y, antes de salir, dijo, cortante:

—Sólo diez minutos. Orden del jefe.

Magalena Mercado acercó la banca junto al predicador. Su figura dolorosa le pareció la del Cristo martirizado. Se sintió como rebosante de una compasión sagrada. Con su pañuelo de cabeza comenzó a limpiarle la sangre. Luego, le lamió las heridas con unción animal, como una leona lamería a uno de sus cachorros heridos.

Todo sin pronunciar palabra.

Estuvieron en silencio un buen rato.

Después, el Cristo de Elqui, sin mirarla, sin dejar de escarbarse la nariz, le preguntó por qué el Cheuto la había dejado entrar. Y sin esperar respuesta, contemplando ahora el escote de sus pechos, farfulló entre dientes:

—Ustedes, las hijas de Eva, siempre han tenido las llaves del mundo; pueden abrir y cerrar puertas con sólo dejar los senos a la vista.

Magalena Mercado le explicó que el parroquiano importante que la visitaba por las noches, ese del que le habló el día de su llegada, era el señor administrador. Y el jefe de los vigilantes era como el criado encargado de ir a buscarla a la casa cuando al Gringo se le ocurría que lo atendiera en su chalet.

—El Cheuto es el único que sabe de mi arreglo con el Gringo; por lo menos de manera oficial.

—No me preguntó nada sobre el plan de los obreros —murmuró el Cristo de Elqui.

—¿Qué plan? —preguntó ella inquisitiva.

—El de dinamitar la planta.

Magalena Mercado se lo quedó mirando atónita.

—No sé de qué habla, Maestro —dijo.

El Cristo de Elqui iba a replicar, pero hizo un gesto de desinterés con la cabeza y, tras limpiarse los mocos de los dedos en un pliegue de la túnica, se quedó mirándola a los ojos, respiró hondo y por fin se atrevió a decirle lo que había venido a decirle, aquello por lo que atravesó media pampa con el peligro de haber quedado de carroña para los jotes, eso que ahora mismo le cosquilleaba en el vientre como un remolino de arena quemante. Pero no se atrevió a hacerlo de golpe y porrazo —sentía su espíritu como una alondra nueva ante la inminencia de su primer vuelo—, sino que lo hizo tras varias vueltas de perro pillándose la cola, luego de dar un rodeo por todas las penurias y pellejerías pasadas en sus primeros diez años de penitencia, tiempo en que tuvo que soportar ofensas y humillaciones sin cuento. Sí, hermana, diez años en que los gentiles lo habían tratado mal, muy mal, además de haberlo acusado de toda clase de herejías, en especial de ser un chiflado de tres al cuarto. Lo que ocurría, hermana Magalena, y seguramente usted también lo ha sufrido, es que cuando nosotros los creyentes hablamos con Dios se dice que estamos rezando, pero cuando Dios nos habla, entonces somos unos pobres locos esquizofrénicos. Aunque a él no le hacía mella que hicieran escarnio de su facha de orate suelto. No señor, ya estaba acostumbrado. Dios era testigo. Pero a veces se pasaban de la raya. Si hasta de agente del gobierno lo habían calificado los muy matas de arrayán. ¿No era para levitar de risa, hermana? Lo que sí entristecía su espíritu hasta el desánimo, era que lo creyeran un charlatán, un embaucador, un desfachatado que se andaba aprovechando de la ignorancia y credulidad de la gente del pueblo, como habían dicho en todos los tonos muchos de esos papanatas que creen tener la verdad agarrada de la cola. Pero él podía jurar por el mismísimo Padre Celestial que jamás había pedido un cobre a nadie, ni había nunca aceptado prebendas como lo hacen descaradamente con sus rebaños los curas y los pastores de las iglesias evangélicas. Es más, él nunca se había quejado de todos estos escarnios, porque desde un principio, desde antes de salir a predicar por el mundo sus sanos pensamientos en bien de la Humanidad, había hecho votos de ser manso y sordo a toda ofensa o agravio; había prometido por la memoria de su madrecita muerta no dejarse vencer ni por la ira ni por el arrebato; más bien pagar odio con amor, insolencia con bondad, arrogancia con mansedumbre, procurando nunca responder con soberbia o rencor, por más ignominiosa que fuera la ofensa o la bravata, así viniera de un adulto hecho y derecho —uniformado o civil— o de un insensato jovenzuelo sin cordura. Y hasta el momento, hermana Magalena, había hecho lo humanamente posible por cumplir aquella promesa. Aunque le debía confesar, con la humildad de un pecador común y silvestre, como en verdad lo era, que algunas ocasiones hubo en que el diablo metió la cola de tal manera que había estado a un tris de rebelarse en contra del Padre Eterno, de negarlo, como lo hizo Pedro, por permitir tamañas tropelías en contra de su persona. En serio que sí, hermana. Y es que él creía que este mundo estaba al borde de la perdición cuando los malos servían de ejemplo y los buenos de mofa. Si con decirle que muchas veces hasta habían puesto en duda su condición de hombre. Así es, hermana mía, como lo oye. Se había llegado a dudar de su virilidad. Justamente por eso había venido hasta La Piojo, porque había oído hablar de su devoción a la Virgen y a las cosas de Dios, y de su inmenso amor al prójimo; porque quería pedirle que fuera su discípula, sí, hermana mía, quería solicitarle con mucho respeto que se fuera con él, que lo acompañara en esta cruzada de predicar el evangelio. Luego, le habló de María Encarnación, su primera Magdalena, de lo consagrada que era en las cosas de Dios, de lo bien que lo secundaba en su ministerio y cómo una tarde de lluvia llegaron sus familiares y se la arrebataron con la fuerza pública. Y le contó de dos acólitas más que había tenido después, dos huasitas del sur, creyentes como ellas solas, una de la ciudad de Talca y la otra de Lautaro, mujeres buenas y humildes como el yuyo, cristianas que al principio se endevotaron con una consagración a toda prueba, pero que al final la fe les había durado menos de lo que dura una flor en el desierto.

El Cristo de Elqui hablaba mirándola a los ojos fijamente, como pretendiendo, además de seducirla con el sortilegio de la palabra, hechizarla con el poder hipnótico de su mirada. En sus pupilas parecía llamear la mismísima zarza ardiente que le habló a Moisés en el monte Sinaí. Magalena Mercado lo oía en silencio, lo oía y lo miraba con esa especie de compasión infinita con que miran las mujeres al hombre que les está ofreciendo en bandeja su corazón dócil y obediente como perro de casa.

Al terminar el predicador su perorata —algo entre declaración de amor, sermón eclesiástico y arenga proselitista—, ella sacó su cajetilla de cigarrillos Ópera, le ofreció uno —él no fumaba, gracias—, encendió uno para ella, aspiró con fruición, expelió el humo por boca y narices y recién entonces habló. Dijo que lo sentía mucho, Maestro, pero era imposible que lo acompañara en su ministerio. Qué más quisiera ella que seguir los pasos de un hombre bendito como él. Pero por ahora tenía que quedarse en La Piojo. Lo suyo también era una especie de promesa, pero no por un número de años, sino por la vida entera.

—Lo mío es hasta la muerte —dijo.

Y no precisamente en homenaje a su madre, que también estaba muerta y ojalá Dios la hubiese perdonado y tuviera en su Santo Reino, sino a la Virgencita del Carmen. Algún día, tal vez, si volvían a cruzarse sus caminos, le iba a contar de qué se trataba su penitencia.

Se despidió con un beso en la frente.

—Bendiciones, Maestro —dijo.

Él guardó silencio.

Cuando Magalena Mercado salió del edificio, afuera todavía quedaba gente protestando. Algunas personas —más hombres que mujeres— se le acercaron a preguntarle por la salud del Cristo de Elqui.

Aparte de una herida en la cara, dijo ella, se hallaba bien y se veía con buen estado de ánimo. Pero temía que por la noche los vigilantes, luego de emborracharse como tenían por costumbre, se ensañaran con su persona. O, peor aún, que recibieran la orden de llevárselo de la oficina y entregarlo a los carabineros de Pampa Unión. Y los aleonó con que había que ir a protestar en patota frente a la administración.

—Aquí los vigilantes no pueden hacer nada —dijo—. Ellos son unos simples lacayos.

Todo el mundo estuvo de acuerdo. Y ella misma los acompañó liderando la columna.

19

Fue al salir del manicomio que Domingo Zárate
Vega, desde ahora y para siempre llamado el Cristo de
Elqui, comenzó verdaderamente su cruzada evangelista
por los pueblos y ciudades del país. Los primeros días
solía contar en sus oratorias públicas y charlas privadas
lo delirante que había resultado su primer viaje a Santiago. Arrebatado de misticismo, engallado de un orgullo solemne, se jactaba de que en los andenes de la
estación Mapocho no había tres mil personas esperándolo, como se escribió en algunos diarios de la capital,
ni siete mil, como se dijo en las radioemisoras tratando
de restarle importancia al acontecimiento. No, mis hermanos, el Padre Eterno y yo sabemos a ciencia cierta
que había muchas más almas aguardando a oír mi palabra. El Padre Eterno lo sabe porque en este mundo no
se mueve una hoja sin su venia y yo, por las decenas de
cartas y telegramas llegados a diario al Asilo de Temperancia, correspondencia en que sus seguidores más ape-
gados le informaban de que ese día en la estación
Mapocho se había juntado una multitud de más de
treinta mil almas, entre hombres, mujeres y niños, que
lo esperaban llenas de fe y recogimiento. Que si los señores carabineros no lo hubiesen detenido en Yungay,
su entrada a la ciudad capital habría sido tan apoteósica
como el recibimiento que, tiempo atrás, el pueblo le
había brindado al Tani Loayza cuando volvió al país
luego de pelear el título mundial de los pesos moscas,
nada menos que en los mismísimos Estados Unidos de

América. Con Estanislao Loayza Aguilar, como se llamaba el esforzado púgil nortino, había tenido el privilegio de encontrarse una vez e intercambiar algunas impresiones allá por sus tierras natales. En esa ocasión, mientras se tomaban una taza de té en un puesto del Mercado Municipal, el deportista le había contado que el gran secreto de su potencia en el ring era el haberse alimentado desde niño con «caldo de nuca», como llamaban los matarifes a la sangre de toro, infusión que bebía aún humeante directo de la cabeza del animal sacrificado. Yo le expresé al hermano Tani que de la misma manera que su vigor se lo daba la sangre de esa bestia taurina, a mí la fuerza y la pujanza para no dejar de predicar un solo día la palabra santa, me la daba la sangre de Cristo sacrificado en la cruz, esa sangre bendita que aún sigue lavando y limpiando los pecados del mundo. El campeón me escuchó y asintió con respeto. Aleluya al Padre Eterno. Pero volviendo al tema de mi viaje a la capital, hermanos míos, debo decirles que de no haberse interpuesto el demonio en forma de teniente de Carabineros, mi entrada a esa ciudad habría sido tan gloriosa como la entrada de Jesús en Jerusalén. Pese a todo, algo de semejanza hubo en ambos acontecimientos, porque del mismo modo que al Divino Maestro, tras entrar a la Ciudad Santa, los soldados romanos, coludidos con los patriarcas judíos, lo habían apresado y llevado al Gólgota, a él, los mandos policiales, coludidos con las autoridades eclesiásticas, lo habían apresado y llevado directamente al Asilo de Temperancia, o Casa de Orates, como lo llamaba el vulgo. Sin embargo, afirmaba enfebrecido, todo el mundo sabía que las autoridades habían actuado preocupadas de que el fervor de sus miles de seguidores podía opacar la visita real del Príncipe de Gales, que por esos mismos días había llegado al país como invitado oficial del gobierno. Ésa era en el fondo la madre del cordero, hermanos míos, terminaba predicando caído en éxtasis, y que el Altísimo Padre Eterno me castigue si miento un cachito así cuando les hablo sobre lo que les hablo. Bendito sea el Omnipotente. Y en muchas de esas giras realizadas a través del país en sus primeros tiempos, tampoco trepidaba en narrar algunas de las cosas que había vivido y sentido mientras estuvo internado en el Asilo de Temperancia. Con su histrionismo innato y su prodigioso poder de persuasión, estimulado por la atención de embeleso que le dispensaban los oyentes, contaba que, en los fríos meses de invierno, él mismo había hecho cortar el agua caliente de la ducha durante todo el tiempo que duró su reclusión, que se negó a salir de su celda a gozar del sol y del aire puro como hacían los demás asilados, y que nunca, ni por pienso, accedió a tomar leche ni a comer carne de ninguna especie. Ni siquiera les acepté un huevo frito, decía, subrayando su aseveración con el índice en alto. Sólo comía cada ocho días un bocado de porotos u otra clase de legumbres, y alguna fruta silvestre. Y en todo ese tiempo, digan ustedes, hermanos míos, si no es un prodigio divino, no subí ni bajé un miligramo de peso. Y seguía narrando muy suelto de cuerpo que durante su permanencia en dicho recinto fue visitado y examinado regularmente por varios hombres de ciencias, quienes habían sostenido con él largas conversaciones sobre filosofía, teología, ciencias matemáticas y otras yerbas, y que luego, tocados por el Espíritu Santo, dieron fe, y así se lo hicieron saber al propio director del establecimiento —el mismo gaznápiro que se había atrevido a declarar a la prensa que él sufría de algo tan absurdo como «delirio místico crónico»—, que en verdad el paciente Domingo Zárate Vega, más conocido como el Cristo de Elqui, era verdaderamente un hombre santificado, un visionario de la fe cristiana, y que los malos de la cabeza eran los otros, los que se reían y hacían mofa de su condición de elegido de Dios. Y esto, hermanos míos, expresaba ya con sus ojos negros en llamas, era corroborado día a día por la innumerable correspondencia que me llegaba de norte y sur del país, cartas y telegramas enviados por cristianos de buena fe que me daban ánimo y valor para sufrir mi calvario, y tenían además la deferencia de ofertarme su desinteresada ayuda para lo que fuera. Sin embargo, todo lo rehusé, no acepté nada, sólo mantuve firme el propósito y el ánimo de seguir adelante con mi cruzada, aun cuando física y moralmente había sufrido un martirio atroz, y sufriría aún mucho más, todo a causa de la promesa hecha a mi madrecita, promesa a la que no pensaba jamás renunciar. De eso mi espíritu estaba plenamente consciente, incluso sabiendo que más encima de pasar por esta prueba de fuego ante las autoridades del Departamento de Salud Pública, que todo lo controlan —hasta el equilibrio mental de los individuos—, el vía crucis que me esperaba en este mundo iba a ser realmente duro. Pero mi fe en el Altísimo era más fuerte, por algo había sido visitado y ungido por el mismo Hijo de Dios. Sin embargo, pese a que muchos no lo veían como un iluminado, o como un profeta que cumplía un mandato divino, al final no todo había ido tan mal en estos diez años de misión evangelizadora, cruzada en la que había andado este país —«Este largo y delgado país con forma de hijo», como le gustaba repetir en sus prédicas— desde la nortina ciudad de Arica hasta la austral Punta Arenas. Y lo había hecho a pie, en carreta, en góndolas, en autos, en trenes —de pasajeros y de carga—, en botes, en balsas, en barcos y, para gloria de Dios y envidia de los fariseos, hasta había tenido el privilegio, en algunos períodos de vacas gordas, de volar sentado cómodamente en aviones y ver la redondez de la Tierra desde el mismo ángulo que la ven los ojos benditos de los ángeles. Alabado sea el Altísimo. Y enseguida declaraba con satisfacción que nunca, pese a que más de una vez se lo habían ofrecido, intentó viajar sin pasajes en ninguno de esos medios de transporte. Del mismo modo que nunca había quedado debiendo nada a nadie en ninguna parte, ya sea por gastos de hotel u otras menudencias. Ni siquiera había aceptado una lustrada gratis a sus sandalias peregrinas cuando algún niño o cuchepo lustrabotas, tocado por el Espíritu Santo, no había querido cobrarle por ser él quien era. Sin embargo, aunque había predicado el evangelio en calles, plazas y mercados de todas las ciudades del territorio nacional, aunque había hablado desde tribunas y tarimas de un sinnúmero de organizaciones sociales, existía algo que no dejaba de mortificar su espíritu: nunca hasta ese momento había dado un sermón desde el púlpito de una iglesia. Nunca había predicado en una Casa de Dios. Los curas de cada parroquia y los pastores de cada culto evangélico lo aborrecían como al propio diablo y desde el púlpito amenazaban con la excomunión a sus fieles si tenían la mala idea de acercarse a ese pordiosero que osaba hacerse llamar a sí mismo el Mensajero de Cristo en la Tierra. Contra todo y pese a todo, socorrido por la gracia divina, por donde pisaban sus sandalias de romero y se asomaba su desgarbada figura de Cristo popular, una muchedumbre lo seguía y veneraba con recogimiento. Él estaba consciente, además, de que aparte de la gente más modesta e inculta de cada ciudad o villorrio, a sus prédicas solían concurrir los imponderables doctores de la ley: hombres eminentes y duchos en ciencias sociales, jurídicas o filosóficas, que iban a oírlo sólo para sondear, escrutar y tomar nota de sus palabras, de sus dichos y expresiones, para luego difamarlo en los diarios o en los banales programas de radioemisora en los cuales se ocupaban. «Es un pobre campesino indocto», decían después estos fariseos letrados. Para esta clase de incrédulos, el tenor de sus discursos era más humano que divino, el mensaje que encerraban sus palabras, más bien doméstico que espiritual, y los milagros que le achacaban a lo largo del país no tenían nada de excelso; por el contrario, rayaban en lo insulso y poco llamativo. «Milagros sin asunto», los llamaban en la pampa estos descreídos ilustres, como ese suceso que había ocurrido en una cantina de Buenaventura, cuando el Cristo de Elqui había logrado sentar juntos, a la hora del almuerzo, a tiznados y patizorros, hecho inédito en la pampa, pues todo el mundo sabía que eran dos bandos irreconciliables y que jamás, en ninguna parte —ni en el cine ni en la plaza ni en las peleas de box—, aguantaban sentarse juntos. Se decía que aquella vez (las meseras lo contaban maravilladas), con el santo varón de cabecera de mesa, luego de bendecir los alimentos repitiendo a coro la oración del predicador, las dos cuadrillas almorzaron como viejos amigos, se convidaron cigarrillos, se leyeron el diario unos a otros —los tiznados eran los letrados; los patizorros, los analfabetos— y en una fraternal sobremesa terminaron contando chascarros y brindando por la amistad con vasos de huesillos con mote. Otro de sus prodigios, del que mucha gente juraba haber sido testigo ocular, ocurrió en uno de los viajes del tren Longitudinal Norte, cuando en uno de los vagones, repleto de pasajeros que volvían a la pampa, trató de resucitar a una niña, muerta durante el trayecto. Se decía que al fallar el reavivamiento —tras ponerle una mano en la frente y a viva voz clamar al cielo por su vida—, el Cristo de Elqui fue sacado del vagón en medio de insultos, escupos y empujones, pero que luego los pasajeros habían comprobado estupefactos que tras el ungimiento el gesto doloroso en el rostro de cera de la muchacha muerta se había transfigurado en una expresión de placidez inefable. Aunque el suceso, en este caso de orden natural, más digno de llamarse milagro —cuestión que muchos explicaban como alucinaciones de la gente—, había ocurrido una tarde de vientos a la entrada de una salitrera del cantón Toco, cuando con sólo alzar la mano y reprenderlo con palabras inspiradas por el Espíritu Santo había detenido en el aire un furioso remolino de arena que amenazaba con devastar el campamento de latas. Pero si de milagros se trataba, sus enemigos no se cansaban de repetir la historia, mil veces contada, de la vez que en la estación de Pueblo Hundido se encaramó en un árbol y anunció que iba a volar. Otros decían que había sido en las afueras de Quebrada de Leiva, otros que en la plaza del Mercado de Antofagasta. Los más sabidos, sin embargo, afirmaban que en realidad había sucedido en las tres partes y en muchas otras, porque cada cierto tiempo el predicador necesitaba demostrar su condición de elegido de Dios y, de pasadita, cuando la fe comenzaba a flaquearle, demostrarse a sí mismo que en verdad lo era. El asunto sucedía así: tras prometer al gentío que volaría, que su Padre Redentor, Dios del Cielo y de la Tierra, lo sostendría en el aire mediante su poder divino, encaramado sobre el árbol, o sobre lo que fuera, saltaba al vacío con toda la fe del mundo bullendo en sus ojos de orate. Y aunque sus devotos juraban que el predicador conseguía algunas veces desplazarse unos metros en el aire antes de posarse incólume en tierra, los fariseos irredentos, haciendo festín del tema, decían que no, que eran tales los contra suelos que se daba el Cristo malo de la cabeza, que sus apóstoles —a veces ayudados por los mismos incrédulos reunidos sólo para reírse— tenían que llevarlo al hospital o consistorio más cercano. Y tan

174

estropeado quedaba el Cristito volador después de tales experiencias, que se veía obligado a dejar de predicar por un buen tiempo, por lo menos en público, porque en las salas de los hospitales seguía hostigando a médicos y pacientes con la perorata de sus axiomas y pensamientos en bien de la Humanidad.

20

El martes por la mañana dos noticias alteraron la rutina de los habitantes de La Piojo. La primera tenía que ver con el Cristo de Elqui, y conmovió sobre todo a las mujeres que comenzaban a preparar los fogones de la olla común para la porotada del día.

Se supo que, en mitad de la noche, los vigilantes se habían llevado al predicador a Pampa Unión para entregarlo a los carabineros. Como en el pueblo no podían acusarlo de traficante de mano de obra —ser enganchador no era delito—, lo inculparon de ser un agitador profesional, uno de esos ácratas insurrectos que aún subsistían en la pampa y que recorrían el desierto arengando la revolución socialista entre los obreros.

Un vigilante había contado en una de las cantinas —mientras se tomaba su matinal cañita de vino con harina tostada— que después de detener e interrogar al pollerudo, lo habían «persignado a cachetadas y bendecido a huascazos en el lomo». Luego, el Cheuto y dos de sus ayudantes se lo habían llevado a través de la pampa hasta el pueblo, distante diez kilómetros; ellos montados a caballo y el predicador a pie, con una soga atada al cuello, tironeado como un perro. Y que agradeciera que el señor administrador había ordenado que lo entregaran vivo, todo porque se trataba de un personaje conocido a nivel nacional y él no quería más problemas de los que ya le daba la maldita huelga.

—De lo contrario, gancho —había rematado el vigilante lenguaraz en el mesón de la cantina—, el Cristito ese no llega vivo a Pampa Unión; el jefe le hubiera metido un balazo en la nuca y lo habría dejado para comida de los jotes en cualquier calichera vieja.

La segunda noticia impactó más a los hombres, principalmente a los solteros, y salió desde las dependencias de la administración. Por orden expresa del Gringo, la prostituta de la Virgen sería expulsada del campamento esa misma tarde, bajo los mismos cargos y usando el mismo procedimiento con que se expulsaba a los obreros conflictivos. Tal cual se hacía con ellos, la irían a dejar tirada en el cruce de la línea del tren Antofagasta-Bolivia, a cuatro kilómetros de distancia hacia el noroeste, que era hasta donde llegaban las estacas de la oficina.

—O sea, que a la Maguita, paisa, por la poronga del mono —decían los hombres—, se la va a llevar también la Animita de los Desterrados.

Algunos decían que fue su presencia activa en la protesta de la noche frente al edificio de la administración, gritando por la libertad del Cristo de Elqui, lo que rebasó la paciencia del Gringo. Sin embargo, los más enterados contaban que no, que la verdad de la milanesa, paisa, era que en unos días más llegaba la esposa del señor administrador (el Gringo al final había resultado ser casado), y lo que éste estaba haciendo era, lisa y llanamente, hacer desaparecer el cuerpo de su delito. Todo esto aprovechando las críticas y los reproches de un grupo de mujeres católicas que reclamaba no entender, Dios mío, cómo míster Johnson, siendo una persona tan íntegra en sus cosas, hacía vista gorda ante la presencia de esa pájara con cara de mosquita muerta; reclamos que eran apoyados y aguijoneados por el padre Sigfrido, a quien en el último tiempo se le veía reunirse cada lunes, a las *five o'clock,* a tomar el té con galletitas en el chalet del Gringo.

Tanto era así, que ya nadie dudaba de que el cura se había convertido en soplón de la compañía. Claro, ahora les caía la chaucha que cuando se plegó a la petición del sindicato para conservar el nombre de la oficina, sólo había sido una farsa, una forma de ganarse la confianza de la gente. Porque ahora todo el mundo sabía en el campamento que en el recinto sagrado del confesionario, el cura maldito les sacaba información a las mujeres de los obreros para llevársela al Gringo a la hora del té.

Compungidos por la noticia, algunos hombres habían querido llamar a una asamblea urgente en el sindicato para ver qué se podía hacer al respecto. Pero los dirigentes estaban en Antofagasta, a la espera de reunirse con las autoridades provinciales, y no regresaban hasta después de Navidad. Otros, los más exaltados, que habían oído cantar al gallo y no sabían dónde, bajando la voz llamaban a sacar la dinamita que se decía que guardaban los patizorros —por si la huelga se extendía demasiado y se dejaban caer los militares, como había pasado en tantas oficinas— y atacar de frentón a los vigilantes. Pero al final primó la cordura y se decidió que sólo se vigilaría para que no le hicieran daño a Magalena. De modo que por la tarde los vecinos vieron con asombro cómo la dotación completa de vigilantes, comandados por el Cheuto, llegaban a la última casa de la última calle del campamento a desalojar a Magalena Mercado. Aunque la primera orden había sido sacarla durante la noche, igual que al Cristo de Elqui, después se optó por hacerlo a plena luz del día y ante los ojos de todo el mundo, para que sirviera de escarmiento a los huelguistas.

Eran pasadas las cuatro de la tarde cuando los vigilantes, seis en total, con las carabinas terciadas, llegaron en sus cabalgaduras. Y como venían con la intención de llevarse a la mujer con lo puro puesto, como se hacía con los obreros más belicosos, traían con ellos un caballo ensillado. Cuando Magalena Mercado se percató del detalle, como una gata de callejón se encaramó de dos saltos al techo de la casa. Desde lo alto, con su cuchillo de cocina en el cuello, amenazó con degollarse ahí mismo si no la dejaban llevarse sus enseres.

—Yo no me muevo de aquí sin las cosas necesarias para mi oficio. Sobre todo sin mi Virgencita del Carmen.

—¿Te vas a llevar tus cachureos en el escote? —le preguntó burlón el Cheuto.

—¡Vayan a buscar a don Manuel! —gritó ella desde arriba.

El sol destellaba en el acero pulido del cuchillo.

Los vigilantes, tras un rápido conciliábulo, viendo la cantidad de gente reunida para ver el desalojo —algunos ya habían comenzado a protestar y a insultarlos—, optaron por no hacerse más problemas y uno de ellos marchó a buscar a don Manuel, el viudo dueño del único camión de fletes de la oficina.

Todos sabían del cariño que el hombre le profesaba a Magalena Mercado; por lo tanto, daban por descontado que no iba a poner ningún reparo en acudir a su llamada. Tanto era el amor que el viudo sentía por la meretriz, que una vez había llegado a su casa a ofrecerle matrimonio de rodillas, y por las dos leyes; en una mano le llevaba un tremendo ramo de rosas rojas, naturales, encargadas por tren al puerto de Antofagasta, y en la otra, la manivela de su viejo Ford T —lo más apreciado de su vida— envuelta en papel de regalo. Ella, por supuesto, lo había rechazado. Pero desde ese día y para siempre comenzó a recibirlo por la puerta grande y a atenderlo «por amor».

—Prefiero su corazón a su camión —le dijo.

Cuando llegó don Manuel manejando calmosamente su camión verde botella, todo desvencijado, el barullo afuera de la casa amenazaba con volverse levantamiento. De a poco había ido llegando más gente a presenciar el desalojo, la mayoría hombres solteros, y ya comenzaban a protestar a gritos y puño en alto por el atropello a la compañera Magalena.

Al estacionarse el camión frente a la casa, a una orden de su jefe, los vigilantes desmontaron para ponerse a cargar los cachivaches de esa alharaca puta del carajo. Pero ella los detuvo con un grito. ¡No quería que ellos tocaran nada! Y, desde el techo, pidió ayuda a los hombres que miraban.

Cuatro patizorros achillados, y dos derripiadores corpulentos, de esos que dejaban sus puños marcados en el mango de la pala, se ofrecieron de inmediato —«No faltaba más, princesa, deje que nos encarguemos nosotros»—, y, ayudados por don Manuel, comenzaron a embarcar lo que ella les iba indicando desde arriba.

—Que a la Virgen no me la toque nadie —sus ojos amarilleaban fieros—. Su imagen la cargo yo.

Primero subieron el gran catre de bronce. Desde el techo, Magalena Mercado ordenó que lo sacaran sin desarmarlo. Y, si fuera posible, sin desordenarlo. Pulseado por cuatro de los hombres, el catre apenas cupo de costado por la puerta. Al sacarlo a la calle, sin deshacerlo, la eclesiástica colcha de raso pareció inflamarse a los rayos del sol. Los hombres al ver el catre rompieron en silbidos de admiración. A todos les traía evocaciones.

Después, retiraron el mueble peinador con su espejo ovalado. Después, una maleta de madera, sin tapa, a tute de vestidos cuyas telas de colores se derramaban por todos los costados —tafetán, seda, raso, percal— y un baúl con los enseres de cocina. Después,

180

la mesa con las dos bancas de tabla bruta. Después, el barril del agua de beber, que ya iba en menos de la mitad. En el último acarreo, uno de los patizorros salió con el brasero, otro con lo que quedaba de carbón en el saco y otro con el pichel y la palangana de las abluciones genitales.

El ambiente se distendió un poco cuando el último hombre, un derripiador conocido por todos como el abanderado de los feligreses de la prostituta, salió cargando el cuaderno grande de los polvos fiados. En medio de las risotadas de los mirones, el hombre gritó jubiloso que ya quisieran algunos que ese cuadernito se perdiera.

—¿No es cierto, guasamacos del diantre?

Lo mismo ocurrió cuando don Manuel, con sus piernas torcidas y su gran cabeza cuadrada, de pelo tieso, salió llevando a la gallina Sinforosa acurrucada debajo de un brazo. La explosión de risa alcanzó hasta a los vigilantes. El viudo, con toda la pachorra del mundo, la subió a la tolva y, con la misma pita que pendía de una de sus patas, la amarró a una tabla de la tolva.

—Los huevos nunca están de más —dijo, mirando con cariño a la mujer acurrucada en el techo—. Mejor aún si son de dos yemas.

Cuando ya sólo quedaba por cargar la imagen de la Virgen y el mueble que servía de altar —el «sagrario» lo llamaba ella—, Magalena Mercado se bajó de la techumbre de calaminas con la misma presteza de gata sin dueño. Una vez abajo, les hizo un mohín de desprecio a los vigilantes, entró a su casa y salió con la Virgen en brazos, cargándola con todo el cuidado y el amor del mundo. Antes le había cubierto la cabeza con el paño de terciopelo azul.

—Para que no vea la clase de maldad que aquí se está cometiendo —dijo al salir.

Ayudada por dos de los hombres, mientras los otros cargaban el mueble altar con los candelabros, los cirios y las flores de papel, se encaramó en la tolva del camión. Se sentó en un ángulo de su cama, con las piernas separadas y la imagen de la Virgen en brazos.

Parecía acunar una enorme guagua.

Cuando don Manuel daba vueltas a la manivela para hacer arrancar el camión, apareció don Anónimo con su pala y su escoba al hombro. Al pobre loco le bastó una mirada para comprender lo que estaba ocurriendo. Sin decir nada, y sin que nadie le dijera nada, mientras el motor echaba a andar, acomodó sus herramientas en un espacio de la tolva y entró corriendo a la casa. Al instante salió con su cochambroso colchón doblado bajo el hombro. Envuelto en él llevaba su campana de bronce.

—Permítame que vaya con usted, mi buena señora —le rogó a Magalena Mercado.

Su actitud tenía la mansedumbre de un perro moribundo.

Tras la venia de ella, se trepó rápidamente por un costado de la tolva.

Los vigilantes se mataron de la risa por el tono de solemnidad con que el insano se dirigió a la prostituta. Uno de ellos, el más gordo de todos, que para disimular su rosada cara de guagua grande usaba unos bigotes a lo Pancho Villa y se esmeraba en despotricar por cualquier cosa y parecer mal agestado —pero que sus compañeros gritaban y mandoneaban de lo lindo—, dijo que le dejaran a él nomás al chiflado de la escoba.

—Lo bajo altiro a culatazos.

Pero el Cheuto ordenó que lo dejara en paz.

—¡Así la animita se lleva dos pajarracos de un tiro! —dijo sarcástico.

Luego, dio la orden de partida.

Mientras don Manuel ponía en marcha su camión, dos de los vigilantes ataron su cabalgadura al parachoques trasero y se subieron a la tolva. Con cara de perdonavidas, acomodaron una de las bancas y se sentaron con sus Winchester apoyadas entre las piernas.

Los demás —menos dos que se devolvieron con el caballo sobrante a hacerse cargo de las dependencias de la vigilancia—, sin dejar de apuntar a la gente que no cesaba de insultarlos, se fueron al trote escoltando al camión.

21

Era Navidad en el mundo. Lo primero que pensó el Cristo de Elqui cuando lo dejaron en libertad —había estado dos días detenido— fue ir hasta la botica del pueblo a conseguir yodo y azufre para la muela. El maldito dolor era más fuerte que el de las marcas de los azotes. Después, buscaría donde pasar la noche y al día siguiente iría a la única imprenta del pueblo a que le imprimieran folletos.

Menos mal que los vigilantes habían respetado la bolsa de azúcar de su equipaje y no se la habían quemado, como perversamente había insinuado uno de esos canallas.

En la sala de guardia, sin embargo, lo esperaba una sorpresa: la mujer y la hija del sargento a cargo del cuartel lo estaban aguardando para invitarlo a una cena navideña en su hogar.

Al ser entregado a los carabineros de Pampa Unión, el sargento Hipólito Vergara, a cargo de la dotación del pueblo, lo había tratado con deferencia y respeto. Hombre alto y fornido, de lineales bigotitos blancos recortados con pulso de cirujano, el uniformado sabía perfectamente quién era el Cristo de Elqui, y hasta podría apostar sus bigotes —tan seguro estaba de ganar— a que el hombre de la túnica de ningún modo era uno de esos activistas a sueldo que andaban revolviendo el gallinero en las oficinas de la pampa. La acusación carecía de fundamento. Y además no tenían pruebas. Aparte de eso, una vez había leído en un diario de la capital un artículo en donde se decía que el evangelista, en cada lugar donde llegaba a predicar sus sermones, hablaba maravillas del cuerpo de Carabineros de Chile. Pues bien, ahora era tiempo de retribuirle.

El sargento era el único carabinero casado de la dotación. Su esposa, doña Isolina Otero de Vergara (llamada la Sargentona por los carabineros a cargo de su marido), era una matrona de tez blanca, ojos inquisidores y parloteo imbatible, temida en el cuartel por su temperamento decidido y su humanidad de paquiderma. Católica rematada, doña Isolina era creyente en Dios, en la Virgen Santísima, en los ángeles de la corte celestial y en todos los santos habidos en el calendario colgado de un clavo en una pared de su cocina. Por lo mismo, al enterarse de que el Cristo de Elqui estaba detenido en el cuartel del pueblo, le expresó a su marido el anhelo, de ella y su hija, de conocer al santo profeta en persona. De manera que en cuanto saliera en libertad pensaban invitarlo a cenar a la casa.

—Que ojalá sea lo más pronto posible —expresó con su rotunda voz de mando.

De modo que aquella tarde de Navidad, cuando el Cristo de Elqui quedó libre de todo cargo, se encontró con que la mujer y la hija del sargento —hija única y en edad de merecer— lo estaban esperando en la sala de guardia. Al salir a la calle, ya iluminada de luz artificial, un gran número de curiosos enterados de la noticia de su arresto esperaban al predicador para verlo y oírlo. Muchos de ellos, hombres, mujeres y niños —algunos venerándolo con verdadero recogimiento, otros sólo burlándose—, lo siguieron a tropezones por el medio de la calle, tratando de tocarlo y pidiéndole que los bendijera.

Mientras avanzaban rodeados por el gentío, la esposa del sargento, temiendo que de un momento a otro se lo arrebataran de su lado, lo tomó del brazo y apuró el tranco por entre el remolino de curiosos.

La familia vivía en un amplio caserón de adobes en la calle General del Canto, a dos cuadras del retén, y hasta que llegaron a la casa, la madre no lo soltó en ningún momento del gancho. La hija, flanqueándolo por el otro lado, tampoco lo soltó ni dejó de mirarlo un solo momento, fascinada hasta la bobería por el santo misionero, como lo llamaba ella. A la niña, más que su estampa de profeta, lo que la embriagaba era el olor de animal salvaje que despedía el Cristo.

La cena, con chocolate y pan de Pascua casero, transcurrió plácidamente a la vera de un gran árbol de Navidad confeccionado en puro papel crepé. La conversación pasaba de la cháchara frenética de doña Isolina (lo más que entristecía su corazón de católica, apostólica y romana era el hecho impresentable de que en este pueblo de perdición no hubiera una simple capilla donde ir a rezar la novena) a las breves interrupciones del sargento Vergara (siempre para corroborar a su señora esposa) y a las moralejas y consejos prácticos que de vez en cuando podía encajar el Cristo de Elqui, esto sin quitar la vista de la doncella, quien, encendida de rubor, no dejaba de mirarlo de reojo mientras realizaba el infantil gesto de llevarse un rizo de su pelo a la boca, gesto que a él le parecía de una sensualidad exquisita. En verdad, la belleza de la joven le recordaba los versos del *Cantar de los cantares*, y comparaba el rubor de sus mejillas al resplandor de las lámparas de las vírgenes bíblicas.

En un instante de la sobremesa, mientras la anfitriona se quejaba con grandes ayes de los sacrificios que significaba vivir en un pueblo perdido en el desierto, y de tan mala fama en lo referente a la moral y las buenas costumbres, al Cristo de Elqui lo dulce del chocolate le comenzó a causar pulsiones en la muela. De modo que cortó la conversación de un tajo dictaminando que había que ser siempre agradecida del Padre Eterno, querida hermana.

—Él nos da las nueces, nosotros tenemos que cascarlas —remató con el ánimo sulfurado. Luego, agradeció la cena y la velada y, con gesto enérgico, se incorporó de la mesa.

Ya era hora de retirarse.

Debía buscar una pensión donde pasar la noche.

La dueña de casa puso el grito en el cielo. Juntando las manos sobre el pecho, como si le fuera a rezar una oración, dijo que de ninguna manera, pues, Maestro. Ella no podría cometer tamaña descortesía con tan santo visitante.

—Usted dormirá hoy en mi casa, hágame el honor.

A un gesto suyo —casi de birlibirloque—, el sargento desapareció y reapareció en el acto cargando primero los dos libros de un colchón de lana; después, un grueso poncho boliviano, dos sábanas de crea y un almohadón cuya funda lucía unos primorosos copihues bordados en hilo rojo. En menos de lo que dura un avemaría la matrona y su hija le prepararon una cama en el piso de tablas de la pieza del fondo del patio, que era arrendada a veces como bodega para comerciantes afuerinos.

—El único problema —dijo el sargento— es que aquí no hay luz eléctrica, pero ahí le dejamos un cabo de vela y fósforos.

Él les pidió el favor de dejarle una taza de agua hervida, les dio luego las buenas noches con un pequeño rugido y cerró la puerta de tablas sin pintar, que por dentro carecía de cerrojos y picaportes. Tendido de lado —de espalda, le estorbaban las cicatrices de los azotes—, sin desvestirse, sin poder conciliar el sueño, el predicador trataba de calmar el lancinante dolor de muelas con buches de agua caliente y repetidas oraciones al Padre Eterno. Pasada la medianoche, cuando ya le quedaba sólo un chongo de vela, sin mayor sorpresa recibió la visita sigilosa de la hija del sargento. Desmelenada, vestida sólo con un delgado negligé, Adela, como se llamaba la jovencita, demostró no ser precisamente, como él había imaginado, una de las prudentes vírgenes de las lámparas de aceite. Pero aunque al principio sus caricias fueron más resueltas y desinhibidas que las de muchas sirvientas con las que el Cristo de Elqui había fornicado a lo largo de su ministerio, cuando las ansias de su chivo ya le comenzaban a ganar la batalla a los ramalazos de dolor de su cara y, entusiasmado, se aprestaba a consumar el acto como Dios manda, la muy zorra se le escabulló de entre sus zarpas y, riendo una perversa risita de niña taimada —siempre con un rizo de su pelo en la boca—, desapareció en la oscuridad del patio.

A la mañana siguiente, antes de dejar la casa —sin aceptar la invitación al desayuno a causa del maldito dolor que persistía—, doña Isolina le pidió que bendijera un crucifijo comprado en su último viaje al puerto de Antofagasta. Llena de ilusión, dijo que el vendedor le había jurado por la pollerita de Cristo que estaba hecho de madera de sicómoro, traída directamente de las tierras santas de Jerusalén.

—¿No es así, Adelita?

La niña movió la cabeza afirmativamente mientras miraba al misionero —para ella ya no tan santo— con un brillo de malicia en los ojos.

El Cristo de Elqui examinó la imagen de madera por un instante, la pesó y sopesó en sus manos y, no sin experimentar un cierto regocijo maligno en sus entrañas, le dijo que sentía desilusionarla, hermana querida, pero el crucifijo estaba tallado en peumo, un árbol silvestre más chileno que los porotos, que se daba mucho por las tierras de Coquimbo.

—Tanto así —dictaminó con aires doctorales—, que la corteza y las hojas de este árbol se utilizan mucho para tratar el reumatismo y las enfermedades hepáticas.

En la calle, bajo un sol en llamas, seguido de un séquito de niños descalzos que le agriaban aún más el ánimo con sus travesuras, el Cristo de Elqui se dirigió directo a la botica Ferraro. Allí, sin saludar ni bendecir a nadie, pidió yodo, alcohol y azufre y solicitó al boticario que, por favor, le preparara urgente un menjunje con esos ingredientes.

—Ahora, si tuviera para agregarle una pizca de pólvora, hermano, sería óptimo —bromeó, tratando de suavizar un tanto su mala cara—. Así se me cae la muela a pedazos.

Mientras el boticario, dueño del local, lo atendía, se fijó en un dependiente de gestos enérgicos, de unos cincuenta y tantos años de edad, al que le faltaban ambos brazos y un ojo. El Cristo de Elqui se maravilló de lo bien que manipulaba todo con el muñón de su brazo izquierdo, cercenado antes del codo. El otro lo tenía cortado casi a la altura del hombro. Pero su pasmo fue mayúsculo cuando lo vio tomar el lápiz y escribir con inusitada rapidez las instrucciones en una receta.

—Este cristiano es un ejemplo para todos nosotros —comentó.

El boticario le dijo que ese hombre sin brazos se llamaba Juan San Martín, y que se había hecho célebre en la pampa por haber enfrentado a un presidente de la República. Y en tanto preparaba el brebaje, según las instrucciones precisas del predicador, ante la inquisición de éste, se puso a contarle la historia del hombre sin brazos.

Juan San Martín era de un pueblito del sur llamado Putú, de donde se había venido joven a la pampa. El desierto lo había hechizado desde niño, cuando veía a los reclutas de la Guerra del 79 marchar hacia el norte cantando gloriosos himnos marciales. Al llegar a la pampa, luego de laborar en el cantón Central, se fue a las salitreras de Tarapacá. Allá, en la oficina Alianza, encontró empleo de barretero, uno de los trabajos más peligrosos de las calicheras. En uno de sus viajes a Iquique conoció a Beldecira Cáceres, una morena de largas trenzas de la que se enamoró hasta los huesos.

Ella cayó embrujada por sus ojos azules.

En 1907 se casaron. Luego de unos meses de nacer su primer hijo sobrevino la tragedia. Era su último día de trabajo en la pampa. Semanas antes habían decidido con su esposa irse a atender un negocito a Antofagasta. Aquella mañana un tiro explotó antes de tiempo. La explosión le arrancó los dos brazos y el ojo izquierdo. Sus compañeros de trabajo lo cargaron en una carreta y lo fueron a dejar a su casa, pues en la oficina no había médico. Su mujer, sobreponiéndose al dolor y a la pena, rasgó sábanas para hacerle torniquetes en sus muñones y vendarle la cabeza. Luego, improvisó una camilla, hizo un atado con sus cosas más importantes, se echó a su hijo a la espalda a la manera de las bolivianas y, con la ayuda de dos amigos de su marido, se lo llevó a la estación. Allí consiguió que los embarcaran en un tren de carga hasta Iquique.

Fue un viaje infernal.

Encerrada en una java de transportar ganado, mientras su guagua lloraba de hambre y su marido deliraba de fiebre, ella le cambiaba los vendajes empapados en sangre, masticaba yerbas medicinales y se las ponía para cicatrizar las heridas y detener la hemorragia. Cuando le faltó la saliva maceraba las yerbas con lágrimas. Repitió tantas veces esta operación durante el viaje, que al acabársele las vendas comenzó a rasgar sus enaguas. Cuando el tren llegó al puerto, la mujer ya no tenía lágrimas que llorar y las sienes de su pelo negro azabache se veían blancas de canas.

La recuperación de Juan fue lenta y los ahorros se le fueron rápido. Su mujer comenzó a lavar ropa ajena. El sunco San Martín, como le motejaban algunos, decidió que no era de hombre andar dando lástima y que si era necesario luchar por la vida sin brazos y con un solo ojo, lo haría. El brazo izquierdo lo había perdido por completo, pero el derecho le quedó hasta un poco más abajo del codo y con él aprendió a tomar la cuchara para comer solo, como ya lo hacía su pequeño hijo. Después, aprendió a vestirse, que fue lo más difícil, pues todas las prendas estaban llenas de botones.

Un día se le ocurrió que tenía que escribirle una carta al presidente de la República para contarle su caso y la real condición de los trabajadores pampinos, a ver si su excelencia se sentía tocado por su testimonio y dictaba al fin una ley que protegiera a los trabajadores. Se puso a practicar. Si había aprendido a usar el tenedor y la cuchara, también podría aprender a usar el lápiz. La decisión relampagueó en el azul de su ojo. «Manos a la obra», se dijo con ironía y sin una pizca de autocompasión. Se pasó meses tratando de hacer un garabato con el lápiz tomado en el muñón del brazo derecho. Hasta que lo consiguió. Después de practicar otros tantos meses, le escribió la carta al presidente, no de su puño y letra, sino de su «muñón y letra», como decía riendo. La carta nunca le fue contestada. Pero él había aprendido a escribir y eso le sirvió para volver a la pampa a desempeñarse como vendedor viajero y hombre correo.

De nuevo en las salitreras, muy pronto se hizo conocido y respetado por todos. Es que no sólo llevaba y traía mensajes orales y escritos desde la pampa al puerto y viceversa, sino que él mismo les escribía las cartas a los obreros analfabetos. Cuando unos años después se anunció la visita al norte del presidente de la República, Juan San Martín pensó que era la ocasión de hacerle saber en persona lo que había escrito en la carta. El día del arribo del primer mandatario, una multitud lo esperaba para verlo y, sobre todo, para escucharlo. En mitad de la lectura de su discurso, el hombre sin brazos comenzó a abrirse paso entre la gente hasta llegar a las primeras filas y quedar cara a cara con su excelencia. Entonces, alzando sus dos muñones al aire, lo interrumpió a viva voz para reclamarle que hasta cuándo, señor presidente, los trabajadores tendrían que seguir muriendo o quedando mutilados para conseguir al fin una Ley de Seguro Obrero.

—¡Míreme a mí cómo quedé! —le gritó.

Contaba a veces Juan San Martín que el presidente, en ese entonces don Pedro Montt, el mismo que avaló la matanza de obreros en la Escuela Santa María de Iquique, el mismo que al año siguiente, el año del cometa Halley, murió de una enfermedad extraña —en la pampa decíamos que la maldición del cometa había alcanzado al muy hijo de puta—, alzó la vista, lo miró por un instante, lo miró visiblemente conturbado, pero luego volvió sus ojos al papel y siguió leyendo su discurso como si nada.

Emocionado con la historia, el Cristo de Elqui dijo que de verdad ese hombre merecía todos sus respetos. Pero que mucho más admirable le parecía ahora el valor y el don de sacrificio de su señora esposa.

—Ella es digna de un monumento a la mujer pampina —sentenció solemne.

Después, se puso una pizca del brebaje en la taza de la muela mala, pidió que el resto se lo dieran en un pomo y se dirigió a la imprenta. Como no tenía dinero para pagar la impresión de sus folletos, trató de convencer al dueño de que se lo hiciera sin costo.

—Hágalo por amor a Dios —le dijo.

Don Luis Rojas, un hombre bonachón, zorro viejo del periodismo, le propuso imprimirle las hojas a cambio de que le concediera una entrevista para su periódico.

—Se llama *La Voz de la Pampa* y aparece dos veces por semana —le dijo—. Hágalo por amor al Hombre.

El Cristo de Elqui aceptó y la conversación duró dos horas y cuarto.

Al salir de la imprenta, mientras caminaba por la vereda de madera de la calle del Comercio, se detuvo junto a la puerta de una fuente de soda a quitarse algunas piedrecillas de una de sus sandalias. En tanto permanecía acuclillado oyó a dos hombres hablando efusivamente sobre una prostituta de La Piojo, una tal Magalena Mercado.

Lo que oyó lo dejó zurumbático.

«Esa mujer de verdad es bíblica», pensó para sí.

22

Algunos de nosotros decíamos que esa puta del carajo lo planeó todo en el instante en que supo que la iban a expulsar de la oficina; otros —entre ellos el viudo del camión verde— aseguraban que no, que a la Maguita la idea loca se le vino a la cabeza ahí mismito, mientras le bajaban sus trastos para dejarla abandonada como a una mula inservible en medio de la pampa.

Lo cierto fue que al terminar de descargar el camión, cuando los vigilantes emprendieron la vuelta —no sin antes amenazar a la meretriz con las penas del infierno si se atrevía a volver a La Piojo—, don Manuel se quedó simulando que el motor no arrancaba. «Esta manivela nunca funciona como debiera, carajo», decía mientras esperaba que los jinetes se disolvieran en una nube de polvo a lo lejos. Después, explotó en improperios y maldiciones en contra de esos facinerosos hijos de mala leche, y del cabrón del administrador que se creía todopoderoso. Ya más calmado, se sentó en una piedra, encendió un cigarrillo y le ofreció, si ella se lo pedía, volver a cargar sus cosas y llevarla a alguno de los pueblos cercanos, o a la oficina que quisiera. Y sin costo alguno, cariño, sólo por los buenos momentos vividos.

—Usted sabe que mi camión es suyo.

Magalena Mercado acercó otra piedra y se sentó junto a él. Le tomó las manos —grandes, morenas, ásperas como la piedra— y le agradeció el gesto en el alma, en serio que sí, don Manuel. Pero que no se preocupara, ella ya sabía lo que iba a hacer. Y lo que iba a hacer era quedarse con sus cosas allí mismo, sí, allí mismo donde la habían dejado tirada los malditos, en plena pampa, en mitad del desierto más duro del planeta.

—¡Aquí mismito reinstalaré la olla común del amor! —dijo con férrea resolución de puta creyente.

Don Manuel vio en el brillo de sus ojos que no había caso de tratar de disuadirla. Sólo le deseó suerte y, antes de despedirse, volvió a pedirle que se casara con él.

—Conmigo nunca la podrán correr de ninguna parte —le dijo.

Magalena Mercado lo abrazó por largo rato, pero tuvo que volver a decirle que no. Qué más quisiera ella que compartir su vida con un hombre tan bueno y tan trabajador como él, pero su destino era otro. Y ya nadie podía torcerlo.

Después, ya con el motor del camión en marcha y don Manuel instalado al volante, le pidió a los gritos que, por favor, comunicara a los hombres de La Piojo que el ofrecimiento hecho en el sindicato seguía en pie; el que quisiera gozar de sus favores que se apersonara con toda confianza hasta el Cruce de la Animita. No había problemas. Ella iba a seguir dando crédito y anotando las prestaciones en su cuaderno grande hasta que se arreglara el conflicto. A los que se animaran a venir les pedía nada más que le trajeran botellas de agua, trozos de carbón para el brasero y carburo para la lámpara. Y los que pudieran que llegaran con alguna clase de víveres; sobre todo té y azúcar.

—Y como mañana es víspera de Navidad —dijo con aires de filántropa del sexo—, a los tres primeros que lleguen a verme no se les anotará nada. Todo será por amor.

Apenas el camión se alejó a los tumbos por el camino de tierra, Magalena Mercado puso manos a la obra. Con la pala y la atolondrada ayuda de don Anónimo, quien, con la gallina Sinforosa en los brazos y silbando su silbidito de orate, se había mantenido al margen de su conversación con el camionero, se puso a aplanar unos cuantos metros cuadrados de terreno a los pies de una pequeña colina de arena. Allí emplazó sus enseres.

La colina estaba al oriente de la línea del tren.

La animita, al poniente.

Como siempre, de lo primero que se preocupó fue de la imagen de la Virgen: la sacudió del polvo y la arena del camino, le acomodó los pliegues de sus atavíos, le enderezó la corona de cartón forrada en papel dorado, le dio un beso en la frente y la erigió sobre el mueble altar, todo con suma delicadeza, como haría una hija con los restos momificados de su madre. Luego, le encendió unos cirios y la adornó con las flores de papel, claveles y rosas encarrujadas que recompuso lo mejor que pudo, pues el trajín del viaje les había torcido los tallos y fruncido los pétalos. Después, al costado del altar, dispuso su alto catre de perillas, cuyo bronce brillaba sonámbulo bajo el sol de la pampa; enseguida acomodó su mueble peinador y sus utensilios para el aseo. Todo esto ayudada por don Anónimo que, más alunado que nunca, no dejaba de silbar. «Ellos se lo han buscado», repetía mientras se afanaba en dejar todo en orden.

—¡Convertiremos la pampa en un gran tálamo nupcial! —gritaba llena de júbilo.

El anciano apenas erguía su cabeza esquilada y seguía silbando monótonamente y haciendo lo que estaba haciendo.

Un poco más apartado de lo que sería su dormitorio, Magalena Mercado dispuso la mesa de comer con las dos bancas de madera, el barril de agua, el cajón de té lleno de sus trastos domésticos y el brasero.

A Sinforosa la ató a una pata de la mesa.

Una vez apostada con todas sus cosas, subió a descansar un rato sobre la colina. Desde la altura, su pequeño campamento le pareció un espejismo en mitad del desierto. Era un espectáculo sorprendente ver ese catre de bronce empotrado en la arena ardiente, con su colcha de color solferino haciendo juego con los arreboles del atardecer. Aunque lo más increíble era la imagen de la Virgen: erguida junto al catre, tocada por la esmerilada luz del crepúsculo, se veía más bella y prodigiosa que nunca. Parecía tan atónita ante el paisaje como el espejo del mueble peinador que, ahíto de inmensidad, no alcanzaba a contener en su pequeña luna ovalada ese incendio cósmico que era la pampa atardecida.

Sentada en la arena al modo gitano, tras contemplar largo rato lo que había hecho, se dijo que necesitaba un palio alrededor de su catre. Lo confeccionaría con las cortinas, que eran del mismo tono obispal de la colcha.

El asunto estaba tomando vuelo.

Se sentía como la fundadora de algo grande.

Tal vez, de un pueblo. Por qué no.

Se quedó un rato pensando con la barbilla apoyada en sus manos. En un momento, con un respingo de alegría, se le ocurrió que podía colgar la campana de don Anónimo junto a la cabecera del catre y de ese modo hacer que sus feligreses pasaran de uno en uno, según la fuera tañendo. Serían las campanadas de su misa personal.

¡De su celebración del amor!

Los hombres al ir llegando tendrían que aguardar su turno al otro lado de la línea férrea, bajo la exigua sombra del algarrobo reseco, único árbol visible en todo lo que abarcaba la redondela del horizonte. El algarrobo estaba junto a la caseta de la animita, una de las más famosas de todo el cantón Central. En La Piojo la llamaban la Animita de los Desterrados porque allí se había quitado la vida un joven obrero mapuche, haciéndose volar en pedazos con un cartucho de dinamita. Decían los más viejos que el muchacho, de nombre Lorenzo Pallacán, que tocaba la guitarra y cantaba canciones de Jorge Negrete, se enamoró hasta la tontera de la hija del antiguo administrador, un inglés venido a menos, cuyos tiempos de esplendor los había vivido a principios de siglo en la India, a cargo de una plantación de té. Al enterarse del idilio de su hija —la niña correspondía anhelosa al amor del joven—, este «súbdito del Imperio Británico», como gustaba llamarse a sí mismo cuando se emborrachaba, ordenó que le despellejaran el espinazo a azotes y luego lo expulsaran del campamento con lo puro puesto. El muchacho escondió la dinamita dentro de su guitarra roja, única prenda de valor que poseía y lo único que pidió llevarse. Al quedar solo en el cruce de la línea férrea, donde lo dejaron tirado los vigilantes, luego de entonar canciones de amor durante toda la noche, al despuntar el alba se ató el cartucho en el lado del corazón y lo encendió con la brasa de su cigarrillo. Su cuerpo destrozado quedó esparcido en varios metros a la redonda. En el lugar se erigió después el pequeño templete de lata y el cantor pasó a convertirse en una animita milagrera. Desde entonces, lo primero que hacían los trabajadores, los mercachifles y los dirigentes obreros desalojados de la oficina y abandonados en el cruce, era prenderle una vela y rogarle para que su espíritu los acompañara y les fuera bien en sus inciertos destinos. El algarrobo lo habían plantado los carrilanos, y cada vez que las cuadrillas pasaban en sus volandas le regalaban con un poquito de agua de sus cantimploras.

Cuando al poniente se quemaban los últimos rescoldos del día, hizo su aparición el lucero de la tarde. Magalena Mercado nunca había tenido tiempo de contemplarlo en todo su esplendor. Se conmovió de su hermosura. No entendía cómo había personas en el mundo que dudaran de la existencia de Dios, cuando sólo bastaba con mirar arder esa lucecita allá arriba, Virgencita Santa, para verlo y sentirlo en plenitud.

Dios era el que parpadeaba en ese lucero.

Al caer la noche encendió la lámpara de carburo. Después, siempre asistida por don Anónimo, hizo una fogata con el poco carbón que había traído, puso a hervir la tetera y preparó un poco de té, sin azúcar. No ocuparon la mesa, se dieron a beber la infusión sentados en sendas piedras puestas alrededor de la fogata. Don Anónimo era propenso al mutismo y ella tenía pocas ganas de hablar, de modo que lo hicieron en silencio. En la acústica de la noche sólo se oía el chisporroteo del carbón y el silbidito de don Anónimo entrecortado por los sorbos de té.

El cielo azul de diciembre, colmado de estrellas, le trajo a la memoria una noche vivida en su pueblo natal, por los primeros años de su vida, cuando, sola en la puerta de la parroquia, mientras todo el pueblo dormía, le hizo la promesa a la Virgen del Carmen de convertirse en santa. Lo juró con su cara borrada en llanto y puso a las estrellas por testigos. Aquella noche de infancia tal vez no fuera tan cálida como ésta, pero la recordaba así de azul, así de plácida, así de estrellada.

Barraza se llamaba su pueblo natal y estaba situado en la ribera sur del río Limarí, misma provincia donde había llegado al mundo el Cristo de Elqui. Su antigua iglesia, construida en los tiempos cuando el pueblo se alzaba apenas como una encomienda indígena, era el engreimiento de los barracinos; por lo mismo, a nadie sorprendía que ellos fueran los más devotos y observantes de las leyes católicas en muchos kilómetros a la redonda.

Y había sido a las puertas de la iglesia que ella fue abandonada a los pocos días de nacer. Allí la encontró, berreando a todo pulmón, doña María del Tránsito de Mercado, una de las acólitas más beatas de la localidad. Su esposo, don Edénico Mercado, de ancestros españoles, era un viejo tallador de madera que poseía el aire plácido de un álamo solitario y una bondad rayana en el panfilismo. Ellos adoptaron a la niña y la bautizaron como Magalena.

El matrimonio tenía once hijos varones, y por disposición de doña Tato, como llamaban a la matriarca, a cada uno lo habían bautizado con el nombre de un apóstol, tradición que constituía uno de los motivos por los que ella se había negado a tener su duodécima guagua; si también resultaba varón hubiera tenido que bautizarlo con el nombre del último apóstol que les quedaba: Judas. Por lo mismo, le causó gran alegría ver que el bebé envuelto en el mantel de mesa era una «niñita mujer». La quisieron llamar entonces como la única discípula de Jesús: Magdalena. Pero el suche del Registro Civil, que era un hijo de mala leche y que tenía rencores antiguos con la familia —su abuelo había sido acusado de abigeato por los Mercado—, la registró en los documentos como Magalena, tal cual lo pronunció don Edénico al ir a inscribirla.

La familia ocupaba una antigua casona de adobes, heredada de sus abuelos, con grandes ventanas a la calle y un pasadizo lleno de cántaros y tiestos de flores. En la casa, tal como ocurría en las más añosas del pueblo, aún se hallaban cazos y cazoletas de cobre fabricados en los tiempos de la Colonia. La casa quedaba a los pies de la iglesia. De modo que ella creció jugando a la sombra azul del campanario, ayudando a barrer la sacristía y adorando con unción las coloniales imágenes sagradas que aún se conservaban al interior de la nave, sobre todo admiraba una imagen de la Virgen del Carmen en bastidor, de la que se prendó desde pequeña. Ante ella se prosternaba a rezar diariamente, derramando vivas lágrimas de arrobamiento. A veces, por las noches se levantaba a escondidas y se iba a dormir en el portal de la iglesia, justo en el lugar en donde la habían abandonado al nacer.

Al comenzar a deletrear las primeras palabras, se había dedicado con ahínco a leer la vida de los santos, impresa en los viejos libros encuadernados de la exigua biblioteca de la iglesia. Fue por la influencia de esos martirologios, en especial por la historia de San Teobaldo, que esa noche se despertó en mitad de su sueño decidida a convertirse en santa. Mientras todos en la casa dormían, se levantó como hacía siempre, salió a la calle en puntillas, cruzó hasta la iglesia y, ante la antigua puerta de clavos de cobre, prometió que haría todo lo posible para emular a San Teobaldo.

Según había leído en uno de los volúmenes de la biblioteca, la infancia de este santo italiano, oriundo de la ciudad de Alba, había sido muy similar a la suya: él también, como ella, había quedado huérfano siendo un niño, también había vivido con una familia que lo acogió por piedad y también había oficiado de sacristán. Pero lo que más la maravillaba era que este santo, siendo un niño, como penitencia por sus pecados veniales, dormía en el portal de la iglesia donde era sacristán, igual como hacía ella.

—Sí, Virgencita linda —había prometido aquella vez, de cara a las estrellas—, yo también llegaré a ser santa.

De ahí en adelante fue tanto su apego por la iglesia y su devoción por la Virgen del bastidor, que don Edénico se dio el trabajo de tallarle una imagen igual, de un metro veinte de alto, para que la tuviera en su dormitorio. Se la hizo en madera de ulmo, y la trabajó con tanto esmero que los vecinos, maravillados, consideraban que había quedado más hermosa y venerable que la de la misma iglesia.

Magalena Mercado nunca había podido explicarse muy bien cómo, cuándo ni dónde fue que su camino de santidad se desvió hasta llegar a convertirse en prostituta. O tal vez sí lo sabía. Tal vez fue el día en que el cura, un gordo de rostro sanguíneo y lleno de tics, se la llevó al confesionario y la sentó en las rodillas. Ella tenía apenas cinco o seis años y el cura le siguió haciendo lo que le hizo por varios años más, mientras era sacristana. Y no sólo el cura la abusaba, sino también —aunque de manera menos salvaje, tanto que ella casi lo tomaba como un juego— aquellos a los que llamaba sus hermanos, pero que sabía desde siempre que no lo eran, pues ellos mismos se habían encargado de recordarle todos los días y a cada rato que sólo era una pobre recogida.

Cuando frisaba los once años comenzó a sentir que el gusto por esos juegos carnales era tan fuerte como su vocación de santidad. «Si la cabra siempre tira pal monte, la hija también», oyó decir una vez a unas beatas que la habían pillado con un amigo de sus hermanos detrás de la casa parroquial. A ella no le sorprendió el comentario, pues ya había comenzado a maliciar que tal vez su madre era Pradelia González, algo que había oído en el pueblo varias veces, desde que comenzaron a mandarla de compras sola y aprendió a parar la oreja a los cotilleos de los despachos.

Pero a Pradelia González, la mujer más casquivana del pueblo, la habían hallado muerta a la orilla de la acequia que corría a los pies de su casa. Desnuda de la cintura para abajo, tenía la cabeza destrozada (la habían golpeado con una piedra de moler harina) y un crucifijo de madera hundido en la matriz. Esto había sido el día en que ella cumplía tres de haber sido encontrada a la puerta de la iglesia. Nunca se supo quién había sido el o los asesinos. Joven, desgreñada, analfabeta —apenas sabía dibujar su firma—, Pradelia González tenía la risa fácil y la lengua suelta de las hembras sin pudor, y era de sumo generosa con los machos: no se fijaba en tipo, pedigrí ni calaña. Era madre de cuatro hijos varones (se decía que había tenido algunas mujercitas, pero que las regalaba), todos de distintos colores de ojos. Ni ella misma podía indicar con seguridad quiénes eran los progenitores de cada uno de ellos. Por tal razón, entre los huasos del pueblo era conocida como la Piedra del Tope. Después, cuando se supo que hasta el párroco se la beneficiaba, la apodaron la Pila Bautismal.

La mañana del Domingo de Ramos que, con doce años de edad en un cuerpo que representaba quince, se enteró de que el padre Sigfrido había sido amante también de Pradelia González y que, según las habladurías, algunos de los hijos menores serían de su paternidad, su espíritu se sobresaltó. Tal vez, Virgencita Santa, ella era hija del cura, el hombre que le hacía todas esas infamias desde que tenía cinco años. Y lo odió con todas sus fuerzas. Desde ese día comenzó a asediarlo y a hostigarlo a toda hora, dentro y fuera de la iglesia, preguntándole delante de quien fuera si acaso era él su padre. ¿Era verdad lo que decía la gente? Que se lo dijera delante de la Virgencita. Y tanto lo acosó y atosigó, en público y en privado, que el sacerdote, urgido por las habladurías de sus feligreses, no tuvo más remedio que solicitar su traslado e irse lejos de las recriminaciones de esa mocosa exasperante (pero además lo hizo porque comenzaban a oírse murmuraciones que lo incriminaban con el asesinato de Pradelia González, por lo del crucifijo en la matriz). Ella, sin decírselo a nadie, tomó sus pocas pilchas, hizo retobar la imagen de madera de su Virgen y abandonó también el pueblo para ir tras sus pasos. Lo seguiría hasta el confín del mundo. Se lo juró a Dios y a la Virgen Santa.

Desde entonces se dedicó a ir tras él de ciudad en ciudad, de pueblo en pueblo, de parroquia en parroquia (para sobrevivir comenzó a negociar su cuerpo, lo único que poseía y lo mejor que sabía hacer). De algún modo se las arreglaba para enterarse a qué diócesis había sido designado el sacerdote y al poco tiempo llegaba detrás, irremisiblemente, como un apéndice malquisto o una mala sombra de su conciencia. Envuelta su cabeza en un pañuelo negro, se aparecía en mitad de una misa, entraba a la nave en puntillas y, tras santiguarse, se acomodaba en el lado izquierdo de la última fila de asientos; desde allí, mientras él celebraba el Santo Oficio, ella se daba en observar a las niñas asistentes preguntándose con pena a cuál de ellas, Dios bendito, este cura infame le estará haciendo lo que me hacía a mí.

Cuando pequeña nunca tuvo fuerzas para contarle a nadie lo que le hacía el cura. Encontraba que era demasiado impío, demasiado bestial, que ni los animales eran capaces de perpetrar esa clase de extravíos que él le infligía. Y todas esas aberraciones el maldito las llevaba a cabo en la misma iglesia, delante del Cristo crucificado y de la Virgen del Carmen, cuestión que lo hacía aún más terrible para una niña como ella, que soñaba con llegar a convertirse en santa. Aunque en el último tiempo le sucedía algo extraño: a veces, en medio de sus ocupaciones carnales, mientras miraba la imagen de su Virgen por sobre el hombro del que la cabalgaba, se ponía a pensar atónita si acaso el ejercicio de la prostitución no sería también, en el fondo, una especie de santidad, ¿por qué no?

En el último traslado del cura le había costado enterarse de su destinación. Después, al saber que era a una de esas perdidas salitreras en el desierto más atroz del mundo, de ningún modo se amilanó. Todo lo contrario. Se dio a la tarea de hacer embalar su imagen sagrada con mucho más cuidado que antes —en un cajón de tablas de pino atado con zunchos y relleno de paja— y se fue tras sus pasos. Implacable como siempre. Por única seña llevaba el nombre del cantón —cantón Central le habían dicho—, y que estaba emplazado al interior de Antofagasta. De modo que antes de arribar por fin a La Piojo y dar con el cura, había recorrido siete oficinas salitreras arrastrando el cajón, del tamaño de un ataúd, con el peso de su Virgen y sus candelabros de bronce.

Aunque al principio tenía muy claro por qué iba tras el sacerdote, al ir pasando el tiempo esa claridad se le fue diluyendo, se le fue desvaneciendo como en la memoria el paisaje y los rostros de la gente de su pueblo —incluidos los de sus padres adoptivos, ya muertos—, y ahora mismo ya no estaba tan segura de su inspiración verdadera. Ya no sabía si lo que la estimulaba a seguir al cura era el impulso del odio o el envite del amor. No sabía si le seguía las huellas con el encarnizamiento de una víctima acosando a su verdugo, o con la mansedumbre de una oveja que va en pos de su pastor. O tal vez todo era más sencillo, Virgen Santa, y sólo lo hacía aguijoneada por el cariño ancestral con que una hija bastarda busca por la vida a su progenitor desconocido.

Magalena Mercado volvió de sus recuerdos embargada por una sensación que rebasaba su interior y le volvía de aceite los huesos. Con su espíritu pulido por la melancolía, se sentía liviana, casi incorpórea.

Sintió deseos de llorar.

Toda su vida había sido blanda de ojos.

Recordó lo que su padrastro, don Edénico, solía decirle cuando era una niña que le temía a la oscuridad y rompía en llanto al llegar la noche. Que si la niñita lloraba porque el sol se había ido, le decía don Edénico, las lágrimas no la iban a dejar ver las estrellas.

Al terminar de beber su té, Magalena Mercado dijo que ya era hora de dormir. Don Anónimo le deseó buenas noches, cargó al hombro su colchón cochambroso, tomó su pala y su escoba y cruzó la línea férrea para instalarse junto a la animita. Antes de echarse bajo el algarrobo —que parecía una mano crispada emergiendo desde las arenas—, ni siquiera se persignó ante el templete de lata ennegrecido por el humo de las velas. Al parecer, el hombrecito no tenía ningún miedo a lo sobrenatural o no había oído lo que se decía sobre el ánima en pena del finado. Pues, aunque los caminantes que cruzaban esos parajes durante el día se arrodillaban sin problemas ante la animita a rezar por el alma del niño Lorenzo, por las noches la rehuían medrosos, sobre todo cuando había luna llena, porque se decía que entonces se podía oír clarito en el aire la voz del joven cantor entonando sus lánguidas canciones de amor, acompañado por las notas de su guitarra roja.

A la mañana siguiente, al pasar el primer tren Antofagasta-Bolivia, don Anónimo ya no estaba bajo el árbol. Se había ido temprano con sus herramientas a barrer las inmediaciones del desierto. El maquinista, al que en Pampa Unión le habían advertido de lo que iba a ver en el cruce de La Piojo (la bulla de la puta beata instalada con su catre en plena pampa ya estaba recorriendo todo el cantón Central), aminoró la marcha del convoy y la saludó con tres silbatos alegres de su locomotora humeante, mientras el carbonero hacía maromas en el techo para no perderse detalles y los pasajeros, exaltados de asombro, se asomaban por las

ventanillas de los coches gritándole cariñosas concu-
piscencias de cama.

Ella, de pie junto a su catre de bronce —capita-
na junto a su navío varado en la arena—, les retribuyó
haciendo señas de adiós con un pañuelo de seda de color rojo, y dedicándoles una beatífica sonrisa —lujurio-
samente beatífica— de santa patrona del desierto.

23

La Voz de la Pampa
Sábado 27 de diciembre de 1942

En medio de un gran revuelo, los habitantes de Pampa Unión se han enterado de la presencia en el pueblo de un personaje que con su estampa de profeta nómade no deja indiferente a ningún cristiano. En sus diez años de peregrinaje ha recorrido el país de ida y vuelta, al menos catorce veces. Con él charlamos de lo divino y de lo humano. A veces nos daba la impresión de estar hablando con un iluminado, otras percibíamos atisbos de candidez en sus palabras, sobre todo cuando sacaba a relucir sentencias y pensamientos de su propia autoría. En un par de ocasiones hubimos de recordarle que esto era una entrevista, pues se nos largaba a predicar o a recetarnos yerbas medicinales. Lo que sí podemos decir es que una extraña fuerza irradia de su persona. Nos referimos a Domingo Zárate Vega, más conocido por todos como el famoso Cristo de Elqui.

¿Prefiere que le diga Cristo de Elqui o que lo llame por su nombre verdadero?
Rara vez, hermano, más bien casi nunca, me han nombrado por mi nombre. En todas partes donde voy se me llama el Cristo de Elqui. Soy en verdad, como lo ha escrito la revista *Ercilla*, el «legendario» Cristo de Elqui, más conocido que el Palqui.

¿Había pasado antes por nuestro pueblo?

En los años que llevo misionando he tenido la oportunidad de recorrer sus calles un par de veces ensalzando el nombre del Padre Celestial. Y lo que entristece mi espíritu es que las jerarquías eclesiásticas de Antofagasta aún se opongan a levantar una iglesia. Según me he enterado, el fallecido monseñor Silva Lazaeta decía que este pueblo no merecía una iglesia por ser un antro del vicio y la perdición. Yo digo, hermano, que precisamente por eso debería de alzarse una. Anoche tuve el honor de cenar con la afable esposa del sargento de Carabineros, la señora Isolina Otero de Vergara, y ella me decía cuánto les duele a todos la falta de una Casa de Dios. Es una pena que los hermanos unioninos no tengan el privilegio de oír una campana de iglesia, ese armonioso sonido capaz de producir el milagro de que, en un mismo instante, registren el mismo sentimiento mil corazones distintos.

¿Es usted católico o protestante?

Yo, hermano mío, he respetado y respetaré de veras todas las creencias y a todo idealista y pensador. Nunca he deseado fanatizar mis ideas; por lo mismo, nunca he querido pertenecer a ninguna iglesia, secta o círculo religioso. He sido, soy y seré un librepensador. Además, soy un convencido de que es la fe y no el Dios lo que importa. Pero tampoco se debe olvidar que la fe sin obra es como una guitarra sin cuerdas.

¿Cuánto tiempo lleva recorriendo el país predicando su evangelio?

Un poco más de diez años. He predicado y dado conferencias en los lugares más improbables. Incluso he visitado muchas cárceles del país procurando, con palabras consoladoras, llegar al corazón de esos seres que por diferentes motivos están allí purgando delitos o faltas, a veces que ni siquiera han cometido. La cárcel, hermano mío, es la casa del jabonero. Esto me recuerda que cristianos hay en la viña del Señor que se jactan de no hacer el mal. «Yo nunca le he hecho mal a nadie», dicen muy orondos, pero tampoco hacen el bien. Y de cierto os digo que el solo hecho de no hacer el bien, pudiendo hacerlo, ya es un mal del porte de un acorazado.

¿Y no teme que alguna vez le ocurra algo malo en su peregrinar por los caminos?
¿Algo como qué, hermano?

Que lo hieran o lo maten, por ejemplo. O, por último, que se contagie de alguna enfermedad.
Eso lo dejo en manos del Omnipotente, pues, como se sabe, en esta tierra no se mueve una hoja sin su santa voluntad. Sin embargo, le puedo decir que en este mundo hay dos razas de hombres: a los que les sienta la vida y a los que les sienta la muerte. Y yo, hermano mío, pertenezco a la raza de los que les sienta la muerte, que son los mártires.

¿Es verdad que a la par con hacer milagros de sanación, también receta yerbas medicinales?
Sí, por qué no, las yerbas medicinales también fueron creadas por el Padre Celestial. Muchos no saben, por ejemplo, que la ortiga común purifica la sangre, que el cilantro cura las afecciones hepáticas, que el boldo es bueno para el hígado, que el precioso árbol del chirimoyo, además de su exquisito fruto, tiene la cualidad de que sus hojas son uno de los mejores remedios para las afecciones del corazón. Y así, querido hermano, puedo estar horas enumerando las bondades de las yerbas medicina-

les. No hay que olvidar, eso sí, que todos estos remedios se deben hacer y dar en el nombre del Padre Eterno, que al final es Él quien cura los males.

¿Cómo lo reciben en los pueblos y ciudades donde llega a predicar?
Lo mismo que los apóstoles de Jesús de Nazaret fueron perseguidos, yo también he sufrido lo mío, cómo no. Pero tal cual digo en una de mis máximas: «Con experiencias se aprende a vivir». Muchas veces he llegado a un pueblo y no he hallado una miserable cama donde tirar mis huesos. Todas las puertas se me han cerrado. Al verme vestido con mi humilde sayal, los dueños de hoteles han creído que iba a pedir hospedaje de caridad. Aunque muchos no me reciben por sus ideas contrarias a las mías. Incluso, algunos han tenido la inconciencia de cobrarme el doble del valor. Teniendo a la vista la cartilla de precios del Servicio de Turismo. Y más encima se molestan cuando uno les reclama y contestan como si fueran grandes patrones. Qué sería de ellos, digo yo, sin los viajeros, pues la mayoría no tienen otra cosa de qué vivir sino del negocio de su hotel. Esos cristianos no se dan cuenta de que en este mundo no somos nada y que cada vez empeoramos.

Debe de ser triste para un enviado de Dios sentirse humillado de esa manera.
Todos arrastramos nuestra cruz por la vía, hermano, unas más pesadas que otras. En mi caso, sin embargo, no todo es negativo. Muchas veces, cuando he tenido dificultades de esa naturaleza, he recibido la generosa ayuda del cuerpo de Carabineros, y he podido pasar la noche bajo techo en algún calabozo de sus cuarteles. Por eso es que guardo enorme gratitud a los servidores de esta noble institución. Ni los sacerdotes ni los pasto-

res evangélicos, que se dicen los representantes de Dios en la Tierra, han tenido tan generosa atención con mi persona.

¿Considera su vida como un vía crucis?

Con sincera emoción me he preguntado a veces cómo Dios ha podido darme la resistencia que me ha dado para soportar tantas dificultades. Son miles de kilómetros los que he recorrido con grandes sacrificios, sufriendo en el alma las humillaciones de aquellos seres que viven olvidados del amor al prójimo. Pero siempre me ha reconfortado el recuerdo de mi madre, que se traslucía en mí como un rayo celestial. Es tanto mi amor por ella que, sólo para probar mi voluntad, he pensado extender el tiempo de mi promesa hasta más allá de los veinte años.

¿Es usted un santo?

De cierto os digo, hermano mío, que así como el niño está obligado a hacerse hombre, el cristiano está obligado a tratar de hacerse santo. Aunque debo decir que en este mundo los santos esculpidos ejercen mayor influencia que los de carne y hueso.

Hablemos de los inventos, uno de los temas recurrentes en sus prédicas. Usted ha dicho que los últimos inventos les están haciendo daño a los cristianos.

No todos los inventos son malos. Según mi concepto, todo invento destinado al progreso de la Humanidad es bueno, y el inventor digno de ser admirado; pero no por eso estos inventores deben creerse todopoderosos. Ahora bien, tampoco son aceptables los inventos que destruyen y matan, pues ésos no son inspirados por el Dueño de las Buenas Sabidurías. Yo admiro los aviones, el telégrafo, el teléfono y las tantas cosas que se hacen en las fábricas y maestranzas, que es largo de enumerar. Pero es la radio lo que más admiro. Con este maravilloso invento, los seres se pueden comunicar a todos los confines del mundo, con voces y palabras nítidas. El problema es que algunos tienden a divinizar los inventos. Aunque algo de razón tienen. Porque hasta a mí de pronto me dan ganas de persignarme ante la imagen de una locomotora atravesando la llanura, o de arrodillarme ante la belleza indescriptible de una ampolleta eléctrica encendida.

¿Y qué opinión tiene del cinematógrafo? ¿Le gustan las películas?

Así como el Padre Eterno me ha dado la oportunidad de predicar a través de las ondas radiales, no pierdo la fe en que algún día pueda cumplir el sueño de sacarme una película, como también grabar discos para difundir mis pensamientos. Pues así como vemos películas de poco fondo moralizador o instructivo, así también escuchamos discos que nada valen, porque la gente se conforma con saber que son grabados por artistas famosos.

¿Qué mensaje le daría a los cristianos que van a leer esta entrevista?

Que no pierdan la fe, porque la fe es el principio de todo bien. Aunque la moderna humanidad crea lo contrario, sin fe somos ciegos, sordos y mudos; sin fe somos una nulidad, un subterráneo sin luz, un reloj sin minutero. Y aquí aprovecho de decirles a los hermanos obreros de La Piojo que confíen en el Padre Eterno. Él les ayudará a solucionar el conflicto en el que se hallan inmersos. El que habla tuvo el honor de conocer a don Luis Emilio Recabarren, primer valiente que se lanzó por entre las masas predicando la justicia para el proletariado. El asalariado de la pampa vivía en perpetua humillación. Se le consideraba un esclavo en el trabajo. Ni con el sombrero en la mano lo oían los patrones. No había derechos. No sabe la gente de las ciudades cuánto ha costado a los veteranos de esas luchas conseguir lo que hoy está constituido en las leyes laborales. Costó sacrificio, sangre y muerte.

¿Algún proverbio o pensamiento nuevo, Maestro?
«La franqueza es la llave de la buena amistad.»
«La honradez es un palacio de oro.»
«Las aves del cielo son más felices que los grandes millonarios, a pesar de dormir en sus patitas y cubiertas sólo de sus plumas.»
Y uno que el Padre Eterno me reveló hace sólo unos días, mientras evacuaba mi vientre en plena pampa rasa: «Buen remedio es para la soberbia del hombre volver la cabeza de vez en cuando y contemplar su propia mierda».

24

Era el mediodía del viernes 26 de diciembre cuando el Cristo de Elqui saltó desde el tren en marcha en la Animita de los Desterrados. El maquinista, con medio cuerpo afuera, había ido aminorando la velocidad a medida que se acercaban al cruce, y mientras hacía sonar los tres silbatos en señal de homenaje a esa mujer increíble —y el carbonero, desde la baranda lateral de la locomotora, en mortales equilibrios de acróbata, saludaba con la gorra en alto—, los pasajeros se asomaban por las ventanillas del lado oriente para ver a la puta beata y su catre de bronce encallado en las arenas de la pampa.

El Cristo de Elqui, embarcado en Pampa Unión, saltó desde la pisadera del primer coche trastabillando un par de metros antes de quedar parado a la orilla del terraplén. Con su bolsita de azúcar bajo el brazo —repleta de nuevos impresos—, se quedó contemplando el estrambótico campamento de la meretriz emplazado en medio de la nada. Encandilado por un sol al rojo blanco, le costó un buen rato creer lo que veían sus ojos. «Sí, esta mujer es bíblica», se repitió para sí, mientras a su espalda oía pasar el traqueteo de los coches alejándose y los gritos alegres de los pasajeros llamando por su nombre a la prostituta. Ella, ocupada con uno de sus feligreses, apenas asomó una mano por entre el cortinaje de su catre batiendo su rojo pañuelo de seda.

Al terminar de pasar el convoy con sus siete coches, alejándose humeante hacia la ciudad de Calama, el Cristo de Elqui recién se vino a percatar del grupo de hombres reunidos junto a la animita, al otro lado de la línea, bajo la escuálida sombra del algarrobo. De sombrero y trajes domingueros —todo día no trabajado era como domingo para los obreros pampinos—, los hombres aguardaban su turno para ser recibidos en el tálamo de Magalena Mercado; aguardaban el campanazo fumando y charlando sobre las últimas noticias y acontecimientos en torno a la huelga, la que hasta el momento seguía sin novedad y sin ningún asomo de arreglo, por lo menos no antes de Año Nuevo. El señor administrador se negaba con tozudez a atender las peticiones del pliego y los obreros seguían sin aflojar un ápice. «No hay que entregar la oreja, compañeros», se daban ánimo los hombres.

Al costado de la huella de tierra, en medio de la reverberación de las arenas ardientes, se veía estacionado el camión de don Manuel, dos autos de arriendo, que bien podrían ser de Pampa Unión o de Sierra Gorda, y, aparcada junto a la línea férrea, una volanda de tracción animal. Lo que ocurría era que no sólo estaban viniendo los hombres en huelga de La Piojo —embarcados en el camión de don Manuel le traían agua, carbón y algunos comestibles—, sino que habían comenzado a llegar algunos feligreses de otras oficinas y pueblos circundantes, atraídos por la bulla de la puta beata. A estos últimos, por supuesto que ella no les daba crédito, no los anotaba en su cuaderno grande, ellos tenían que pagar la tarifa de sus amores al chinchín.

Mientras la hermana Magalena terminaba de atender a la fila de machos cabríos, el Cristo de Elqui optó por subir a la pequeña colina y allí esperar a que se desocupara. Lo hizo sobre todo porque algunos hombres de La Piojo habían comenzado a mirarlo mal y a despotricar en contra de su persona, diciéndoles a los otros que este atorrante con polleras, este guasamaco del carajo, que vino a llevarse a la Maguita, es el único culpable de su destierro.

Sentado sobre la colina, el sol en ángulo recto sobre su cabeza, las piernas cruzadas en la posición de loto, escarbándose las narices beatíficamente, se quedó contemplando la redondela mundial del horizonte. El único ruido que llegaba a sus oídos era el suave silbido del viento que comenzaba a correr ya en la pampa y, cada seis o siete minutos, el repique de la campana llamando al siguiente de la fila. Seis o siete minutos era lo que se demoraba la meretriz en despachar a cada uno de los machos.

Pasado un rato, tal vez por un campanazo más potente que los demás, despertó de su honda contemplación (él gustaba decir que era el «chirlito de un ángel» lo que, de pronto, en medio de sus abstracciones, le hacía volver el alma al cuerpo). Miró a su alrededor como sorprendido. El desierto y su desolación infinita le parecieron como recién descubiertos. Rodeado de reverberaciones azules, se vio a sí mismo como un náufrago en medio de un mar evaporándose, sublimándose, un mar absorbido por las arenas ardientes.

Volvió su atención al campamento de la meretriz.

Aún no le podía entrar en la cabeza lo que estaba viendo.

Esa incredulidad le hizo recapitular algunos de los sucesos más extraños de su vida de profeta trashumante y concluyó que de todo lo visto y vivido en sus diez años de penitencia, esto era, lejos, lo más insólito que le había ocurrido: estar allí, en medio del desierto más triste del mundo, sentado en la cima de una colina, esperando el sí de una prostituta con arrestos de santa, mientras una fila de machos cabríos, al tañido de una campana, la iban fornicando de uno en uno.

Fijó su atención en la fila de hombres amontonados allá abajo, junto al algarrobo de la animita, y cayó en la cuenta de que la altura donde se hallaba era un lugar privilegiado para predicarles, para hacer llegar hasta sus almas el mensaje de sus consejos y sanos pensamientos en bien de la Humanidad. La colina era lo más parecido a la montaña que el Divino Maestro debió de subir para echar a volar su sermón imperecedero. Se arrodilló entonces en la arena y oró al Padre Eterno rogándole, Santo Dios, Santo inmortal, Santo fuerte, Santo protector, Luz del Mundo, que le diera fuerzas, que le diera aliento, que le diera sabiduría para sembrar su semilla allí, en medio de este páramo penitenciario. Cuando se incorporó, tomó aire, abrió los brazos como si fueran alas y, ante el pasmo de los hombres que lo miraban haciendo visera con las manos —«Este loco querrá volar de nuevo, paisita»—, como tocado por la chispa divina se lanzó a gritar su evangelio a todo pulmón, y el que tenga oídos para oír que oiga y el que tenga entendederas para entender que entienda y el que tenga corazón para sentir que sienta, porque ésta es palabra santa, palabra verdadera, palabra de Dios.

Magalena Mercado terminó su jornada casi al anochecer.

El último feligrés que atendió fue un obrero de la oficina Anita, un patizambo de baja estatura y torso ancho que, aun arreglándose los tirantes elasticados, se encaramó corriendo en la volanda donde otros obreros lo esperaban gritándole obscenidades. Sólo entonces el Cristo de Elqui se animó a bajar de la colina y allegarse hasta el minúsculo campamento.

—Buenas, hermana, bendiciones para usted.

Ella respondió su saludo con una reverencia:

—Buenas, Maestro.

No parecía sorprendida de verlo.

Tras saludarla, el Cristo de Elqui le pidió su beneplácito para quedarse allí, con ella, en el Cruce de la Animita.

Magalena Mercado le dijo que la pampa era libre, Maestro, y que si quería quedarse a vivir bajo el toldo del cielo, no había problemas, que a lo mejor hasta fundaban un nuevo pueblo. Luego, sin un asomo de sarcasmo, agregó:

—¿Cómo le pondríamos, Maestro? ¿Sodoma o Gomorra?

El Cristo de Elqui la miró sin decir nada.

Esta mujer lo perturbaba como la serpiente del paraíso.

Luego de dejar su bolsita por ahí, se acopló humildemente a ayudarle a don Anónimo. El anciano recién había llegado de su recorrido por el desierto y en ese rato partía algunos trozos de carbón. Entre los dos encendieron el brasero, pusieron agua en la tetera y se sentaron a esperar a que hirviera.

—El agua no hierve si se la mira —masculló de pronto el Cristo de Elqui, viendo que el anciano, sin dejar de desgranar su silbidito de orate, no quitaba la vista de la tetera.

Luego, anocheció.

Al emerger la luna, grande como un lavatorio de loza, la pampa se hizo fantasmagórica. Todo pareció galvanizarse. Sentados alrededor de la fogata, en silencio, subyugados por el fulgor del paisaje, los amigos parecían ser los primeros colonos de un planeta sonámbulo.

—El carbón está muy chisposo —dijo de pronto, como para sí, don Anónimo, sin quitar los ojos del brasero.

Magalena Mercado, a punto de servir el té, lo desechó, hizo un mohín de picardía y dijo que la noche estaba especial para tomarse un cafécito con «malicia».

—¿No le parece, Maestro?

—Me haría bien para la muela —aceptó el Cristo de Elqui—. Aunque ya casi ni la siento.

Mientras Magalena Mercado abría la botella y vertía una porción de aguardiente en su taza y otra en la del predicador, contó que ese día un trompetista de pelo colorado, con su trompeta desnuda en la mano, se había lanzado del tren en marcha para gozar de sus favores; el músico, que lucía una humita a lunares y tenía la mirada triste de los espectros (y andaba escribiendo *Golondrina* donde pillaba), al despedirse para seguir viaje a pie por la línea férrea, le había dejado la botella de aguardiente de regalo.

—¡A la salud del nuevo pueblo del desierto! —brindó jubilosa.

El Cristo de Elqui se extrañó de qué no le pusiera malicia al café de don Anónimo.

—A él le hace mal —le aclaró ella.

Sin embargo, cuando en medio de la conversación, luego de terminar con el café, casi sin darse cuenta comenzaron a tomar el aguardiente a sorbos, el Cristo de Elqui adivinó en los ojos del orate el ruego silencioso de que le pasaran, por favor, un ratito la botella.

—Un buchecito de aguardiente no creo que le haga mal a ningún cristiano —dijo como para sí.

Ella se dejó convencer y le alargó la botella al anciano. Don Anónimo, ansioso como un bebé con hambre, se mandó una gargantada que le hizo relampaguear los ojos.

Después, se la pasaron de nuevo.

Tras el tercer sorbo, el anciano se quedó quieto como una piedra. Sólo sus ojos, que brillaban extraños a la luz de la luna, parecían tener vida. Así estuvo hasta que, en un instante, se incorporó no sin cierta dificultad de la piedra en que se hallaba sentado y, sin decir palabra, tomó sus herramientas y se fue en dirección a la animita. Caminaba como elementado. De lejos se le vio manipular su colchón y echarse a dormir.

Al quedar solo con la meretriz, el Cristo de Elqui, un tanto confuso, le manifestó que el aguardiente le alborotaba el chivo de una manera salvaje, mucho más que el vino. La verdad, hermana Magalena, le dijo ya de manera franca, más que alborotárselo, el aguardiente se lo enardecía, se lo encrespaba, se lo sublevaba.

—Qué le parece que hoy me deje probar su cama, hermanita, por el amor de Dios —se desfogó el Cristo de Elqui con lengua traposa.

Magalena Mercado guardó silencio.

Luego, como toda hembra que sabe sacarle partido a las urgencias del macho, le dijo que le iba a pedir algo a cambio de hacérselo «de todo corazón y sin remilgos», como le había oído decir en algún momento.

Lo que la hermana quisiera, bufó él.

Ella le pidió que primero le enseñara esa oración tan hermosa que le oyó decir en su casa, allá en La Piojo, el día que se quedó a dormir en la banca. ¿Se acordaba el Maestro?

Se lo pedía como un favor especial.

En ese momento, por acostarse con ella, el predicador hubiese sido capaz de enseñarle a enumerar las catorce generaciones bíblicas, una a una, desde Abraham hasta Jesús de Nazaret, sin saltarse ninguna. ¡Y en hebreo si ella así se lo exigía!

Sentados aún en sendas piedras, a ella le bastó oír tres veces la oración para aprendérsela de memoria. Después, con el regodeo de una niñita dando su primera lección escolar, la repitió en voz alta, sin equivocarse ni una sola vez.

Entonces se incorporó para cumplir su promesa.

El alcohol parecía no haberla afectado en absoluto. En un escorzo de danza cubrió el rostro de la Virgen con el terciopelo azul y bajó la llama de la lámpara de carburo. Luego, comenzó a desnudarse. En ese momento, transfigurada por la luz de la luna, al Cristo de Elqui le pareció de una belleza irreal, casi como un espejismo nocturno.

Magalena Mercado se desvistió con un ritmo y una lentitud estudiada, sabia, martirizante; lo hizo sin dejar de repetir en susurros la oración recién aprendida:

—Santo Dios, Santo inmortal, Santo fuerte, Santo protector, líbranos de todo mal... —terminó de quitarse el vestido de tafetán violeta— ... Verbo divino, Verbo eterno, Verbo salvador, líbranos, Jesús mío, de todo dolor... —se quitó la enagua de seda— ... Si no puedo amar, que no odie... —se quitó el sostén— ... si bien no puedo hacer, que no haga mal... —se quitó los calzones flamígeros— ... que en tu gracia santificante, Señor nuestro, nos guíes con tu luz... —los dejó izados como bandera de lujuria en una perilla de su catre de bronce— ... Que así sea por siempre. Amén... —y tocó la campana. La tocó como si se tratara de uno más de sus feligreses.

Él comenzó a arremangarse la túnica.

Ella le ordenó desvestirse completamente.

Titubeando como un jovencito primerizo, el Cristo de Elqui comenzó a quitarse la túnica. La imagen de la Virgen lo agobiaba como una madre severa y, además, no entendía cómo diantres, habiendo recibido a una caterva de feligreses, a esta mujer asombrosa le quedaran fuerzas para recibirlo ahora a él. Que se quitara también la camiseta y esos calzoncillos negros que eran capaces de matar la pasión más desmedida, le exigió ella. Se los quitó. El predicador estaba conturbado.

Nunca se había visto calato a la intemperie. Después, ella procedió a hacerle la ablución correspondiente con el agua tibia que sobró en la tetera —ablución que no por estar en plena pampa rasa y con escasez de agua, había dejado de llevar a cabo con cada uno de sus feligreses—, y sólo entonces lo autorizó a subir a su cama.

El Cristo de Elqui se encaramó en el catre de bronce dando las infinitas gracias al Altísimo, pues hacía tiempo, ya no sabía cuánto, Diosito Santo, que no fornicaba con una mujer así de joven, así de bella, así de sabia para las cosas carnales, desnudo como Dios manda y en una cama con sábanas arriba y abajo. La mayoría de sus fornicaciones eran más bien trámites de emergencia llevados a efecto a orilla de un camino rural, debajo de un puente o entre las rocas de alguna playa solitaria; y siempre con la ropa puesta, sólo arremangándose la túnica y arreándose los calzoncillos negros; y las mujeres, en su mayoría, no eran sino torpes empleaditas domésticas que olían a fregadero, o acólitas con cara de rana, carnes fofas y un olor a cirio derretido saliéndole por cada poro del cuerpo (aunque él no olía precisamente a nardos, el hedor de su cuerpo de profeta caminante era para estas acólitas el verdadero «olor de santidad» de un elegido de Dios). Hacía tiempo, Padre Santo, que sus oídos no oían el crujir concupiscente de un somier de alambre, que sus narices no olían un perfume tan olorosito, una fragancia tan pecaminosa, demasiado tiempo que sus manos no acariciaban una piel tan suave como la de esta mujer que gemía, que chillaba, que aullaba como una posesa entre sus brazos, que se le enroscaba a sus huesos fosforescentes como una culebrita de campo, que lo arañaba, lo mordía, lo besaba, lo chupaba hasta el delirio, haciéndole sentir tal fuego en sus entrañas, que él no sabía si se estaba quemando vivo a las puertas del infierno o estaba alcanzando las entretelas de la más alta gloria de Dios; gloria que lo hacía entender de golpe esas largas filas de feligreses aguardando como gatos flacos a la puerta de la pulpería por los favores de esta puta santa, o de esta santa puta, porque eso era esta hembra del carajo, sí, Dios bendito, eso era ella: la más santa de las putas o la más puta de las santas; santa puta o puta santa que en esos precisos instantes, en menos de siete minutos, como en un vértigo mortal, como en un remolino de brasas removiéndole las entrañas, lo hacía bufar de placer, desfallecer de placer, morir de placer, sí, Padre mío, Rey mío, Luz Divina del Mundo, apiádate de tu siervo en esta bendita y dulce hora de su muerte, amén.

Al caer de espaldas en la cama, desfalleciente, extenuado hasta la palidez, el Cristo de Elqui vio la cabeza de don Anónimo asomada por entre los pliegues del palio, con sus ojos de orate salidos de las órbitas y babeando de depravación. Cuando le preguntó atónito qué carajo estaba haciendo ahí, hermano Anónimo, el anciano demente, como poseído por una legión entera de demonios, mirando fijo a Magalena Mercado, se puso a gritar a todo pulmón: «¡Préstame la palmatoria, puta culiá!», al tiempo que echaba a correr hacia la colina, hacia «mi pequeña montaña del Sermón de la Montaña», como la llamaba el Cristo de Elqui.

Completamente desnudo, cayéndose y parándose, el anciano corría colina arriba como envuelto en llamas, a tramos gateando, a tramos incorporándose, a tramos arrastrándose como una lagartija, pero sin dejar de gritar insultos y repetir como un energúmeno:

—¡Préstame la palmatoria, puta culiá!

25

En los días posteriores, dos cosas trastocaron la rutina en el Cruce de la Animita. Primero, el alzamiento de una gran cruz de durmientes en la cima de la colina, construida por el Cristo de Elqui —secundado por don Anónimo—, y segundo, la misteriosa desaparición del anciano.

El lunes 29, como de costumbre, don Anónimo había salido por la mañana con su pala y su escoba al hombro y no volvió más. El predicador y la meretriz lo esperaron toda la noche en vigilia junto a la fogata, y al día siguiente salieron varias veces a buscarlo por las inmediaciones del campamento, pero no pudieron hallarlo. Incluso, en los días siguientes algunos de los hombres de La Piojo que llegaron a verla —después de ratificarle que no, Maguita, que por la oficina tampoco se le había visto— ayudaron preocupadamente en la búsqueda. Pero fue en vano, el anciano pareció haber sido tragado por la pampa.

Magalena Mercado, además de otear el horizonte mañana y tarde desde la cima de la colina —a veces confundiendo el silbido del viento con el de don Anónimo—, preguntaba a cada hombre que llegaba a verla, no importaba de dónde viniera, si por casualidad, señor, no había visto por ahí a don Anónimo, el hombrecito de la pala y la escoba.

—Sí, señor, el de la nariz ganchuda.

—Sí, sí, caballero, el del chaleco de fantasía.

Pero aunque casi todos aseguraban conocerlo, nadie lo había visto en las últimas jornadas ni podía dar noticias del anciano. Ni los que venían en el tren ni los que llegaban por otros medios.

Como se había hecho costumbre que el tren aminorara la marcha al llegar al cruce, y que cada vez dos o tres pasajeros saltaran desde los coches a engrosar la fila de los que aguardaban turno junto a la animita, ahora último, contraviniendo todas las normas ferroviarias, el maquinista había optado por detener el tren completamente, por un minuto, y así evitar que los hombres saltaran corriendo y pudieran accidentarse (además, así contemplaba mejor a esa mujer increíble, vestida sólo con un camisón transparente, y con eso se daba por satisfecho, ya que no podía bajarse a hacer la fila). Ahora sucedía que al detenerse el tren, los que venían a gozar de los amores de la meretriz bajaban furtivamente por el otro lado del convoy, esto para no ser blanco de las bromas de los demás pasajeros que, alborotados y alegres, se asomaban a las ventanillas asombrados de esa puta loca y su catre de bronce en medio del desierto.

Y aunque el grueso de los parroquianos eran obreros de La Piojo, con derecho a sus amores de fiado, igual seguían apareciendo hombres de Pampa Unión (algunos fiesteros del pueblo pagaban taxis para venir a verla) o patizorros de las oficinas Filomena, o tiznados de Perseverancia, o empleados de escritorio de la oficina Araucana o de la Curicó, que eran las más cercanas al cruce. Y no sólo en tren llegaban estos feligreses urgidos, sino que aparecían en cualquier tipo de locomoción que hubiese a mano: en volandas de vela, en carretas tiradas por mulas, en bicicletas o caminando a pie por las llanuras de muerte del desierto. A veces, desde las calicheras cercanas, haciendo abandono de su trabajo, cuadrillas completas de obreros se venían a hacer la fila debajo del algarrobo. Hasta de Sierra Gorda apareció una tarde un anciano al que le faltaba un ojo y que, mientras esperaba, ganó todas las partidas de damas, de dominó y de brisca, pues mientras aguardaban debajo del algarrobo, a los hombres les había dado por entretenerse con los juegos de azar que se jugaban en las fondas y en los salones del sindicato.

Hasta el lunes de la desaparición de don Anónimo, la rutina en el campamento parecía invariable. El primero en levantarse por la mañana era el mismo anciano. Luego de partir los durmientes, encender la fogata para hervir el agua, hacer aseo en el campamento y tomarse su tecito mañanero (con los invariables huevos revueltos que preparaba Magalena Mercado), se iba a barrer los alrededores de la pampa y no llegaba hasta la puesta de sol, extenuado y casi muerto de hambre. Después de lo ocurrido a causa de los tragos de aguardiente, el anciano parecía más alunado y más silencioso que de costumbre. A veces se quedaba mirando un punto en el aire largo rato, en completo silencio, olvidando incluso la cantilena de su silbidito de vagabundo.

Magalena Mercado se levantaba vestida sólo de un camisón transparente y se quedaba así todo el día (sólo se ataviaba como corresponde por la tarde, al terminar de atender al último de sus feligreses y luego de lavar su cuerpo por presas). Después del desayuno, y tras tirarle algo de comer a Sinforosa, sacudía y ordenaba su altar, acomodaba la vestimenta de la Virgen, ordenaba las flores y encendía los cirios. Luego, comenzaba a prepararse para recibir a los cuatro o cinco parroquianos perdidos que se aparecían por la mañana, pues el grueso de sus feligreses comenzaba a llegar después de la siesta.

Para capear el sol mortal de mediodía había levantado un toldo con frazadas y sacos harineros, bajo el cual instaló la mesa y las dos bancas. Allí preparaba el almuerzo con las pocas vituallas que le traían sus devotos de La Piojo. «El día que fallen los víveres nos comemos a Sinforosa y ya», decía en son de broma, y se quedaba contemplando con cariño a su gallina ponedora que, amarrada a una banca, picoteaba aquí y allá las migas de pan duro, daba unos pasitos, enarcaba el cogote y se quedaba parada en una pata, igual que ella cuando era una niña y jugaba al luche sola en la vereda de su casa, allá en su pueblo natal, y con la peña en la mano permanecía largo rato sostenida en un pie, como arrobada, mirando la cruz del campanario de la iglesia.

El Cristo de Elqui, por su parte, ocupaba su tiempo leyendo la Biblia y orando al Padre Eterno en la cima de la colina, ahora último a la sombra de la cruz de durmiente que plantó justo en el lugar en donde había exorcizado a don Anónimo. Con la ayuda del mismo anciano, a la mañana siguiente de haberlo librado de los demonios, construyó la cruz con dos durmientes que halló tirados cerca de la animita. Los subió a la colina de a uno, cargándolos al hombro lo mismo que Jesús de Nazaret cargó los maderos de su cruz. Los amarró con alambres oxidados y los remachó con clavos de línea de los que don Anónimo halló un montón en la grava de la línea férrea. Los clavos los clavó a puro golpe de piedra. Luego, ayudados por Magalena Mercado, entre los tres alzaron el símbolo cristiano —que medía más de dos metros de alto— y lo empotraron en un hoyo hecho con la pala de don Anónimo. Ahora ya no era su montaña del Sermón de la Montaña, ahora era su monte Calvario. Y en verdad, a la hora del crepúsculo, recortada contra un horizonte de sangre, la cruz en la colina se asemejaba terriblemente a la levantada en el Gólgota.

Desde ahí arriba, a la hora en que se juntaban más hombres aguardando turno debajo del algarrobo, al Cristo de Elqui le había dado por ponerse a predicar a voz en cuello. Como un frenético amante celoso (cada campanada llamando al siguiente macho la sentía como un gancho al hígado), sermoneaba en contra de la lujuria y la concupiscencia, pecados estos, hermanos míos, rugía jadeante, de los que había que cuidarse, pues ellos habían sido los causantes directos de que los ángeles destruyeran a fuego y azufre las ciudades de Sodoma y Gomorra. Sin embargo, en medio de tan espeluznantes reconvenciones, así como no queriendo la cosa, les dejaba caer algunos consejos prácticos y secretos caseros a base de yerbas medicinales para prevenir y curar las enfermedades de trascendencia social, como la gonorrea, por ejemplo, hermanos, que como ustedes muy bien saben es el azote de los hombres solteros de la pampa. Que para curar esta enfermedad infecciosa, aconsejaba —cambiando el tono apocalíptico por uno más doctoral—, se debía cocer, en dos litros de agua, una mezcla de yerba de la plata, espiga de choclo, raíz de espárrago, pingo pingo y pichi; luego, se debía beber una taza de esta infusión antes de cada comida, y ya verían ellos los resultados sorprendentes. Pues, como deberían saber todos, el pichi —sólo por nombrar uno de los ingredientes— era una de las plantas más curativas del territorio nacional, tanto así que era usado por los indios para curar incluso la sífilis. Sin embargo, hermanos míos, todas estas infusiones terapéuticas se debían ingerir con fe y después de elevar una oración al Padre Eterno, quien, en último término, era el que curaba y sanaba las enfermedades de este mundo. Al final terminaba recalcando, en medio de sus proverbios y sanos pensamientos en bien de la Humanidad, que lo mejor de todo, hermanos, era que cada uno tratara mejor de curar los males de trascendencia espiritual, que eran los que en verdad importaban a los ojos del Altísimo.

Por las noches, alrededor de la fogata, mientras se tomaban un tecito o un café boliviano, sin azúcar (o mientras ella se despiojaba augustamente con su peine de hueso), se largaban a conversar comúnmente sobre cuestiones de índole divina. Sintiendo el abejorreo de las estrellas arracimadas a un palmo de sus cabezas, el Cristo de Elqui, mezclando versículos de la Biblia y teorías científicas, gustaba de disertar sobre el misterio de la creación del universo, tema que apasionaba hasta el alelamiento a la meretriz, y parecía que al Loco de la Escoba también, ya que ambos bebían sus palabras con un silencio reverencial. La teoría de fondo del Cristo de Elqui en este asunto era que crear los abismos y las tinieblas debió ser tan difícil y grandioso como crear la luz y los cielos.

A medianoche, tras rezar su oración acostumbrada y bendecir a Magalena Mercado, el Cristo de Elqui se retiraba con su bolsita de azúcar a dormir bajo el algarrobo, junto al anciano que se recogía siempre antes que ellos. La meretriz lo dejaba entrar a su cama sólo por el momento, tal como a cualquiera de sus feligreses. Si no quería irse a dormir a la vera de la animita, le dijo después de la primera vez que fornicaron, tendría que hacerlo acurrucado junto a Sinforosa. Pero en su cama no.

—Simplemente no soportaría dormir con un santo toda la noche —subrayó categórica.

Además, después de lo ocurrido con don Anónimo, sólo le permitía entrar a su cama cuando éste se hallaba barriendo los alrededores de la pampa. Y, por supuesto, ahora ambos cuidaban de que el hombre no bebiera un solo trago de alcohol. «El aguardiente es su demonio», había dictaminado el Cristo de Elqui aquella noche de exorcismo.

Después de que el anciano saliera huyendo desnudo, vociferando insultos y blasfemias, el Cristo de Elqui, a petición de Magalena Mercado, había salido corriendo tras él, apenas cubierto con su capa de tafetán morado, logrando alcanzarlo sólo en la cima de la colina. Acezando como un potrillo herido, babeando espumilla, retorciéndose en la arena, don Anónimo no dejaba de patalear y chillar como un energúmeno. El predicador quiso cubrirlo con su capa, trató de calmarlo con algunos de sus proverbios y pensamientos en bien de la Humanidad, pero el hombre, hecho un tremolar de huesos, no entraba en razón. Además de golpearlo e insultarlo, ahora lo escupía. No quedándole más remedio, luego de pedirle perdón a Dios por lo que iba a hacer, el Cristo de Elqui lo redujo con una especie de llave de lucha libre que dejó al anciano con un brazo torcido a la espalda y resoplando boca abajo en la arena. Para asegurarlo, le puso una rodilla encima.

Había que ungir al hermano Anónimo.

La alta noche del desierto invitaba a invocar los poderes del Altísimo. El Cristo de Elqui puso su mano libre en la cabeza del anciano —con la otra le mantenía el brazo doblado a la espalda—, levantó la vista hacia las alturas y, clamando en voz alta, comenzó a ungirlo en el nombre del Padre Eterno, Dios Omnipotente, Señor de los Ejércitos, que tienes potestad contra todo engendro del mal, contra todo demonio y espíritu inmundo que haya entrado en el cuerpo de tu hijo Anónimo, que es también tu templo sagrado, un templo en donde los demonios no tienen arte ni parte. Por lo tanto, revestido del poder que me confiere el Espíritu Santo, en el nombre de Jesús de Nazaret, cuya sangre lava los pecados del mundo, ordeno a Satanás que libere inmediatamente a este hijo de Dios.

Lo de aquella noche había sido digno de testimonio. A la invocación de sus palabras, el poder de Dios Padre Todopoderoso habíase manifestado en toda su majestad y el anciano demente, como tocado de súbito por un rayo divino, apoyó la cabeza en su hombro y enseguida se durmió. Él pudo tomarlo entonces y llevarlo en brazos hasta la animita y acomodarlo en su colchón de hojas de choclos, donde se quedó ovillado como una guagua de pecho.

Del mismo modo que días atrás el pobre hombre lo había salvado de que los jotes se lo merendaran a picotazos en la pampa, ahora él, por intermedio del poder del Espíritu Santo, lo había liberado de las garras del demonio.

Un par de jornadas después de aquellos sucesos, en mitad de la noche, Magalena Mercado despertó sobresaltada. El sueño había sido horrible. Se levantó y fue a despertar al Cristo de Elqui. Se lo contó llorando: ellos se estaban tomando un tecito tranquilamente junto a la fogata, cuando de pronto se dejaba caer el Cheuto y su cuadrilla de vigilantes y, carabina en mano, los atacaban a sangre y fuego, igual que esas hordas de indios salvajes que se veían en las películas del oeste arremetiendo contra las caravanas de colonos. Que después de destruir y de incendiar su campamento, se iban disparando tiros al aire y aullando guturalmente, igual que los indios. Lo desconcertante del sueño era que estos malditos no se volvían por el camino de La Piojo por el cual habían llegado, no, señor, sino que, de pronto, bestias y jinetes comenzaban a elevarse en el aire y, en un horrendo estruendo de truenos y relámpagos, se perdían galopando en la negrura del cielo.

—Como los Jinetes del Apocalipsis —acotó ceñudo el Cristo de Elqui.

Entonces ella, siguió contando Magalena Mercado, herida de muerte, lograba incorporarse apenas y veía a don Anónimo caído a su lado, con su pala y su escoba atrozmente ensartadas en el pecho (su silbidito, como una delgadísima culebra transparente, yacía enrollado

232

a su lado). Después, al mirar hacia la colina, lo veía a él recortado contra las estrellas, agonizante, colgado en la cruz de durmientes como un corte de vacuno, clavado con oxidados clavos de línea. Era horrendo. Pero al subir la colina para desclavarlo, arrastrándose, llorando sin parar, se daba cuenta de que en verdad... de que en verdad, Maestro... no era él el crucificado.

—¿Y quién era entonces, hermana mía?

—Sinforosa —sollozó Magalena Mercado—. ¡Degollada y crucificada con las alitas abiertas!

A la noche siguiente fue el Cristo de Elqui quien no podía conciliar el sueño. Todo a causa de las voces que oía tronar en su cerebro y los destellos de revelaciones divinas que, como fogonazos de películas, habían vuelto con renovados bríos y se desplegaban maravillosas ante sus ojos.

Entonces se levantó y subió a la colina.

Sentado en la arena, las manos apretadas a las sienes, se quedó contemplando las constelaciones. La noche, delgada y pura, era la celebración del misterio y él se hubiera quedado allí hasta el final de los tiempos si la meretriz no se hubiera levantado y subido a buscarlo. Descalza, cubierta sólo con una de sus batas transparentes, Magalena Mercado llegó a sentarse a su lado en silencio. Luego de observarlo un buen rato sin abrir la boca, le preguntó solícita:

—¿Le duele la cabeza, Maestro?

El Cristo de Elqui, con sus manos siempre aferradas a las sienes, sin dejar de mirar el firmamento, le reveló solemne:

—Me duele el universo.

26

El 31 de diciembre, tres días después de la desaparición de don Anónimo, llegaron pocos hombres a ver a Magalena Mercado. Por la mañana no había llegado nadie y por la tarde no fueron más de cinco los feligreses que se apostaron a hacer fila bajo el algarrobo.

Al atardecer, mientras el sol comenzaba a declinar en el horizonte, pasado largo rato desde el último toque de campana, en los momentos en que la meretriz debatía con el Cristo de Elqui sobre si sacrificar o no a Sinforosa para la cena de Año Nuevo (el predicador decía que sí; ella que ni loca), vieron aparecer a lo lejos el camión de don Manuel. Primero fue un puntito negro acercándose por la huella de tierra, y por la gran nube de polvo que iba dejando atrás se podía calcular que venía a más de cuarenta kilómetros por hora. A medida que se acercaba, haciendo sonar machaconamente la bocina, se pudo ver que venía lleno de obreros hasta las barandas. Al detenerse el camión, ante el asombro de Magalena Mercado y el mosqueo del Cristo de Elqui (quien ya había perdido el debate sobre la gallina: no habría cazuela de ave para festejar el nuevo año), un tropel de obreros solteros, visiblemente achispados, bajó de la tolva descolgándose por todos lados, la mayoría con una botella de cerveza en la mano y gritando alborozados que el conflicto por fin se había arreglado, carajo.

—¡Mañana todo el mundo a trabajar, paisanito!
—vociferaban balbucientes los hombres, y alzaban y ha-

cían girar en los brazos a su puta regalona, mientras al Cristo de Elqui lo miraban con una mezcla de bronca y respeto; aunque no faltaban los que se burlaban haciéndole cómicas reverencias eclesiásticas. Ahora entendía, dijo Magalena Mercado, por qué ese día entre los que llegaron al cruce no reconoció a ninguno de La Piojo. Que estaban todos en la asamblea de término de conflicto, pues, Maguita, dijeron jubilosos ellos. Sin embargo, no todos venían contentos. Algunos llegaron despotricando puño en alto en contra de esa manga de cabrones, hijos del carajo, que eran los dirigentes sindicales, que habían vendido el conflicto sin asco, pues qué otra cosa significaba que luego de tanta lucha, tanta miseria y tanto alboroto, apenas habían conseguido un tres y medio por ciento de aumento en el salario, ¡una mierda!

—¡Lo que hay que hacer, ganchitos —decían blandiendo las botellas—, es sacar los cartuchos de dinamita de una puta vez y hacer volar la planta y la administración con Gringo y todo adentro!

Los más pacíficos, sin embargo, se resignaban enumerando algunos de los puntos menores conseguidos en el pliego, como, por ejemplo, el pago de medio pasaje en tren para los obreros que se fueran de vacaciones al sur; la contratación de un doctor de Antofagasta para que subiera a atender una vez por semana al consistorio de la oficina; poner pisos de tablas en la primera pieza de las casas de los obreros, y —algo inusual en la pampa— libertad para que los habitantes de la oficina recibieran visitas sin necesidad de que éstas quedaran registradas en el libro del campamento.

—Peor era mascar lauchas, compañeritos —decían con la voz traposa por las cervezas.

—¡Ésos son derechos básicos, ganchito! —retrucaban vociferantes los disconformes—. ¡Ni siquiera tendríamos que pelearlos en el pliego!

Y hacían estallar violentamente las botellas contra las piedras. Lo que sí les daba en las verijas a todos era el hecho inadmisible de que el gordo rijoso del pulpero iba a seguir en su cargo como si nada, pese a todos los testimonios de mujeres mancilladas. El punto sobre su destitución había sido imposible obtenerlo. El hijo de puta se había hecho compadre del administrador y con eso se había atornillado para siempre en el puesto como jefe de pulpería. Pero del mismo modo todos coincidían en el júbilo de dos puntos especiales que se habían logrado ganar: el primero, que recibirían un aguinaldo de Año Nuevo como pago por el término de conflicto, y el segundo —que los había hecho atiborrar el camión de don Manuel y venirse en patota hasta el Cruce de la Animita— tenía que ver por cierto con la prostituta y su permanencia en la oficina. ¡Ese punto, adendado a última hora en el pliego, también se había ganado, carajo! ¡Y sin la ayuda del cabrón del cura, que a última hora se cambió de bando! Por lo tanto, la Maguita linda podía volver a La Piojo cuando quisiera, berreaban eufóricos los obreros haciendo ruedo en torno a su chimbiroca tirada a monja.

—¡Ahora mismo si quiere me la llevo, cariño! —le gritó don Manuel desde la cabina del camión, subrayando su oferta con dos bocinazos largos.

Después se supo que la razón principal para levantarle la sanción a Magalena Mercado —además de la mala propaganda que le hacía a la oficina el escándalo de una prostituta con su cama en mitad de la pampa— era simplemente que la esposa del señor administrador no había llegado de Inglaterra, como le había anunciado, ni llegaría quizás hasta cuándo. Si es que alguna vez se venía. Por lo tanto, el mismo Gringo, sin ninguna presión por parte de los dirigentes, había dicho en la última reunión de la firma del acuerdo que, además, para demostrar su deferencia y buena disposición en las relaciones con sus obreros, dejaría que la señora aquella, la que dicen que tiene una imagen de la Virgen del Carmen, volviera a la oficina a ejercer el oficio que ejercía y a ocupar la misma casa que ocupaba. Todo esto pese a los reclamos airados del padre Sigfrido y a la resignación perruna del jefe de los vigilantes, ambos coaligados en contra de la prostituta. Pero Magalena Mercado no quería volver altiro a La Piojo. Ella no perdía las esperanzas de que don Anónimo pudiera volver, de modo que, por si acaso, quería pasar el Año Nuevo ahí, en la pampa.

Luego de convencerla de que era mejor volverse a la oficina (don Anónimo perfectamente podría aparecer en La Piojo atraído por los cohetes de fiesta, el ruido de los petardos y las llamaradas del salnatrón que se encendía a las doce de la noche sobre la torta de ripios), los hombres comenzaron a cargar las cosas entre todos, alegremente. Tal como cuando la desalojaron, la prostituta les pidió que, por favor, la cama fuera embarcada sin desarmarla, y no permitió que nadie tocara la efigie de la Virgen. Ella sola se encargó de desmontarla del mueble altar y subirla a la tolva. Cuando en un dos por tres el camión estuvo cargado con todos los cachivaches, el motor no quiso arrancar. Por más que don Manuel y luego cada uno de los hombres dieron vueltas a la manivela, una y otra vez, transpirando la gota gorda, no hubo caso. Despotricando contra el mundo y la burra overa que lo parió, don Manuel levantó el capote. Tras un rato de escudriñar cada pieza del motor con el ceño fruncido, rodeado de patizorros y tiznados que de mecánica no entendían un carajo, anunció un problema en el carburador.

—Lo único que queda por hacer —dijo— es ir a buscar un repuesto a mi casa.

Cuando en compañía de algunos hombres ya se echaba a andar de vuelta por el camino de tierra, apareció por el norte un convoy calichero. Los hombres se amontonaron todos en medio de la línea haciendo señas para que se detuviera. Algunos, de broma, se tiraron atravesados en la vía, y con el cuello en un riel. El maquinista se detuvo a ver qué demonios ocurría, y al enterarse del asunto ofreció llevar a don Manuel hasta la oficina.

—Nada más que a él —advirtió.

Pero junto al dueño del camión, y pese a los improperios del maquinista y a los esfuerzos del fogonero que quiso bajarlos a empujones, la totalidad de los hombres optó por volver a La Piojo en el tren y se tomaron la locomotora por asalto, encaramándose por todos lados.

La locomotora negra se fue como un árbol lleno de monos colgados, gritando y riendo bulliciosamente, agarrados de cualquier parte. Para esperar el regreso de don Manuel, a petición de la meretriz, el Cristo de Elqui encendió una fogata y puso la tetera. Ella, en tanto, bajó lo necesario del camión y cuando hirvió el agua preparó el té. Sentados en las mismas piedras que habían usado todo el tiempo, mientras bebían de la infusión, se largaron a conversar de sus vidas. Magalena Mercado le contó la historia de cuando era niña y quería ser santa, y de su fatal error de habérselo hecho saber al cura del pueblo, el padre Sigfrido. Sí, el mismo cura de La Piojo. Desde ese día ese gordo depravado, hijo del demonio, había comenzado a engañarla diciéndole que para ser santa, hijita mía, tenía que hacerle y dejarse hacer esto y lo otro, todas las perversiones que me hizo y me obligaba a hacer desde que era una niña de cuatro o cinco años, perversiones que jamás, en ninguna parte donde había ejercido su oficio, ni el más disoluto de sus feligreses le había hecho u obligado a hacer; ni siquiera las barbaridades que le cometía el Gringo Johnson para paliar su impotencia en la cama eran comparables a las iniquidades con que el cura mancilló su infancia. Por eso, Maestro, ella le había jurado a la Virgencita no dejarlo tranquilo ni a sol ni a sombra por el resto de su vida, en donde se encuentre y adondequiera que vaya, ahí estaré yo recordándole sus perversidades. Pero, sobre todo, haciendo que la duda de que yo pueda ser su propia hija le corroa por dentro como una rata negra.

—Ésa es mi penitencia, Maestro.

Tratando de confortarla, el Cristo de Elqui le dijo que le gustaría poder hacer algo para aliviar el dolor de su corazón, pero lamentablemente, hermana mía, ni Dios podía cambiar el pasado. Luego, en un arranque de sentimentalismo confesionario, el predicador le habló de cosas de su vida que nunca antes había contado a ninguna persona en todos estos años de promesa; cosas que tenía guardadas en su alma para escribirlas en los libros que pensaba escribir algún día. Le habló de sus visiones en el valle de Elqui, de las divinas conversaciones que mantuvo con el Padre Celestial, con su hijo Jesús y con la Virgen María. De cómo el Padre Eterno le había encargado que apacentara sus ovejas. «Tú eres la sal de la tierra», le había dicho. Después, le conversó de sus viajes astrales. Ella no sabía qué eran los viajes astrales.

—Son desdoblamientos espirituales —le explicó el Cristo de Elqui, con el carbón de sus ojos ardiendo de exaltación.

En las noches, mientras dormía, su espíritu salía de su cuerpo terrenal y viajaba a través del espacio a donde se le antojaba, siempre para hacer el bien, por supuesto; para sanar enfermos, para consolar agonizantes, para defender desvalidos, para darle un soplo de aliento a esos seres humanos que, desesperados, al borde del suicidio, no hayan dónde aferrar su poquito de vida. Que al volver su espíritu de esos viajes, le dijo, lo sentía penetrar en su cuerpo lo mismo que el aceite en un papel secante. Magalena Mercado lo oyó todo el tiempo con expresión alelada. De verdad este hombre era un santo. Aunque muchos lo trataran de loco. Después de todo, así como ser prostituta podía ser una especie de santidad, quién aseguraba que la locura no lo fuera. Para ella, don Anónimo siempre había sido algo así como un santo desnortado. Luego de un momento de silencio, y tras rogar a su Virgencita que apareciera por fin don Anónimo («A lo mejor, cuando lleguemos lo encontramos muy forongo en el campamento», la consoló el Cristo de Elqui), comenzó a contarle al predicador sobre una noche como ésa en su casa en La Piojo, cuando el hombrecito, ovillado perrunamente en el suelo de la cocina, mientras ella se tomaba un té sentada en la mesa, la llamó a su lado, se acurrucó en su regazo y, sin abrir los ojos, se puso a contarle de su vida en la Casa de Orates. Hablaba como dormido, con una voz baja, neutra, sin ningún tipo de emoción, a veces ininteligible. Lo que ella logró entender aquella noche fue que los loqueros los encerraban encadenados y con camisas de fuerza en sordas habitaciones de castigo; que a veces, para apaciguarlos, les ponían sanguijuelas en el cuerpo o les daban a beber purgantes de vaca; otras veces los hacían consumir opio y hachís, pero la mayoría de las veces se les apaciguaba a golpes de palos y cinturones y baños de agua helada. O, simplemente, poniéndolos en el cepo. Y que había días en que para escarmentar a los pasivos que, según ellos, se habían portado mal, se les ponía una temporada juntos con los locos furiosos. Las mujeres excitadas eran tratadas en celdas aparte. Luego de decir todo eso, y otras cosas que sonaban horribles, pero que ella no entendió mucho, se quedó dormido como un bebé. Ella había quedado estupefacta, nunca antes lo había oído hablar sobre eso, y de ese modo.

Una hora después vieron una luz acercándose por la huella de tierra. Era don Manuel pedaleando en una bicicleta.

Traía una lámpara de carburo encendida.

Cuando terminó de cambiar el repuesto, el motor arrancó a la primera vuelta de manivela. Contentísimos de que al fin pudieran partir, Magalena Mercado se subió en la cabina, junto a don Manuel. El Cristo de Elqui se encaramó en la tolva. Apenas el camión se movió sintieron el cacareo. El Cristo de Elqui saltó a tierra y gritó a don Manuel que se detuviera. Al bajar a ver qué ocurría, hallaron a Sinforosa tirada en el suelo. Había sido atropellada por una de las ruedas traseras. Nadie se percató de que la gallina se había echado a dormir debajo del neumático. El grito de Magalena Mercado fue lastimoso. Tras levantar el cuerpo del ave y perder otro buen rato consolándola —acunando a la gallina en sus brazos, ella no paraba de llorar y sorbetearse las narices—; tratando sobre todo de convencerla entre ambos —especialmente don Manuel, que debía estar en la oficina antes de las doce de la noche— de que lo mejor, Maguita, era enterrar a Sinforosa en el patio de su casa en La Piojo —a ella le había dado con sepultarla en la colina, a los pies de la cruz de durmientes—, emprendieron por fin el regreso a la oficina. Esta vez, el Cristo de Elqui se sentó también en la cabina, apretujado junto a ella, para confortarla y prestarle ánimo. Faltaba menos de una hora para la llegada del Año Nuevo. Mientras el camión avanzaba rezongando y dando saltos por la calamina de la huella de tierra, tanto que parecía desarmarse, Magalena Mercado, apretando contra su pecho el cuerpo aún tibio de Sinforosa, se lamentaba, con una voz que no parecía la suya, de que se*había cumplido el sueño de la otra noche.

—¿Se acuerda, Maestro?

El Cristo de Elqui, acodado en la ventanilla, mirando las estrellas con fervor religioso, musitó, sin mirarla, que los designios del Señor eran indescifrables, hermana mía.

—Don Anónimo desaparecido, Sinforosa muerta y yo agonizando de pena —se fue repitiendo ella, entre sollozos, durante el resto del camino.

Al llegar a la entrada de La Piojo se dieron cuenta de que había una muchedumbre esperándolos. Los obreros devueltos en la locomotora habían corrido la bulla de que la puta beata regresaba a la oficina y un cardumen de hombres solteros se amontonó a la entrada del campamento. Faltaban minutos para las doce de la noche. Irrumpiendo entre la gente que comenzó a rodear el camión, apareció de pronto el Cheuto comandando su cuadrilla de vigilantes. Todos a caballo y con carabinas. Tras hacer detener el camión, ordenó bajar a los ocupantes. Su exagerada actitud de matasiete, como la de todos sus hombres, revelaba que venía pasado de copas. Sin dejar de apuntar con su carabina, les comunicó que por orden del señor administrador sólo don Manuel y la mujer podían entrar a la oficina. Y el Loco de la Escoba, si es que venía por ahí, pues se comentaba que el insano se había perdido en la pampa.

—¡El que no tiene permiso para ingresar a la oficina es el Cristo traficante de personas!

—¡Sí, que no entre, que no entre! —gritó a coro la turba de hombres que los rodeaba—. ¡Este pollerudo lo único que quiere es llevarse a la Maguita!

—¡Que no entre, que no entre!

Magalena Mercado se dirigió al Cristo de Elqui. Lo sentía mucho, Maestro, pero ella no podía hacer nada; ella se quedaba en La Piojo, pues debía continuar con su penitencia de seguir y hostigar al cura a donde éste fuera. Además, después de oírlo contar sus experiencias de visiones y desdoblamientos, y sus conversaciones con Dios y la Virgen, ella no se sentía digna de acompañarlo en su misión evangelizadora. Menos aún de compartir su lecho. Quién era ella para siquiera mirar a los ojos a varón tan santo.

De modo que ahí, ante la expectación de los hombres que la esperaban para escoltarla hasta su casa, sin dejar de gritar en contra del Cristo, se despidieron para siempre. Antes de volver a subir al camión, Magalena Mercado le pasó a Sinforosa y le pidió el favor, Maestro, ya que iba a pasar por ahí de nuevo, de que le diera sepultura bajo la cruz de la colina. Luego, le besó la frente con devoción y volvió al vehículo. Eran las doce de la noche. Seguida de una leva de hombres solteros que la vitoreaban como a una Reina de la Primavera, Magalena Mercado hizo su entrada a la oficina. Iluminado por las fogatas del salnatrón encendidas sobre la torta de ripios, el camión entró piteando en medio del júbilo de los petardos, los globos de papel iluminados elevándose en el aire y el ruido infernal de la sirena de las cinco de la tarde que se hacía sonar a las doce de la noche para festejar el cambio de año.

—¡Feliz Año Nuevo! —gritaba todo el mundo.

Apenas el vehículo se perdió a la vuelta de la esquina, el Cheuto, sin bajar de su montura, escoltado siempre por su cuadrilla, se acercó al Cristo de Elqui. En un rato más, le advirtió, cuando todo el mundo estuviera enfiestado, ellos saldrían de ronda por los extramuros de la oficina y no querían verlo. Ni siquiera sentir su olor a meado de zorrillo.

—¡Si te veo te mato como a un perro! —le dijo.

Y, seguido de sus hombres, se fue detrás del camión. El Cristo de Elqui se quedó solo. Con su bolsita de azúcar bajo un brazo y el cadáver de la gallina bajo el otro, miró a su alrededor como aturdido. Los resplandores incandescentes del salnatrón encendido en las alturas le parecieron ángeles en llamas.

La noche se le volvió fantasmagórica.

Un sentimiento de desamparo le ablandó los huesos. Era el mismo desamparo que había sentido aquella vez en el mineral de Potrerillos, hacía ya catorce años a la fecha, al leer el telegrama de la muerte de su santa madre. Era como si la hubiese perdido por segunda vez.

27

El Cristo de Elqui, ahora de nuevo Domingo
Zárate Vega, vestido de ciudadano común y corriente
—terno negro, camisa blanca, sombrero de paño—,
todavía recordaba aquella noche singular en las afueras
de La Piojo. En los veintidós años que misionó por los
caminos de la patria, aquélla había sido una de sus jornadas más inescrutables. Ponía de testigo al Padre Celestial. Nunca en su vida se había sentido más solo y
desamparado que cuando se alejaba caminando bajo la
oscuridad de aquella noche pampina. Atrás quedaba el
fragor de la fiesta, la música, los petardos, la mujer so-
ñada, la hembra bíblica que pudo hacerle más llevadero
el calvario de su misión evangelizadora. Con ella a su
lado hubiese alargado el tiempo de su cruzada no sólo
en dos años como al final lo hizo, sino hasta dar su último aliento aquí en la Tierra. Sin embargo, no había
sido la voluntad del Omnipotente, se decía aquella
noche mientras tranqueaba orillando la línea férrea
alumbrado por la luz de las estrellas y sintiendo nada
más que el crujir de sus sandalias sobre la sal quebra-
diza. ¡Dios nos da, Dios nos quita, alabado sea Dios!,
exclamó en voz alta, y su voz pareció resonar en todo
el ámbito de la pampa. Se detuvo un rato. Quería oír el
silencio... El silencio era puro... hondo... cósmico...
«Dios es silencio», pensó. Y henchido su espíritu de
gozo con tan honda revelación, echó a caminar de nuevo por el peralte de la vía férrea, sin saber que las penas
y sinsabores de aquella noche no habían terminado,

que el Padre Eterno le tenía reservada otra prueba para su espíritu. Aún faltaba mucho para el amanecer y, poco antes de llegar al Cruce de la Animita, tropezó con algo que parecía un animal muerto. Era el cuerpo sin vida de don Anónimo. El anciano yacía estirado de cara a las estrellas como un soldado de la Guerra del 79. La pala y la escoba eran sus armas. Aunque se notaba a simple vista su rigor mortis, lo llamó por su nombre, trató de reanimarlo con artes humanas; luego, lloró y clamó a los cielos por su vida, pero fue en vano. Sentado a su lado, escarbándose las narices tristemente, se quedó velándolo hasta las primeras luces del amanecer, hora en que lo sepultó con todos los rituales de un cristiano (con la misma pala del finado se dio el trabajo de cavar una fosa lo suficientemente honda como para que no lo picotearan los jotes ni lo desenterraran los perros del desierto). Sólo entonces siguió su camino. Con su bolsita de azúcar bajo el brazo y el tranco resuelto de los errantes del mundo atravesó el alba, pasó el mediodía, cruzó espejismos, alcanzó el horizonte, arribó a otros días, a otros meses, a otros años (cuidando siempre, desde aquella noche, de mirar hacia atrás con el temor de que el diablo lo siguiera en forma de gallina); avanzó predicando sus axiomas, persistiendo con fe y padecimientos los últimos años de su penitencia, arduos años en que su gloria comenzaba a apagarse como la llama de una lámpara, en que el delirio que su figura causaba al comienzo de su ministerio languidecía a ojos vistas. Ya no había multitudes esperándolo a la entrada de los pueblos para oír la buena nueva como en los tiempos en que hasta los personajes más conspicuos de las ciudades se apersonaban a oírlo, entre ellos poetas y escritores de renombre. (Siempre recordaba la vez en que la mismísima Gabriela Mistral se acercó a oír sus palabras en la plaza de La Serena, seguramente en una de las pocas visitas que hizo a su tierra. Ella iba con un grupo de empingorotados personajes locales que la atendían solícitos y, al reconocerla él en el ruedo de gente, se puso a declamar en su honor algunas estrofas de un poema de su libro *Desolación,* que se sabía de memoria. Luego, como todo aprendiz de poeta, le dijo que él también escribía y le recitó unos versos inspirados en el amor de su querida madre. La divina Gabriela lo oyó con indulgencia y al terminar le dijo algo sobre la rima que él no entendió. Nunca había olvidado su severo traje gris, casi tan penitencial como su túnica, y el aura de santidad que irradiaba la poetisa.) Ya no llegaban enfermos de todas layas pidiéndole a gritos el milagro de recuperar la salud de su cuerpo —ni siquiera niños le traían para que les quitara el mal de ojo o los asustara con el cuco para que se comieran la sopa—. Ahora apenas llegaba por ahí algún sigiloso sifilítico sin remedio, o un trasnochado ojeroso cuyo mal se podía curar con una simple agüita perra o un ajiaco bien caliente; ya casi no conseguía apóstoles ni quedaban ancianas creyentes que lo invitaran a tomar el té, y eran contados con los dedos los devotos que se arrodillaban ante su presencia y le besaban la mano. La gente ya no creía en él. Ya no lo llamaban desde los sindicatos, sociedades de socorros mutuos o compañías de bomberos para dictar sus conferencias; ya no lo entrevistaban en las radios con la frecuencia de antes, ni aparecía su figura barbada en las fotos de los diarios. La estrafalaria estampa de un vagabundo llamado Carlitos Chaplin conquistaba más adeptos que su figura evangélica; la enrevesada perorata de un patán apodado Cantinflas, con menos gracia que un pan sin sal, atraía más oyentes que sus prédicas inspiradas en las mismísimas Sagradas Escrituras; cualquier simple cantor de boleros era más popular que él entre los pobres de espíritu. Lo humano triunfaba sobre lo divino. No obstante y pese a todo, la semilla que había sembrado durante esos veintidós años había florecido en algunos corazones de hombres y mujeres que, aun sin seguirlo, creíamos con fe inquebrantable que en su persona el Hijo de Dios había cumplido la promesa de una segunda venida a la Tierra. Él había vuelto a nosotros y nosotros, ocupados en cosas más importantes, no le creímos, hicimos escarnio de su pinta de loco, lo recluimos en un manicomio por querer perdonar nuestros pecados como había hecho dos mil años antes. Pero desde entonces ya nada era lo mismo, el mundo había dado una vuelta de carnero y la fe en las cosas sagradas habíase enfriado a tal punto que ya nadie sabía siquiera rezar el padrenuestro. Estábamos deslumbrados por los nuevos inventos, ellos ocupaban el puesto de lo divino, suyos eran los milagros que nos suspendían de asombro y ante los cuales nos prosternábamos con unción. Como él mismo lo había profetizado muchas veces, los inventos modernos se estaban convirtiendo en el Anticristo anunciado en la Santa Biblia, de tal modo que, embelesados hasta el embobamiento, preferíamos sentarnos a oír esos tontos avisos comerciales en las radioemisoras o bailar al compás lascivo de un disco de acetato, repetido una y mil veces, antes de escuchar una de sus vivificantes prédicas; o íbamos a encerrarnos en uno de esos cinematógrafos malolientes a ver pistoleros y mafiosos mal agestados matándose unos a otros con una liviandad pasmosa (casi siempre por culpa de una rubia canalla de senos admirables), antes que ver uno de sus reales milagros de sanación y conversión. La radio, el disco, el cinematógrafo eran ahora nuestros becerros de oro, y los locutores y los cantantes y los actores eran nuestras deidades, nuestros tótems, nuestros pequeños dioses a los que adorábamos y rendíamos pleitesía y caíamos desmayados ante su presencia como ante la fúlgida aparición de la Virgen Purísima. Tanta era nuestra tontera que hasta tratábamos de imitarlos en su modo de vestir, de hablar, de levantar el dedo meñique; y en esos menesteres nos volvimos fatuos, «la vanidad de vanidades» del Eclesiastés comenzó a permearnos completamente. Cada uno actuaba como «ese gallo que creía que el sol salía en las mañanas sólo para oírlo cantar a él», tal cual solía decirnos en sus prédicas y sermones, con palabras que en su momento nos parecieron pedestres, olvidando que en su primera venida había llegado hablando en parábolas, en sencillas historias que contaban de hijos pródigos, de obreros de viñas, de pobres viudas sufrientes, narraciones que hasta los mismos niños entendían. Y tal vez por eso mismo lo miramos en menos y lo menospreciamos como a un pordiosero —quizás hasta el mismo Dios lo abandonó a su arbitrio, y se quedó en la Tierra como un astronauta olvidado en un planeta hostil—, tanto así que, al final, ya convertido en un Cristo malandante, al que nadie seguía ni oía, tuvo que colgar su túnica, tirar sus sandalias peregrinas y asentarse a vivir como un gentil cualquiera. Algunos decían que para sobrevivir se las arreglaba ofreciendo, por medio de pequeños avisos en los diarios: *Consultas sentimentales y encargos para cualquier diligencia.* Otros aseguraban que terminó fabricando guitarras, que salía en las tardes por el barrio a venderlas de puerta en puerta y que sus vecinos sólo le compraban al reconocerlo como el legendario Cristo de Elqui. Pero había también gentiles que afirmaban con malicia que si bien era cierto que terminó viviendo en una casita de madera del barrio de Quinta Normal, de ningún modo pasó penurias, pues vivía de los libros que había comenzado a escribir desde antes de renunciar a sus andanzas, en donde relataba las memorias de sus años de evangelista vagabundo —*Aunque*

no fui entendido ni por la cuarta parte de mis compatrio-
tas, un día quizás no muy lejano recordarán y moverán
todos estos archivos que han venido relatando mi vida y el
predicador no quedará olvidado ni desconocido entre los
humanos—, y que terminó sus días en la Tierra asistido
por dos piadosas Magdalenas que lo acompañaron hasta el final, adorándolo y sirviéndolo —lavado de pies
incluido— como si del verdadero Cristo Redentor se
tratara. Y, por cierto —sonreían socarrones estos gentiles—, haciéndoselo de todo corazón y sin remilgos.

28

Parado a la entrada de La Piojo, el Cristo de Elqui se veía desnortado. El camión de don Manuel hacía
rato que había desaparecido con la meretriz y todo el
rebullicio de la fiesta. Y él ahí, solo, huérfano en la noche del desierto, no hallaba qué hacer ni cómo proceder.

La gallina muerta lo atolondraba.

Con ella bajo el brazo se sentía grotesco.

Se acuclilló entonces, dejó el ave en el suelo y
abrió su bolsa de azúcar para llevarla dentro. El fulgor
de las fogatas que coronaban la torta de ripios lo ilumi-
naba espectralmente. De todas maneras iba a cumplir
el deseo de la hermana Magalena: al pasar por el Cruce
de la Animita sepultaría a Sinforosa bajo la cruz de durmientes. Se lo había prometido. Al depositarla en la
bolsa, justo cuando la ponía sobre su Biblia de tapas
duras, la gallina dio una brusca sacudida y comenzó a
aletear. El Cristo de Elqui dio un respingo que casi lo
deja sentado. Pero alcanzó a agarrarla de un ala.

No podía creerlo.

¿Había resucitado la gallina al contacto con la
Biblia? ¿Se había producido un milagro? Su gran fe en
Dios le decía que sí, que era un prodigio divino, una
prueba más del gran poder del Omnipotente: al hacer
contacto el ave con el libro sagrado había recibido como
una descarga eléctrica —algo similar a lo que producía
el Arca de la Alianza, según el Levítico en su capítulo
10, versículo 2— y había resucitado.

Eso le decía su fe.

Pero su sentido común le aclaraba que tal vez la gallina sólo había estado aturdida. Que, tal comó acostumbraban a hacer estas aves, antes de echarse debió haber escarbado un poco debajo de la rueda del camión y al pasarle ésta por encima, como el terreno era todo de arena, nada más la apretó un poco. ¡Cuántas veces él había visto salir corriendo a gallinas a las que se les había torcido el cogote hacía rato! Eso le decía su escéptico sentido común, pero ¿y si de verdad el Padre Celestial...? De golpe cayó en la cuenta de que estaba perdiendo el tiempo en conjeturas inútiles. Lo único cierto era que Sinforosa estaba viva y que la hermana Magalena se iba a sentir feliz. Con la gallina tomada de las patas, echó a correr eufórico por el lado donde había desaparecido el camión, pero sólo alcanzó a avanzar un corto trecho antes de que un vigilante saliera desde la oscuridad del primer callejón y se le plantara delante con la carabina en ristre.

—¡Para dónde crees que vas, santiguador de conventillo!

Era el gordo cara de guagua y bigotes a lo Pancho Villa, a quien el Cheuto había dejado al aguaite mientras se iba con los otros a seguir la farra de Año Nuevo.

El Cristo de Elqui trató de explicarle que iba detrás de la hermana Magalena, que tenía que devolverle su gallina. Esta gallina que recién nomás había resucitado.

Desde su montura el gordo lo miró con la expresión del que no ha oído bien.

—Se lo digo en nombre del Padre Eterno, hermano —insistió el Cristo de Elqui, alzando la gallina para que el otro la viera mejor—, esta ave hace tres minutos estaba muerta y ahora vive.

El vigilante estalló en una carcajada enorme, bronquial, que casi termina ahogándolo. Después, cambió de expresión y, en un tono de seriedad constreñida, le dijo que por supuesto que le creía, don Jechu, pues ahí donde lo veía ahorita mismo, vivito y coleando, él no hacía ni dos horas que también estaba muerto.

—¡Pero muerto de borracho! —bramó traposamente.

Y le echó el caballo encima y que se mandara a cambiar altiro del campamento si no quería que le descerrajara un balazo en la crisma.

El Cristo de Elqui se dijo que iba a ser imposible convencer a ese filisteo de mala baba, y se devolvió por el camino de tierra.

Tendría que irse con la gallina.

Llevaba andado unos cien metros en la oscuridad de la noche cuando se detuvo. Lo pensó mejor: si los gatos eran capaces de volver a su casa desde lejanías insospechadas, por qué la gallina no podría hallar el camino a la suya desde ahí, desde las afueras del campamento. La dejó entonces en el suelo y la correteó como se hacía en el campo, abriendo los brazos y chistando.

Pero la gallina no se movía.

O sólo daba unos pasitos sonámbulos.

Confuso, el Cristo de Elqui se acuclilló y se puso a observarla. Pasó unos cuantos minutos contemplándola mientras se escarbaba la nariz con el índice y el pulgar, desoladamente. La gallina a ratos enarcaba el cogote y parecía mirarlo de reojo.

—Sinforosa, vuelve a casa —susurraba de vez en cuando sin convicción alguna—. Vuelve a casa, Sinforosa.

La gallina sólo enarcaba el cogote.

Entretanto, las llamaradas del salnatrón sobre la torta de ripios se habían extinguido, los globos de papel habían caído incendiados uno a uno y ya no se oía ningún petardo a lo lejos.

El silencio y la oscuridad lo cubrían todo.

En un momento, tras escarbar un poco, la gallina se echó con indolencia en la tierra y pareció quedarse dormida. El Cristo de Elqui esperó unos minutos
más, se incorporó despacito y, rogando al Padre Eterno
que no lo fuera a seguir, se alejó unos pasos en puntillas. Después, volviendo la cabeza por si el ave lo seguía,
echó a caminar vivamente hasta perderse en la noche
del desierto.